1985

重写文学史经典

**百年
中国文学
总系**

谢冕
孟繁华　主编

1985：
延伸与转折

尹昌龙　著

人民文学出版社

图书在版编目（CIP）数据

1985：延伸与转折/尹昌龙著. —北京：人民文学出版社,2015（2023.5重印）
（"重写文学史"经典·百年中国文学总系/谢冕,孟繁华主编）
ISBN 978-7-02-010852-7

Ⅰ.①1… Ⅱ.①尹… Ⅲ.①中国文学—当代文学—文学史 Ⅳ.①I209.7

中国版本图书馆 CIP 数据核字（2015）第 060214 号

责任编辑　付如初
装帧设计　刘　远
责任印制　宋佳月

出版发行　人民文学出版社
社　　址　北京市朝内大街 166 号
邮政编码　100705

印　　刷　三河市鑫金马印装有限公司
经　　销　全国新华书店等

字　　数　159 千字
开　　本　880 毫米×1230 毫米　1/32
印　　张　7.75　插页 3
版　　次　2017 年 3 月北京第 1 版
印　　次　2023 年 5 月第 2 次印刷

书　　号　978-7-02-010852-7
定　　价　39.00 元

如有印装质量问题,请与本社图书销售中心调换。电话:010-65233595

目　录

怀念那个学术年代

孟繁华

《百年中国文学总系》在谢冕先生的领导下,历经七年时间,于1998年5月由山东教育出版社出版。书系出版后,在学界产生了极大的反响。两年间海内外有近百篇评论文章发表。关于书系的要义、构想及写作过程,谢冕先生在总序一《辉煌而悲壮的历程》和我在总序二《〈百年中国文学总系〉的缘起与实现》中,已做了详尽说明,这里不再赘述。我想说的是,当近二十年过去之后,我对那个学术年代充满了流连和怀念。

1989年秋季,谢冕先生在北大创办的"批评家周末",一直坚持到1998年。十年间,谢先生带领我们讨论与当代文学有关的各种问题。除了谢先生带的博士研究生和国内外访问学者外,许多在京的青年学者和批评家都参加了这一学术沙龙性质的活动。1999年,我在《批评家周末十年》一文中记述了当时的情景——

　　1989年10月,谢冕先生在北京大学创办了"批评家周末",他用这一形式对就学于他的博士生和国内外访问学者进行教学和研讨活动。基于当时空旷寂寞的学术环境和

"批评家周末"的影响，一些青年教师和在京的青年批评家，也都纷纷加入了这一定期活动，这不仅极大地提高了研讨的学术质量，同时也在有限的范畴内活跃了当时的学术气氛，并形成了当代文学研究规模可观的学术群体，使学院批评在社会一隅得以存在和延续。逝者如斯，蓦然回首，"批评家周末"已经经历了十个年头。当它仍在继续并取得了丰硕成果的时候，回望十年，它特别值得我们纪念。

这一批评形式的创造性，不在于它的命名，重要的是它改变了传统的教学方式，改变了课堂教学单向度的知识传授。自由讨论和畅所欲言，不仅缓释了那一时代青年参与者的抑郁心情和苍茫感，同时，它宽松、民主、平等的环境，更给参与者以无形的熏陶和浸润，并幻化为一种情怀和品格，而这一点可能比它取得的已有成果更为重要。或者说："批评家周末"首先培育了学者应有的精神和气象，它以潜隐的形式塑造了它的参与者。

十年来，在谢冕先生的主持下，它的成员先后完成了多项重要的学术工程，"20世纪中国文学"丛书十卷、《中国百年文学经典》十卷、"百年中国文学总系"十二卷，在学界和社会上产生了强烈反响，给学科建设以极大的推动和影响。这些成果，不仅对百年来中国文学实施了一次重新书写，同时也以新的观念改变了传统的研究方式，为学科建设注入了新质。而这些研究同样体现了批评家周末的精神，它虽然也是群体性的写作，但它同传统的文学史编写有极大的不同。谢冕先生提出了总体构想之后，并不强调整齐划一，并不把他的想法强加给每个人，而是充分尊重作者的独立性,充分发挥每个人的学术专长,让他们在总体构想的范畴内自由而充分地体现学术个性。因此,这些学术作品并不是线性地建构了"文学史",并不是为了给百年文学一个整体"说法",而是以散点透视的形式试图解决其间的具体问题,以"特写镜头"的方式深入研究了文学史制度视野不及或有意忽略的一些问题。但"百年文学"作为一个新的概念和总体构想,显然又是这些具体问题的整体背景。这一构想的实现,为百年中国文学的研究提供了新的参照和生长点。

那时,包括洪子诚先生在内的书系的作者,都是这个学术群体的成员,几乎没有间断地参加了"批评家周末"的所有活动。这个学术共同体已经成为历史,但是它形成的学术传统却深刻地影响了所有的成员。后来我一直在想:"批评家周末"完成的所有项目,都没有"立项",既不是"国家社科基金",也不是"重点"或"重大";既没有经费也没有赞助。但是,书系的所有作者心无旁骛,一心问学。认真地报告、认真地倾听,然后是激烈的争论。谢先生有他整体性的构想,但他更强调作者个人的主体性,并且希望尽可能保有作者个人的想法甚至风格。现在看来,书系在写作风格和具体结构方面并不完全一致,比如,谢先生的《1898:百年忧患》,从"昆明湖的石舫"写起,那艘永远无法启动的石舫意味深长;钱理群先生的《1948:天地玄黄》,广泛涉及了日记、演出、校园文化等;李书磊的《1942:走向民间》从"两座城"和"两个人"入手;洪子诚的《1956:百花时代》,则直接入题正面强攻。如此等等,既贯彻了主编的整体意图,又充分彰显了作者的个人长处。自由的学术风气和独立的思想,就这样弥漫在这个群体每个人的心灵深处。于是我想,学术理想、学术气氛和学术信念,可能远比那些与学术无关的事务更有感召力和感染力。这种力量就源于学人内心的纯净或淡然,与功利无关。我这样说,并不意味着这套书系有多么了不起、如何"经典"。需要强调的是,它经受了近二十年的检验,它还需要经历更长时间的检验。如今,书系的作者之一程文超教授已经去世多年,很多先生也已退休,但是,我们曾经共同拥有的过去,将是值得我们永远怀念和珍惜的人生风景。

现在,这套《百年中国文学总系》由国家专业出版社人民文学出版社重新出版,我们内心的感奋可想而知。人民文学出版社不讲任何条件的胸怀和气象,让我们深受鼓舞。在一个商业气息弥漫四方的时代,让我们感到还有不灭的文化情怀一息尚存。这里,我要特别感谢责任编辑付如初博士。因为她对这套书价值的认识,因为她的提议获得了社领导的有力支持,于是便有了今天《百年中国文学总系》重新出版的机会。当然,他们一定承受了巨大的压力。

书系新版序言本来应该由谢冕先生来写,不仅名正言顺,而且会要言不烦。但谢先生指示由我代笔,师命难违,只好勉为其难。敬请方家指正。

是为序。

2015 年 3 月 8 日于香港岭南大学

总序一

辉煌而悲壮的历程

谢冕

　　百年中国文学这样一个题目给了我们宏阔的视野。它引导我们站在 20 世纪的苍茫暮色之中,回望 19 世纪末中国天空浓重的烟云,反思中国社会百年来的危机与动荡给予文学深刻的影响。它使我们经受着百年辉煌的震撼,以及它的整个苦难历程的悲壮。中国百年文学是中国百年社会最亲密的儿子,文学就诞生在社会的深重苦难之中。

　　近、现代的中国大地被它人民的血泪所浸泡。这血泪铸成的第一个精神产品便是文学。最近去世的艾青用他简练的诗句传达了中国作家对于他亲爱的土地的这种感受:

假如我是一只鸟
我也应该用嘶哑的喉咙歌唱

这被暴风雨所打击着的土地
这永远汹涌着我们悲愤的河流
这无止息地吹刮着的激怒的风……
和那林间无比温柔的黎明……

　　——然后我死了

　连羽毛也腐烂在土地里面

　为什么我的眼里常含泪水？

　因为我对这土地爱得深沉……

嘶哑的喉咙的歌唱、感受到的悲愤的河流和激怒的风，以及在温柔的黎明中的死去，这诗中充盈着泪水和死亡。这些悲哀的歌唱，正是百年中国文学最突出、最鲜明的形象。

　　我在北京写下这些文字的时间，是公元 1996 年的 5 月。由此上溯 100 年，正是公元 1896 年的 5 月。这一年 5 月，出生在台湾苗栗县的诗人丘逢甲写了一首非常沉痛的诗，题目也是悲哀的，叫《春愁》："春愁难遣强看山，往事惊心泪欲潸。四百万人同一哭，去年今日割台湾。"诗中所说的"去年今日"，即指 1895 年，光绪二十一年，甲午战败的次年。此年签订了《马关条约》，正是同胞离散、民族悲痛的春天的往事。

　　中国的近、现代就充斥着这样的悲哀，文学就不断地描写和传达这样的悲哀。这就是中国百年来文学发展的大背景。所以，我愿据此推断，忧患是它永久的主题，悲凉是它基本的情调。

　　它不仅是文学的来源，更重要的是，它成了文学创作的原动力。由此出发的文学自然地形成了一种坚定的观念和价值观。近代以来接连不断的内忧外患，使中国有良知的诗人、作家都愿以此为自己创作的基点。不论是救亡还是启蒙，文学在中国作家的心目中从来都是"有用"，文学有它沉重的负载。原本要让人轻松和休息的文学，因为这责无旁贷和义无反顾的超常的负担而变得沉重起来。

　　中国百年文学,或者说,中国百年文学的主流,便是这种既拒绝游戏又放逐抒情的文学。我在这里要说明的是中国有了这样的文学,中国的怒吼的声音、哀痛的心情,于是得到了尽情的表达,这是中国百年的大幸。这是一种沉重和严肃的文学,鲁迅对自己的创作作过类似的评价。他说他的《药》"分明留着安特莱夫式的阴冷";说他的《狂人日记》,"意在暴露家族制度和礼教的弊害,却比果戈理的忧愤深广","也不如尼采超人的渺茫";有人说他的小说"近于左拉",鲁迅分辩说:"那是不确的,我的作品比较严肃,不及他的快活。"

　　从梁启超讲"欲新一国之民,不可不先新一国之小说"起,到鲁迅讲他"为什么要写小说"旨在"启蒙"和"改良这人生"止,中国文学就这样自觉地拒绝了休息和愉悦。沉重的文学在沉重的现实中喘息。久而久之,中国正统的文学观念就因之失去了它的宽泛性,而渐趋于单调和专执。文学的直接功利目的,使作家不断把他关心的目标和兴趣集中于一处。这种"集中于一处",导致最终把文学的价值作主流和非主流、正确和非正确、健康或消极等非此即彼的区分。被认为正确的一端往往受到主流意识形态的嘉许和支持,自然地生发出严重的排他性。中国文学就这样在文学与非文学、纯文学与泛文学、文学的教化作用与更广泛的审美愉悦之间处境尴尬,更由此引发了无穷无尽的纷争。中国文学一开始就在酿造着一坛苦酒。于是,上述我们称之为中国文学的大幸,就逐渐地演化为中国文学的大不幸。

　　中国近代以来危亡时势造出的中国文学,百年来一直是作为疗救社会的"药"而被不断地寻觅着和探索着。梁启超的文学思想是和他的政治理想紧紧相连的,他从群治的切入点进入文学的价值判断,是充分估计到了小说在强国新民方面的作用的。文学揳入人生、社会,希望成为药饵,在从改造社会到改造国民性中起到直接的作用。这样,原本"无用"的文学,一下子变得似乎可以立竿见影地"有用"起来。这种观念的形成,使文学作品成为社会人生的一面镜子,传达着中国实际生活的欢乐与悲哀。文学不再是可有可无之物,也不再是小摆设或仅仅是茶余饭后的消遣,而是一种刀剑、一种血泪、一种与民众生死攸关的非常具体的事物。

文学在这样做的时候,是注意到了它的形象性、可感性,即文学的特殊性的。但在一般人看来,这种特殊性只是一种到达的手段,而不是自身。文学的目的在别处。这种观念到后来演绎为"政治标准第一,艺术标准第二",就起了重大的变化。而对于文学内容的教化作用不断强调的结果,在革命情绪高涨的年代往往就从强调"第一"转化为"唯一"。"政治唯一"的文学主张在中国是的确存在过的,这就产生了我们认知的积极性的反面——即消极的一面。不断强调文学为现实的政治或中心运动服务的结果,是以忽视或抛弃它的审美为代价的:文学变成了急功近利而且相当轻视它的艺术表现的随意行为。

百年中国文学的背景是一片苍茫的灰色,在灰色云层空茫处,残留着19世纪末惨烈的晚照。那是1840年虎门焚烟的余烬,那是1860年火烧圆明园的残焰,那是1894年黄海海战北洋舰队沉船前最后一道光痕……诞生在这样大背景下的文学,旨在扑灭这种光的漫延,的确是一种大痛苦和大悲壮。但当这一切走向极端,这一切若是以牺牲文学本身的特性为代价,那就会酿成文学的悲剧。中国近、现代历史并不缺乏这样悲剧的例子，这些悲剧的演出虽然形式多端，但亦有共同的轨迹可寻，大体而言，表现在下述三个方面：

一、尊群体而斥个性；

二、重功利而轻审美；

三、扬理念而抑性情。

80年代以来中国大陆实行开放政策，经济的开放影响到观念的开放，极大地激活了文学创作。历史悲剧造成的文学割裂的局面于是结束，两岸三边开始了互动式的殊途同归的整合。应该说，除去意识形态的差异不谈，中国文学因历史造成的陌生、距离和误解正在缩小。差别性减小了，共同性增多了，使中国原先站在不同境遇的文学，如今站在了同一个环境中来。商业社会的冲击，视听艺术的冲击，这些冲击在中国的各个地方都是相同的。市场经济和商品化社会使原来被压抑的欲望表面化了。文学艺术的社会价值重新受到怀疑。文学创作的神圣感甚至被亵渎，人们以几乎不加节制的态度，把文学当作游戏和娱乐。

摆脱了沉重负荷的文学，一下子变得轻飘飘的，它的狂欢纵情的姿态，表现了一种对于记忆的遗忘。19世纪末的焦虑没有了，19世纪末那种对于文学的期待，也淡远了。在缺乏普遍的人文关怀的时节，倡导重建人文精神；在信仰贫乏的年代，呼吁并召唤理想的回归；这些努力几乎无例外地受到嘲弄和抵制。这使人不能不对当前的文化趋势产生新的疑虑。

在百年即将过去的时候，我们猛然回望：一方面，为文学摆脱太过具体的世情的羁绊重获自身而庆幸；一方面，为文学的对历史的遗忘和对现实的不再承诺而感到严重的缺失。我们曾经自觉地让文学压上重负,我们也曾因这种重负而蒙受苦厄。今天,我们理所当然地为文学的重获自由而感到欣悦。但这种无所承受的失重的文学,又使我们感到了某种匮乏。这就是这个世纪末我们深切感知的新的两难处境。

我们说不清楚,我们只是听到了来自内心的不宁。我们有新的失落,我们于失落之中似乎感到了冥冥之中的新的召唤。在这个世纪的苍茫暮色中,在这个庄严肃穆的时刻,难道我们是企冀着文学再度听从权力或金钱对它的驱使而漂流吗?显然不是。我们只是希望文学不可耽于眼前的欢愉而忘却百年的忧患,只是希望文学在它浩渺的空间飞行时不要忘却脚下深厚而沉重的黄土层——那是我们永远的家园。

总序二

《百年中国文学总系》的缘起与实现

孟繁华

《百年中国文学总系》的出版，于它的参与者们来说，无疑是一件令人感奋的事情，它使每位著者多年从事的、有兴趣的研究对象，在一个整体性的框架内得以表达，在充分体现作者学术个性的前提下，又集中表达了一个学术群体对百年中国文学的思考。在又一个世纪即将莅临之前，我们将自己的思考留在这个世纪的黄昏。

这是一个学术群体共同完成的成果。应该说，每位著者都在自己述及的时段长期从事教学和研究，并有影响不同的成果在学界产生反响。需要指出的是，"百年中国文学"这一概念，首次诞生于80年代末期，它的提出者，是丛书主编谢冕先生。那是中国社会生活发生了重大变动的年代，它不只是经济活动合理性地成为社会生活的主体，而且，长期占支配地位的社会价值观念、思想观念和道德观念等，都发生了重大变动甚至解体。百年中国的命运及当下的现实，使许多知识分子的内心凝重而悲凉。与历史的断裂感，洪水出闸般地掠过人们心的堤坝，对自身生活丧失解释力的苍茫感，被许多人隐约感到。一时间，"失语"一词开始流行。所谓"失语",并非是学人丧失了学术表达的语言能力,关键是对个体的生存方式和价值产生了怀疑,他们的社会位置发生了突变。谢冕对这些变化并非没有感知,但他从未表达,在他的学生面前依然如故。出于对学术发展和教学的考虑,自1989年10月起,他以"批评家周末"的形式,对就学于他的博士生和国内外访问学者进行教学和研讨活动,决定对百年中国文学进行系统的梳理和研究。限于当时的学术环境和"批评家周末"的影响,在京的许多青年学者和在校的青年教师,都自愿地参加了这一定期的活动。这不仅提高了研讨活动的学术质量,同时也为青年学人提供了较好的学术环境。"百年中国文学"的概念,正是这时由谢冕先生正式提出的。他指出:"百年中国文学"的提出,受到了黄子平、钱理群、陈平原三人于80年代中期提出的"20世纪中国文学"的启发,这一文学整体观的思路有很大的开创性,在当时产生了广泛的影响,甚至在一定程度上改变了现、当代中国文学研究的传统思路。但是,由于各种原因,对20世纪中国文学的研究实践,尚未来得及展开。我们的工作,则是进行具体的操作实践。不同的是,谢冕的"百年中国文学"的思路,将视野前移至1895年前后。在他看来,发生于1898年的戊戌变法,开启了中国知识分子思考中国变革的先声,它极大地启发了后来者,或者说,那一事件作为重要的思想资源,不断地鼓舞、感召了富有忧患传统的中国知识界。因此,他的"百年中国",大体指的是1895至1995年。

1989年10月至1990年7月,谢冕主持了他总体构想中的第一阶段的工作,他将研究活动的总题目命名为"百年中国文学——世纪之交的凝望",在这一总题目下,有十个具体的研究题目在那一年完成，并先后在国内重要的学术刊物上发表，成书后因出版原因而束之高阁。但它为后来的工作奠定了基础并积累了经验。1990 年开始，总体构想中的"20 世纪中国文学"丛书付诸实施，丛书十卷于 1993 年由时代文艺出版社一次出齐，它受到了国内外学界的关注和好评。谢冕在丛书的总序中，简约地回顾了中国文学与百年中国的关系，检讨了百年来文学与现实难以分离的合理性及其后果。他说："中国文学的创作和研究受制于百年的危亡时世太重也太深，为此文学需自愿地（某些时期也曾被迫地）放弃自身而为文学之外的全体奔突呼号。近代以来的文学改革几乎无一不受到这种意识的约定。人们在现实中看不到希望时，宁肯相信文学制造的幻象；人们发现教育、实业或国防未能救国时，宁肯相信文学能够救民于水火。文学家的激情使全社会都相信了这种神话。而事实却未必如此。文学对社会的贡献是缓进的、久远的，它的影响是潜默的浸润。它通过愉悦的感化最后作用于世道人心。它对于社会是营养品、润滑剂，而很难是药到病除的全灵膏丹。"文学的功用曾被人为地夸大，但考虑到百年中国具体的历史处境，他同时指出：

> 一百年来文学为社会进步而前仆后继的情景极为动人。即使是在文学的废墟之上我们依然能够辨认出那丰盈的激情。我们希望通过冷静的反思去掉那种即食即愈的肤浅而保留那份世纪的忧患和欢愉。文学若不能寄托一些前进的理想给社会人心以导引，文学最终剩下的只能是消遣和涂抹。即真的意味着沉沦。文学救亡的幻梦破灭之后，我们坚持的最后信念是文学必须和力求有用。正是因此，

我们方在这世纪黄昏的寂寞一角辛苦而又默默地播种和
耕耘。

这样的认识或许不合时宜,或许因不够"新潮"而有保守和"传
统"之嫌,但它显示出的作为中国现代知识分子的郑重思考,却
依然令人为之动容。最后他说:

> 作为 20 世纪的送行人,我们感到有必要把这一代人的
> 醒悟予以表达。这种表达当然只能通过文学的方式。我们
> 期待着放置于百年忧患背景之上而又将文学剥离其他羁绊
> 的属于文学自身的思考。这种思考不意味着绝对的纯粹
> 性,它期待着文学与它生发和发展的背景材料紧密联系。
> 我们希望这种思考是全景式的,通过对于文学追求的描写
> 折射出这个世纪的全部丰富性。

这套丛书,最大限度地发挥了每个作者的创造性,这些作品
的学术个性及影响,至今仍为人们热情地谈论。但它不是在整
体性的学术框架内系统谈论百年文学的著作。与此同时,1993
年,谢冕主编了一本名为《中国文学百年梦想》的书,试图从文
化思想史的角度,描述出百年中国文学的思想文化背景。这些,
都是谢冕对百年中国文学总体研究构想的一部分。它们都还没
有接近最后的目标。

1992 年 7 月始,他逐渐向这一目标靠近。在那段时间里,
"批评家周末"的成员,也是丛书的大部分作者,开始就自己承
担的工作在研讨会上报告。"百年中国文学"的大部分内容,都
曾在研讨会上报告过。"批评家周末"的成员们,对每一个报告
都热情地提出了建议和看法,它对于丰富丛书的内容、拓展作者

的视野和思路，无疑是十分重要的。

1995年11月，召开了第一次编写会议。谢冕向全体与会者阐发了《百年中国文学总系》缘起、过程和追求的目标，并以16字对此作了概括：长期准备、谨慎从事、抓住时机、志在必成。他指出，丛书主要是受《万历十五年》《十九世纪文学主潮》的启发，通过一个人物、一个事件、一个时段的透视，来把握一个时代的整体精神，从而区别于传统的历史著作。根据这一启发他提出了丛书编写的三点原则：

一、"拼盘式"：即通过一个典型年代里的若干个"散点"来把握一个时期的文学精神和基本特征。比如一个作家、一部作品、一个作家群、一种思潮、一个现象、一个刊物等等。这说明丛书不是传统的编年史式的文学史著作。

二、"手风琴式"：写一个"点"，并不意味着就事论事、就人论人，而是"伸缩自如"。"点"的来源及对后来的影响都可以涉及，强调重点年代，又不忽视与之相关的前后时期，从而使每部著作涉的年代能够相互照应、联系。

三、"大文学"的概念：即主要以文学作为叙述对象，但同时鼓励广泛涉猎其他艺术形式，如歌曲、广告、演出，等等。

上述设想得到了严家炎、洪子诚、钱理群等先生的热情肯定和支持，并就年代选择，校园文化、政治文化、商业文化的关系，良好的文风和学风等看法，丰富了丛书的设想，并具有操作上的可行性。

"百年中国文学总系"丛书，从缘起到实现，历经了七年多的时间。它的出版，将为百年中国文学的研究提供一个参照。对我们这些参与者来说，它是一个值得纪念的工作，它的整个过程,值得我们深切地怀念。作为"跑龙套"的,我协助谢冕先生自始至终地参与了丛书的组织工作,因此,对丛书的全过程,我有必要做出上述记录和交代。

引言　回望激情岁月

几乎是在一个不经意的夜晚,当我们在静静的角落,一遍遍地听着这些激动而有些伤感的校园歌曲时,在一阵阵的清风中,内心深处就会有一阵阵波动。我们仿佛又回到了80年代的激情岁月中。这些校园旧曲不是《让我们荡起双桨》,而是《同桌的你》《睡在我上铺的兄弟》《青春》,等等。我们在不知不觉中竟然有些怀旧,从激越的狂想到深刻的怀旧,我们看到了两个十年间的精神转向。

怀旧让我们对过去的80年代重新凝望,审视青春,伤感而且有些杂乱的生活,一批60年代出生的人在这个年代成长,传承了它的迷惘、它的混乱的知识,同时也传承了理想主义不熄的火种;一批50年代出生的人在80年代重新找回自己,并以迟到的思考,把年轻人的激越和过来人的安静巧妙地统一在一起;而一批40、30年代出生的人,回望那些充满磨难的岁月,寻找贯穿终生的哲学和信仰。

80年代有那么多的躁动、那么多的混乱、那么多的反复、那么多的宣言,被宣称是"真理"的东西,往往在其诞生之时就消失了。这个年代让人想起高速奔驰的列车,快捷而不稳定,想象一个接着一个,困惑一个接着一个,思考然后又改变这种思考,反反复复而又乐此不疲。这是一个不厌倦的年代,有走向富裕的生活所带来的最初的愉悦之感,又有或隐或现的通货膨胀带来的不安和惶惑。在欢呼与欢呼之间,似乎只有短暂的不易觉察的迷惑,就像一个18岁出门远行的少年,总有新鲜的人、事,总有走遍天涯的雄心。这个年代的思想不可能会是荒原,问题仿佛被解决了,又一个个地遗留下来,每个人都想把偌大的民族放在心中,承担它的荣辱,给悠长的历史做出一份迅疾的解答。

这是一个解放的时代,从精神到肉体几乎都感受到解除束缚的轻松。这个时代总是让人想起"五四",想起世纪之初那些同龄人的往事。那种离家出走的决绝,那种与传统宣战的坚定,那种对未来的不停顿的想象,那种爱恨分明的清晰,那种面对自我的勇毅,那种面向整个世界的开阔,所有这一切都已经成为一个时代的心灵历程。这个时代太多的内容、太多的故事、太多的感想,似乎是史书都难以承载、难以容纳的。一场又一场的思想风暴迅猛地席卷了这个年代,一场又一场的论辩磨砺着这个时代的反应力和智慧,这个时代似乎没有产生巨人,但又确定无疑地为巨人的产生做了必要的训练。或许正因为如此,这个年代一直不能留给我们一个清晰而完整的形象,它就像一篇杂乱无章的草稿,里面有各种各样的线索,而根本谈不上是脉络清爽的故事。当我们试图给这个年代做出一种概括的时候,就同时有一种失语之感;在给这本书命名的时候,这种感觉就更加强烈,几乎就没有一个恰当的称谓可以使用。于是在颇费思量之间,就勉强地用了"延伸与转折"这样的名称。这似乎不能算是概括,而仅仅是描述,描述在这个年代文学思想运行的状态。说"延伸",指的是80年代对一个世纪以来文学主题的承接;而说

"转折",指的又是80年代对前此文学思想的某种革命。如果放在百年中国文学的行程中来看,正是在延伸与转折之间,80年代的文学完成着它自身的使命,并且成为以世纪为主题的大叙事的重要组成部分。

当这样一个十年匆匆过去之后,就忙着要做出一个确定的结论,似乎还为时过早。回味着这个刚刚过去的时代,我们似乎宁愿让记忆仅仅成为记忆,让感想仅仅成为感想,让情绪仅仅成为情绪,我们仿佛就这样把对一个时代的深刻总结留给21世纪,或留给迟暮之年的静思。然而,缺乏耐心的等待,已经使这一工程早早启动了。也许是出于百年结算的整体需要,也许是出于"这么早就回忆了"的怀旧心情,我们几乎是一厢情愿地写起了十年前的历史。在该不该"出手"的问题讨论清楚之前,我们就已经"出手"了。

在某种程度上讲,我们并不因为居于90年代而拥有多少面对80年代而言的自以为是的优越感,因此对80年代的回望,至多可算作一种描述,力图书写出一种运动的轨迹或状态,包括曾经生活于其中的体验。我们与这个年代还存有知识上、精神上的种种直接的联系,而且这种联系并不就能轻易消失。基于这一条件,我们的回望还不可能是完全跳出其中的解读;而要雄心勃勃地全面解构80年代,也只能是更为遥远的事情。80年代作为一种文化、一种现象,还在我们心中或多或少地存留着、延续着,或许可以说,它还没有完全结束,因而不能像一种被完成的文本,可以孤立地、静止地出现在解读的视野中。因此,从90年代回望80年代,就存在着这样一种局面,它既是一种优势,一种可以加入种种体验的"过来人"的写作优势,也是一种巨大的难度，我们会因为与这个时代的种种可见的联系而难以形成恰当的距离感，以至于可能造成对这个时代及这个时代的文学做简单的复述。如何既能运用其中的优势，而又能克服其中的难度，这将是一种挑战。我只是希望在这种挑战面前，我能尽可能地做到得心应手。

一、走向城市

十多年后想起来，我们这一代人的人生，真正算是从《人生》开始的。那时候我就要高中毕业，并即将跨入大学之门。我至今还记得，在高考结束后的那个郁闷的夏季，读到《人生》时的那种无语的战栗之感。应该说是"感同身受"，因为这部小说中高加林的命运总是让我想起自己的命运，同样地是个乡村读书人，同样地进入过难以言传的高考季节，同样地面临着进城还是回乡的命运的抉择。如果说有区别的话，除了没有"大马河川里最俊姑娘"①的爱情外，就是高加林已经被历史（或者说被作者路遥）做了无情的裁定；而自己能否取得进入城市的门票、能否获准"公家人"的资格，尚在焦虑不堪的期待中。所以当读到高加林那段痛苦的思考时："他感到自己突然变成一个真正的乡巴佬了"，才真正有一种揪心之感。尽管"他"用肥皂一遍遍地把"身上的泥土味冲洗得差不多"，但"乡巴佬"的身份似乎已是却之不去的宿命了。当"他抬起头，向沟口望出去，大山很快就堵住了视线，天地总是这么狭窄"，高加林面对"连绵不断的大山"时的那种失望甚至是绝望，曾经让我彻夜难眠，这不是出于一种美学效果，而是出于一种人生处境，我甚至由此联想到我可能就像这样在大山皱褶之间的乡村里，度过寂寞、苦痛的一生。虽然后来也知道,在高楼的缝隙间生活的"城里人",同样也有寂寞而苦痛的况味,但我当时就是这么认定,城市的生活是热闹而欢乐的,而寂寞和苦痛只与乡村有关。

事实上,就在一个置身于高中与大学、乡村与城市的关口间的年轻人在为《人生》独自神伤的时候,《人生》早已成为一个全国性的话题了。从这部小说在《收获》杂志 1982 年第 2 期、第 3 期连续刊出之后,就一直成为文艺界以至整个社会关注的焦点。继中央人民广播电台以字正腔圆的普通话连续播出小说全文之后,该部小说又被改编成电影,在全国发行放映。而小说的单行本一俟出版,就迅速成为读者争购的畅销书。

且不说阅读这部小说的种种体验已经化成了诸多不为人知的私人日记,单是正式见诸报刊、化为铅字的来信和笔谈,就已经连篇累牍了。而为此举行的即兴的或迟到的讨论会,更是不计其数。就在这部小说发表一年多的时间之后,当我终于如愿以偿地奔向大学校园,就这部小说而作的讨论依然余波未尽,一批来自于全国各地的年轻学子,还在众声喧哗的主题班会上,或熄灯之后的暗黑的宿舍里,津津有味、兴趣十足地谈论着《人生》,谈论着被路遥"虚构"出来的"高加林"和"刘巧珍"们。当然,这些讨论已是滞后的反应了,或者说是 1982 年年底、1983 年年初《人生》热的延宕或扩散。翻阅《作品与争鸣》杂志 1983 年第 1 期、第 2 期,从那些言辞急切、喜怒不一的评论文章中,依然可以感受到那种讨论的热度。

一部小说可以引起整个社会共同的关注,但关注的方式各有不同,即所谓"仁者见仁,智者见智"。共同的关注和不同的意见,因此而加强了讨论的热度。就《人生》而言,"仁者"们往往激于道德的义愤,把"高加林"漫画化为一个极端的利己主义者,"片面强调个人的'存在'和'价值'","否定个人在婚姻道德方面的社会责任","高加林"由此而被归入另册,"绝不是我们时代青年应有的情操";②而"智者"们则从《人生》中看出一个"奋斗者"的不寻常的逻辑,认定"高加林是一位有抱负、有理想,不甘于命运之愚弄,富有才干、勇于追求的新型青年"。并由此为他鸣不平,"受到指责的不应该是他,他是一位受害者,一位被社会邪恶势力击败的不幸者。在他身上表现了不屈奋斗者的诱人的魅力"。③当然,作为一种具有广泛意义的讨论,出现的意见也绝不仅仅是上述两种类型,然而,这两种类型又确实具有代表性,第一种类型是惯常的道德批评,落实为对道德责任的检查,并把责任感的强弱作为衡量人格高下的一个基本尺度;第二种类型的批评是习见的历史批评,把"人物"的命运与时代、历史的要求统一起来,并由此判定"人物"是"进步的"还是"落后的"的向度。这两种类型的意见之所以具有代表性,还在于它们认同了当代文学批评中一个长期的习好,把文学本文的解读引向一种关系中,即从文学与社会的现实关系出发进行考察。于是这两种在意见上截然不同的批评,在批评方法上却殊途同归,从对作为文学本文的《人生》的讨论出发,进入到对社会历史的"人生"的讨论。最终都面临着同样的问题:《人生》"反映"了"我们"社会什么样的人生观,"我们"时代需要什么样的"人生观"?由此而作的讨论,当然已经不是关于文学本文的技术性了,而是关于文学本文的社会性。然而,就文学创作特别是当代中国文学的创作来讲,一部作品能引起广泛的社会影响,首先不在于它的技术性,而在于它的社会性,从这种意义上,作家被推举为社会的"代言人",就因为他集中地讲述了社会共同关心的"问题"。而《人生》之所以引发了整个社会的兴趣,大约就在于它触及了当时社会敏感的神经,这根神经贯穿着国人的人生,并有可能成为时代和历史的敏感地带。至于说《人生》的语言形式和叙事技巧,就像文中那些关于乡村景致的大段描写一样,被阅读者和批评者自然而然地"排除"在视野之外了。

事实上,对《人生》的讨论,已经成为 80 年代初社会敏感话题的一个重要组成部分了。记得历史刚刚跨入 80 年代的时候,《中国青年》杂志就发起了以"人生的意义究竟是什么?"为题的大讨论,而 23 岁的青年潘晓的来信——《人生的路呵,怎么越走越窄》,更是成了讨论的焦点。人生的大问题,成为如此焦灼的关切对象,以至于《中国青年》杂志在近一年的时间里就收到 6 万余件讨论稿,其中还包括上百名青年联合撰写的来信。这场讨论最终以该杂志的一篇小结文章《献给人生意义思考者》而告结束。然而,整个社会对人生问题的兴趣依然如此浓烈,以致讨论还以各种其他的形式延续着。于是《中国青年》杂志又再辟专栏,继续地把讨论引向深入。而就在这场延续的讨论中,《人生》又作为新的兴奋点出现了。借《人生》而论人生,就这样,一篇小说与一个时代话题被紧紧地联系在一起了。

回想上一个十年,关于人生观问题的大讨论,仿佛就是热热闹闹的开端。而讨论所引发的种种思考,使人觉得整个 80 年代是皱着眉头而走入历史的,徐敬亚写于其时的诗句:"是生活教会了我思索,别责备我的眉头",就是一个说明。如果说借潘晓的来信而论人生,尚带有存在主义思潮西学初渐的效果,那么到了借《人生》而言人生的阶段,则哲学的意味减轻了,而历史的氛围加强了。当我们说我们这一代人的人生是从《人生》开始的时候,也许要说的并不仅仅是人生观大讨论带给我们的思想课程,更重要的是整个中国在迈向一个城市化的时代,而我们不得不由此开始新的命运、新的人生。借《人生》而论人生,不过是历史停在"岔口"上的必要的思想过渡。

说到"岔口",时至今日,我还记得《人生》中引用过的作家柳青的名句,这些名句曾经被我工工整整地抄录在笔记本上,算是自警自励的格言。这段话是这样的:

> 人生的道路虽然漫长,但紧要处常常只有几步,特别是当人年轻的时候。

> 没有一个人的生活道路是笔直的、没有岔道口,事业上的岔道口,个人生活上的岔道口,你走错一步,可以影响人生的一个时期,也可以影响一生。

当时读《人生》,读到这段"语录",只是为资深作家柳青的人生智慧所打动,为所认识到的那种"深刻性"而激动得坐立不安,但现在同时想到另一个问题,为什么路遥要引用这段名言作为整篇小说的"题记"呢?当然绝不仅仅在于这段名言有独具慧眼的深刻性,否则为什么不引用其他形式的广为流传的名言呢?因为被称作名言的"语录",同样都浓缩着人生的智慧和精华。而之所以引用柳青的名言,并放在至上的重要位置,也许就在于这段名言与小说全文的关系,就在于它恰当地言传了整篇小说的写作思想,成为小说"意识形态"的核心部分。对于一个扎实地生活在中国西北的作家路遥来说,"为人生"的创作是他一贯的宗旨,小说《人生》讲述的也正是一个西北"知识"青年的人生故事,他的失败和悲欢。对于一个以"为人生"为追求的作家来说,他写作的意图当然不仅仅在于只是讲述一个人生的故事,他显然是要在这个故事中"告知"一种对人生有指导功效的"哲理"。而这个"哲理"顺其自然地由小说的"题记"来承担。这种在正文之前设置"题记"以概括创作主题思想的机制,曾经是 80 年代前期一种流行的小说形式,像李存葆在《高山下的花环》前引用"位卑未敢忘忧国"的名言,像张洁在《方舟》前插入"你将格外地不幸,因为你是女人"的语录,等等。至于说洪峰在《瀚海》中戏仿式引述巴乌托夫斯基的诗句,反其道而用之,则是在此以后的事了。那么路遥在《人生》前引入的柳青的名言,也同样是以当时习见的形式明确无误地讲述出《人生》的关于人生的"哲理"。

柳青的这段名言是说人生有许多"岔道",特别是年轻的时候,这些岔道重要到影响整个一生。那么把这段作为"题记"的名言与《人生》联系起来阅读,也许可以这样认为,小说的主人公高加林在"个人生活的岔道口"选错了路,因而留下至关重要的教训。那么高加林遭遇的到底是什么样的"岔道口"呢?这个问题之所以必要,是因为当时有关《人生》的热热闹闹的讨论,最终都大致落脚于对高加林形象的评定上,而相应的情感态度都体现对高加林人生顿挫与遭际的理解中。还不仅仅如此,因为高加林在人生"岔道口"上的"失败"和"教训",似乎是一种切己的警示,所以对高加林人生命运的讨论,就很容易化作"人生的路该怎么走"这样一个严峻而现实的思考,特别是对当时我们那个群体,和高加林同样出身、同样年龄、同样在想象和限制之间生活、同样刚刚踏上独立的人生之路的群体来说，就尤为如此。

　　《人生》和对《人生》的讨论，已经成为80年代之初的往事了，再回过头来看看，忽然就会觉得以前被认为过于复杂的思想，似乎完全可以处理得简单些。当然这与我有过类似于高加林式的经历有关，因为我曾经和他一样用整个身心想象着城市，那么迫不及待、一厢情愿、义无反顾地把城市读成一首最美丽的诗。我曾经像高加林一样对乡村之外的县城着迷："亲爱的县城还像往日一样，灰莲蓬地显出它那诱人的魅力"，这样的县城在边远地区依旧存在着，今天再看一眼，也许会认为它破旧不堪，但当时的着迷却是千真万确的。高加林闭着眼，"由不得想起了无边无垠的平原，繁荣热闹的大城市，气势磅礴的火车头；箭一样升入天空的飞机"；我清楚地记得我曾经像高加林一样，在读书间歇的乡村生活中，"常用这种幻想来满足自己的精神需要"。进入城市以后，我就读的山东大学，坐落在朴实得厚拙的济南古城，我的同学中大半也都来自全国各地的乡村，他们似乎和那座古城一样朴实。在一次班会上，我们说起《人生》，问到最难忘的是哪一部分时，几乎都认为高加林进城淘粪、遭受城里人的冷眼的那段，是印象最深刻的了。然而，无论城市如何拒绝，这群来自乡村的年轻学子都一厢情愿地痴迷着城市，同时，也因为遭到城市的某种程度的拒绝而产生仇怨。对城市的亲近和仇怨曾经化作一种联想，想到小说《高老头》的结尾，外省青年拉斯蒂涅站在郊外的山冈上，面对巴黎的万家灯火，说道："巴黎，我们来拼一拼吧。""拼"无疑被理解成了对拒绝的反抗。只不过在《人生》中，高加林对城市的痴迷是温和的、抒情的：当星星点灯，灯火在城里亮起来的时候，高加林才站起来，下了东岗，一路上，他忍不住狂热地张开双臂，面对灯光闪烁的县城，嘴里喃喃地说："我再也不离开了……"

之所以这么不厌其烦地讲述这种迷恋城市的激情，就是因为"城市"对于高加林、对于一个特定的群体，甚至对于一个时代的意义。而路遥在《人生》中所讲述的"岔道口"因此而成为一种根本性的所在。由此，《人生》故事可以说成是这样一个基本结构，一个渴望走向城市的乡村青年最终不得不回到乡村的悲剧，而其中的男女情事则可以理解为在这一母题下的子故事，或者说是其"衍生"形式。当高加林飞向城里，作为一个知识分子生活时，刘巧珍走不进他的生活；当高加林落魄归乡，作为一个农民生活时，黄亚萍走不进他的生活。

值得注意的是，在关于《人生》的讨论中，如果不是纠缠于情爱的是是非非、道德的细枝末节，那么都极有可能把视野放得更远，并投向一个大的环境中，小说本身的意义也会广泛得多。陈骏涛在关于《人生》的札记中就曾经对此做过点评：

> 塑造高加林的形象，可以在高家村这样一个比较狭窄的具体环境中进行。但那样一来，高加林形象的价值和意义可能就小得多了。如今作者却把高加林置身于高家村与县城之中，即城乡"交叉"的位置上，这样，环境开阔了，高加林的风华正茂性格就有可能得到充分的展开。而这，也正是反映了新时期农村生活的一种新的趋向，随着社会主义现代化建设的发展，城乡之间的联系和交往将愈益频繁，城市生活对农村生活的影响和渗透将愈益深重。④

　　如果说高加林的命运置身在高家村与县城的"交叉"位置，那么推而广之，及至更大的环境，则可以说中国社会处在城乡的"交叉"位置。这种"交叉"的矛盾像王信在评点高加林时所说的那样："而从'交叉地带'成长起来的高加林这样的知识青年，在目前的现实生活中，他们多半是既难以如愿地进入城市，又难心甘情愿地归乡务农。他要在这条城乡之间的道路上挣扎、奋斗、碰撞、翻腾。只要在生活道路上没有找到归宿，他无论与乡村姑娘恋爱还是不与城市姑娘恋爱，都难免不是悲剧。"⑤

　　当问题归结到"交叉地带"的处境时，至此，我们就不难领会到《人生》"题记"中关于"岔口"及"岔口"产生的原因了。对于高加林而言，"岔口"正是在城乡"交叉地带"的个人抉择，而对于80年代初的中国社会来说，"岔口"正是在城乡过渡地带的历史抉择。而相应的爱恨情仇都不过是这种抉择的结果，或者说是这种抉择付出的代价。关键之处还在于，如何走过这个岔口，如何跨越"交叉地带"，如何对个人或历史的未来做出承诺。而《人生》之所以引起社会的关注，就不仅在于阐释了高加林人生的"岔口"处境，也在于阐释了像高加林这样的一群人的"岔口"处境，更在于阐释了80年代之初整个中国社会的"岔口"处境。如果按照弗雷德里克·杰姆逊的说法，文学写作是"社会象征行为"，那么"人生"无疑就是80年代之初中国社会的历史象征。

　　如果说《人生》是个象征，那么让我们以这个象征为"浮桥"，回返到80年代前期匆匆的时光中，回返到那个似曾相识的历史处境中。

在《人生》中,透过高加林的眼睛,我们曾经读过这样一段
"城市抒情":"西边的太阳正在下沉,落日的红晕抹在一片瓦蓝
色的建筑上,城市在这一刻给人一种异常辉煌的景象。"

尽管此时此刻的高加林还只是一个小通讯员,一个没有最
后给定身份的过客,一个城市的寄居者,但他的内心已深深地沉
浸在城市诗意中。在这样一个"他者"的眼中,城市成了一种奇
观,被"看"成了乌托邦。如果我们把这段文字与张爱玲的一段
"城市独白"相比较,则显见出一种差异性:

> 我喜欢听市声。比我较有诗意的人在枕上听松涛、听
> 海啸,我是非得听见电车声才睡得着觉的。在香港的山上,
> 只有冬季里,北风彻夜吹着常青树,还有一点电车的韵味。
> 长年住在闹市里的人大约非得出了城之后才知道他离不了
> 一些什么。城里人的思想,背景是条纹布的幔子,淡淡的白
> 条子便是行驶着的电车——平行的、匀净的、声响的河流,
> 汩汩地流入下意识里去。⑥

两相比较,差异就在于,一个只是经历过短暂的城市生活的
"乡下人",而一个则是"长年住在闹市里"的"城里人";一种是
新奇的目光,一种是稳定的感受。同样地是讲城市,一个更像抒
情,一个更像叙事;一个急切地抒发,一个悠悠地道来。这就像
李书磊比较过的两种城市写法:"写强烈感可以带有一定的表
演性、夸张性且可在按照一定的格式,因而比较易于实现;而要
写出家常感则需要掌握对象的丰富性、复杂性以及匪夷所思的
诸多委屈:这往往要土生土长、深得个中之昧的人才能办到。"⑦

在路遥眼中以及在路遥虚构的"高加林"的眼中,城市之所

以呈现"异常辉煌的景象",之所以形成"强烈感",或许就在于没有土生土长或长久寓居于城市的平常的体验,因而在与城市最初的遭逢中,就有一种激越、一种忙乱。如果再回味一下斯宾格勒在《西方的没落》中说过的话,"一种文化的每个青春时期事实上就是一种新的城市类型和市民精神的青春时期。前文化的人在这种他们与其不能发生任何内在关系的类型面前是深感不安的",也许我们不难就此理解出,一旦与城市文明发生关系之后的感奋心情。而事实上,对于80年代中国改革开放的现代化进程来说,这种强烈的"城市抒情"正是最初的体验。这种体验显示的不是一种叙事的魅力,而是一种被渲染了的激情,这种激情曾经蕴含在长久生活于乡村中的人对城市万花筒般的想象中。对于一个正在迈向城市时代的国家而言,这种想象成了一种不失时机的心理准备。尽管这种准备因其"表演性""夸张性"而有点喜剧色彩或童话意味。在与《人生》几乎同期发表的小说《鲁班的子孙》中,"哥"和"妹"关于城市的一段对白,正是那个年代对于城市的较为普遍的"书写"方式:

妹问:"省城大吗?"

哥说:"很大很大,比十个县城加在一起还要大。"

"你吹!"妹笑了。

哥红了脸:"不信你去看,楼房比县里发电厂的烟囱还要高。"

想象对于城市的把握和城市对于想象的突破,这种内心行为在80年代前期的大面积的出现,无疑昭示了中国向城市迈进的历史转折中的时代精神。事实上,就在这种内心行为出现前后,城市生活对乡村生活的渗透已经在悄悄地发生了,像《哦,香雪》中,乡村姑娘香雪在铅笔盒"吧嗒""吧嗒"的响动中已经聆听到远在山外的城市的声音,而向前方无尽延伸的铁轨已经把她的想象带到了城市的边缘;在《爬满青藤的木屋》中,大山里的一只带天线的木壳收音机已经在传递着有关城市的信号,并由此引动了乡村妇女在刻板的生活中最初的内心悸动。然而无论是清纯的想象,或是激越的悸动,都已经在悄悄地蕴积着力量,在发动着向城市的孱弱而坚定的进军。尽管《人生》中高加林被城市拒绝而回乡,尽管《鲁班的子孙》中"小木匠"被乡村拒绝而自我放逐,但这些都可以理解为"进军"中的不愉快的插曲、必要或不必要的挫折,他们是进军的先锋,而在他们的身后则是长长的"向都市迁徙"的队伍。或许正缘于此,我们对李书磊在《都市的迁徙》中的判断会产生认同:

> 对于现代中国人来说,20 世纪以来生活方式最明显也是最深刻的变化就是现代城市的兴起。现代城市的兴起,极大地改变了国家的政治组织方式,极大地改变了社会的经济结构,同时,也是更重要的,极大地改变了人们的日常生活状态。现代城市已不仅是一个地理概念、社会概念,它还是一个内涵极其丰富的文化概念——它是一种崭新的生活方式。[8]

纵览 20 世纪,这种走向城市的强劲而新鲜的浪潮曾经出现过两次,一次是在 30 年代,而另一次则是在 80 年代。在 80 年代初期改革开放力量的引动下,现代化冲击与城市化浪潮几乎是同步推进的。特别是到了 1982 年,"在农村体制改革完成并

取得了空前的成功之后,中国社会来到了工业化与现代化进程
的临界点上"⑨。并且在走向城市的浪潮中,经受着"激情、热
情与狂喜"的情绪体验。1982年可以说是中国社会走向城市的
一个"临界点",而就在1982年路遥发表了轰动社会的《人生》,
讲述的正是这样一个在乡村城市"交叉地带"跨越"岔口"的人
生故事。有意思的是,当路遥"感情用事"地让笔下的主人公转
过身来,踏上归乡之路的时候,我们当时的一批年轻读者却在为
高加林掬同情之泪后,又决然地重登返城的道路。路遥所"设
置"的"岔口"教训、人生悲剧丝毫没能阻挡住我们的步伐。路
遥以他的《人生》在1982年树立了一个象征,然而这象征却没
有指向他最后的意图,启示我们的却是一种反向的力量。因为
这个象征已经属于历史,而不是个人,个人的"归乡"的意志在
"进城"的历史潮流面前显然是脆弱的,所以在《人生》发表后不
久出现这样的疑问,就不足为奇了:"问题不在于人物的思想是
否真实地转变,而在于人物身上所反映的矛盾是否能够真正解
决。读者的确被作品中的人物所感动了,但他比作品中的人物
更客观、更冷静,当高加林认为自己回到故乡的大地上已经找到
了人生的正路时,读者却不能不有所怀疑:难道他今后就真的这
样生活下去吗?"⑩"高加林"作为作品中的人物,只不过是小说
作者"虚构"的产物,说读者比"高加林""更客观、更冷静",无
疑暗示着读者比作者"更客观、更冷静",进一步的意指则是,让
"高加林回到故乡的大地",并认为"找到了人生的正路",这种
意图是不客观的、不冷静的。如果说这种疑问还只是一种暧昧
的暗示,那么在另外一篇言辞激烈的批评文章中,则把矛头直指
作者,认为作者"忘记了性格发展的必然逻辑性和转变的时间

性、条件性、环境性等因素,人为的痕迹加重了失真的程度",高加林命运中这些"偶然性事件"的出现被直接归结为作者的"人为"因素,导致"作品在展示主题上是模糊的、逻辑上是经不住推敲的"⑪。这种指责联系到高加林被"人为"安排的命运,联系到正在走向城市的历史实践,无疑传达了这样一种心声:《人生》作者对走向城市的时代精神还把握不定,而拒绝城市的情感态度是违背历史逻辑的。回想80年代之初阅读《人生》的经验时,那种对高加林命运安排的普遍的"别扭"之感和"造作"之嫌,正是在这种批评中得到了化解,并因为走向城市的意志得到"正名"而求取了一份慰藉。

城市化的浪潮,在后来的寻根文学中也陆续得到反映,特别是这一浪潮对广大的乡村地区、边远地区的冲击,已经成为中国现代化运动的必然的历史现实。像在扎西达娃的小说《系在皮绳扣上的魂》中,主人公塔贝原本要走向通往宗教理想国巴拉的道路,然而就是在他游历遥远的藏南帕布乃冈山区时,城市文明的气息也迎面扑来。他已经不可思议地走在了通往都市的路上,"越往后走,所投宿的村庄越来越失去了大自然夜晚的恬静,越来越嘈杂、喧嚣"。"机器声、歌声、叫喊声",成了响彻乡野的交响曲:"现在家家都想买拖拉机。大清早,隆隆的机器声掩盖了千百年雄鸡的打鸣声,道路上的马车和毛驴被挤到了边上。人们喝着从雪山流下的纯洁透明的溪水时,也嗅到一股淡淡的柴油气味。"而新一代的乡下人,则已经在城市文明的装备下,被重新"编码"了:"戴着电子表,腰间挂着小巧的放声机,头上戴着耳机,他随着别人所听不见的音乐节奏扭着舞步,真是把城里公子哥儿的派头学到家了。"

如果说《人生》中,那个远在西北的县城还有抹不掉的土气和灰色,那么在中国东部的沿江和沿海地区,城市文明则已经变成一种明朗和亮丽的现实了。在李杭育的小说《最后一个渔佬儿》中,老渔民福奎的视野已经笼罩在城市的辉煌里,"福奎老远望对岸新铺的江滨大街那溜恍如火龙的街灯。这些日子,一过晚上七点,仿佛有神仙作法,眨眼之间工夫,这条火龙刷地亮了","他每夜都数着那一溜街灯,却从没数准过究竟有多少,他对这些街灯很感兴趣。尽管当初铺路的时候,炸药把江岸的山崖崩得惊天动地,把江里的鱼吓跑了,他也得认为,如今西岸这富丽堂皇的气概,委实叫人着迷"。尽管寻根小说家们往往在匆匆地眺望了城市的灯火之后又回到辽阔的、古老的、边远的乡村大地,这让人想起《系在皮绳扣上的魂》中的塔贝,"他要走的绝不是一条通往更嘈杂的和各种音响混合的大都市的路",以及《最后一个渔佬儿》中的福奎,"情愿死在船上,死在这条像个娇媚的小荡妇似的迷住了他的大江里",然而,这种逃避和归隐恰恰说明城市文明不可阻挡的冲击力。

无论是任性地抗拒城市也好,还是坚定地走近城市也好,80年代之初的城市逻辑都逐步转化为一种普遍的历史实践。城市化以越来越快的速度走进越来越多的人的日常生活。城市开放而自由的精神在逐步地扩散,对于一个在闭塞而郁闷的乡村生活久了的国度来说,城市生活无疑传递出了最初的欢乐,就像直面新鲜而明媚的阳光:

> 我们希望翱翔于空中的鸽群
> 也像水上城市威尼斯的鸽子

　　像巴黎卢浮宫门前的鸽子

　　（我们在电影和画片上见过）

　　收拢擦亮蓝天的双翼

　　悠然落在我们修筑的道路之上

　　落在喷泉飞溅欢乐的街心公园

　　落在大街拐角处的白色斑马线上

　　落在白塔似的交通岗亭顶端

　　安详地散步，并多情地

　　向老人和孩童喃呢咕咕……⑫

　　今天再来说这首热情洋溢的"城市诗"，我们丝毫不怀疑它的稚嫩，它不像是诗，倒更像是一种社会宣言、一种独白，它把大段大段的排比长句以分行的形式，呈规模效应地喷射出来。这些诱惑似乎是不经多少处理的素材，直接地涌入了诗歌的想象空间中。事实上，80 年代之初进入城市生活的最初的欢乐，并不是由小说而是由诗歌来承担的，似乎只有诗歌才能承担这种宣泄式的抒情要求。反过来说，正是这种抒情要求，产生了"城市诗"之初的稚嫩的文体，郦辉对此所做过的大段分析是颇为中肯的：

　　　　因此，现代都市以这种有力并富于魅力的结构分析出一片温馨，从而使它的子民们为之倾恋，而满怀着青春憧憬、刚刚开始介入城市的诗人们也不可避免地陷入此劫。在这个浑身散发诱惑之香的尤物面前，他们期期艾艾地诉说着各自的恋情与颂歌。"南方/装满柠檬汁的城市/牛奶在取得新的订户/婴儿诞生于阳光充足"（孙晓刚《南方，有一座美丽的城市》),城市如童话一般美丽。

甚至他们带着伪善的梦幻色彩拼命涂抹着城市意象:灿烂的音乐雨,如梦之伞,情人藤状依偎,于是诗人"愿城市成为音乐山谷/所有嘈杂和哀怨都在这里消失,"并且"我不愿意告诉谁/山谷里还有一座坟墓/静静地睡着我的过去/那时,我是一名流浪歌手"(宋琳《音乐山谷》)。这里已不容许对城市的怀疑意识。⑬

当城市成为抒情对象的时候,城市也同时成了激情之源。城市的各种物象、城市生活的各种细节,一时间都成了情感的触媒。城市因此而抽象为一种理想,城市本体因此而上升为一种巨大的意义,而它又反过来源源不断地为"城市诗"提供着抒情的动力。而城市这种被合法化了的超级地位的获得,正源于这样一种以二元对立为基础的元叙事,即在城/乡的关系中,"城市"被认为是文明的,而乡村被认为是愚昧的。对于急切地奔向城市时代的民族来说,这种元叙事首先是出于一种集体的意志、一种情感上的给定。而城市无限丰富的物品、大量集聚的财富,无疑给了从贫穷中过来的人们以生活上以至心理上的保证和承诺。季红真曾经以"文明与愚昧的冲突"为主题对运行到80年代中期的新时期文学做过概括,如果说这种概括的模式还是显得有些大而化之的话,那么这一模式倒不妨具体化为"城市与乡村的冲突"。这种置换有过一个经典的依据,那就是马克思曾经在对人类历史的深刻分析之后做的论断:"物质劳动和精神劳动的最大的一次分工,就是城市和乡村的分离。城乡之间的对立是随着野蛮向文明的过渡、部落向国家的过渡、地方局限性向民族的过渡开始的。它贯穿着全部文明的历史并一直延续到现在。"⑭

按照这一论断，80年代初期中国改革开放的现代化运动，正是顺应着这一"过渡"的要求，或者说是这一"过渡"在一个落后的第三世界国家的现代延续。这一延续，是从乡村向城市的迁徙，也是从愚昧向文明的转折。由此我们不难理解80年代之初中国文学"城市诗意"的背后，正是一种"被意识到的历史内容"。而如果我们再回到《人生》这部小说，高加林对"物质劳动"或"精神劳动"的选择，正体现在对"城市"或"乡村"的选择上。而遍布其中的矛盾，正可以回到"文明与愚昧的冲突"这一被大致认可的主题上，由"城市与乡村的冲突"到"文明与愚昧的冲突"这样一种内在一贯的逻辑，已经"自然而然"地化为当代中国作家的某种典型的人生体验。

80年代中期出现的一篇散文《青春的抗争》，可以说是这种体验的代言之作。这篇散文讲述的是一位青年作家短暂的深圳之旅，而就是这次短暂之旅产生了内心深处的震惊效果。作者在文中把初逢这座新城的兴奋之情做了大剂量的铺展："就在我的脚踏上它人潮奔流的街道的那一刹那，我的心就与这座城市的脉搏开始了不寻常的共振，我那样真切地感觉出这是在启示着某种命运。一种莫名的渴望引导着我走遍了整个城市，我被一个崭新的发现激动着：啊，我的城。是的，我的城！"作者回到城市与乡村的对比这一母题中，引发出了进步与落后、文明与愚昧、青春与衰老这些根本的关系：

　　　　当我在辽阔的华北走过一片又一片用秫秸堆和茅舍连接起来的死寂的村落的时候，当我走进城郊或者村头一座座结满蛛网的古寺的时候，当我在无数个寂凉的早晨和阴郁的下午感受生命的无限萧索的时候，我内心默默期待着、呼唤着、幻想着的不正是它吗？这一群群童话般在长满野草的荒地上矗立起来的高楼，这一支支有力地摇动着大吊车的长臂，这一条条新开的公路劈山跨河的气势……不，最使我撼动的还不只是这些，而是这里的人们眼睛里那种闪动的、灼人的光彩。一切旧的都要在这里被抛弃，一切新的都要在这里被接纳；蒙在思想上的厚厚的灰尘被掸除了，封锁感情的声音洪亮了，连人们的脚步也显得那样矫健、坚实、充满信心；日日夜夜都在持续着有力的撞击，里里外外都在经历着全新的蜕变，在这里有荆棘但没有退缩，有重压但没有屈服，有失败但没有停滞……每个角落里都燃烧着生机勃勃的青春激情。⑮

注释：

① 路遥：《人生》，载《收获》1982年第2期、第3期。该部分中未特别注明出处的引文，均出自《人生》。
② 曹锦清：《一个孤独的奋斗者形象——谈〈人生〉中的高加林》，载《文汇报》1982年10月7日。
③ 席扬：《门外谈〈人生〉》，载《作品与争鸣》1983年第1期。
④ 陈骏涛：《谈高加林形象的现实主义深度——读〈人生〉札记》，载《作品与争鸣》1983年第2期。
⑤ 王信：《人生中的爱情悲剧》，载《作品与争鸣》1983年第2期。
⑥ 张爱玲：《公寓生活记趣》，见《张爱玲文集》，第四卷，第38页，安徽文艺出版社，1992。
⑦ 李书磊：《都市的迁徙》，第152页，时代文艺出版社，1993。
⑧ 同上，第3页。

⑨　戴锦华:《电影理论与批评手册》,第60页,科学技术文献出版社,1993。

⑩　同注⑤。

⑪　同注③。

⑫　曹增书:《公共汽车售票员》,见《青年诗选1983—1984》,中国青年出版社,1985。

⑬　郦辉:《城市诗提供了什么——评诗集〈城市人〉》,载《上海文论》1988年第2期。

⑭　马克思:《费尔巴哈》,见《马克思恩格斯选集》,第一卷,第156页,人民出版社,1972。

⑮　李书磊:《青春的抗争》,见《青春的抗争——当代中国大陆学院探索散文选》,顾潜编,工人出版社,1988。

二、"理一理我们的根"

　　回到 1985 年,回到"令人困惑的神秘莫测的 1985 年"①,我们就仿佛回到了 80 年代的核心地带。在这个不寻常的年头,精神的突然转向、文化的奇异爆发,都像在一夜之间就发生了,并对解释构成挑战。写于 80 年代中期的一首名为《独白》的散文,可以说是 1985 年最生动的"独白":

> 　　在昼夜如斯的喧哗中,沉溺了无数的神话和寓言。那些恍惚的线索线条挣扎着攀满所有空白的墙壁,以殉道者的姿态横行独步于被篝火余烬占据的角落。仿佛可圈可点的族徽,依稀衣袂纷飞的逝者,在路人匆匆的咀嚼和反刍中,毫无例外地化为点点滴滴的古老。②

这些仿佛火苗般跳跃的语句,对于我们这些 80 年代中期在大学校园里生活过的人来说,是再熟悉不过了。那个年头,我们是如此被一些想象、被一些事物激动着,以至于坐卧言行这些日常的行为都充分地情绪化了。我们激动不安地去听演讲,然后在思想的震动下热情地构想解决中国所有问题的"一揽子"计划;我们在人声嘈杂的学生餐厅、凌乱不堪的狭小宿舍里为一个又一个问题而争执着,并对自己习得的"真理"不被接受而孤愤难平;我们还不尽熟练地操持一个又一个新鲜的甚至是怪异的名词,把论断一次次地推向极端;我们在主题班会上高谈阔论,以"撬起地球"的气概严肃地讨论人类的命运,并且真的相信"不想当元帅的士兵不是好士兵"……这是一个意气用事的年代,充满着激情与狂想,那些前所未见的"新思想""新观念"一俟在内心匆匆落定,就仿佛神灵附身一般地引发出不由自主地颤抖,这种情形有点类似于郭沫若当年在写作《地球,我的母亲》之前灵感骤然而至的癫狂。我们至今还仿佛感受到精神的力量、想象的力量在 1985 年的剧烈释放中所产生的炙手可热的能量。难怪批评家宋耀良在回顾 1985 年时还那么激动不安,他说:"这是奇迹迭出的一年,创造力炽烈沸扬":

> 这是民族主体精神和生命力度在艺术领域中的又一次喷涌勃发。也许,在外观上不曾有 1976 年的波澜壮阔和声势浩大,形态上也不似 1980 年的天真烂漫与鲜活洁亮,但却是更沉雄、更密实、更遒劲,更显出底蕴丰厚而建树卓著。③

1985 年是思想爆发的一年,更是艺术革命的一年,从文学到美术、音乐、电影等等,几乎所有的艺术类型都呈现出新奇而又灿烂的面容。

从文学界看,"寻根文学"的浪潮如日中天,批评和创作两个方面都默契地亮出了"寻根"的旗帜,在《爸爸爸》《小鲍庄》《老棒子酒馆》《古船》等一批力作显示实绩的同时,批评家们把根性的求索系统地推向"文化"这一更为广大、更为深远的视野。与此同时,以刘索拉《你别无选择》、陈村《无主题变奏》、刘西鸿《你不可改变我》等为标志的"新潮小说"崭露头角,引致纷纷扬扬的议论。

从美术界看,"'85新潮美术"异军突起。1985年前后,美术界一大批青年人在全国各地组成了近百个现代艺术群体,推出了为数不少的探索性作品。理论界称之为"'85美术运动"。其中1985年4月由中国艺术研究院美术研究所、中国美协安徽分会、中央美术学院、北京画院联合在安徽黄山召开的"油画艺术讨论会",1985年5月由国际青年中国组织委员会在北京中国美术馆主办的"前进中的中国青年美术展览",更是把美术界"观念更新"的浪潮推向一个高峰。而像耿建翌的《理发三号——1985年夏季的又一个光头》、孟禄丁与张群合作的《在新时代——亚当和夏娃的启示录》、张培力的《仲夏的泳者》、毛旭辉的《还在膨胀的体积》等,可以说是"'85新潮美术"中的杰作。

从电影艺术方面看,1985年第四代导演处在"解体"之前最后的辉煌时期,而第五代导演则像已然出场的英雄,进入如日中天、大显身手的时期,《湘女潇潇》《老井》《乡音》《一个和八个》《野山》《黑炮事件》《孩子王》《红高粱》等一批电影新作在1985年前后的问世,为影坛吹来一阵阵清风,并激活了已趋疲软的电影市场。而从一个更大的视野看,第五代导演局部地实现了当代中国文化走向世界的梦想,当他们从国际影坛捧回金光闪闪的奖杯的时候,"'85新潮"算是收获了它骄人的果实。

80年代是艺术全面革新的年代,而这场革新运动又正是在1985年前后走向鼎盛时期,或者用李陀的话说,就是"雪崩式的巨变"④。如果把80年代艺术革新运动中出现的前卫艺术统称为"新潮"的话,那么这一新潮又恰恰是以 1985 年为其命名的,这就是通常所言的"'85 新潮"。"'85 新潮"作为 80 年代艺术革命的象征,它的意义在于艺术方面,但又超出艺术方面而指向整个 80 年代的文化与精神。虽然在 80 年代后期也出现过所谓"后新潮"或"'85 后新潮",但那已是 80 年代艺术退潮之际的风景了,或者说是 80 年代艺术在走向自身的对立面、走向历史背后的落幕前夕的景致。"'85 新潮"对于一个时代甚至对于一代人的影响将是不可估量的,批评家李洁非在 80 年代后期情深意长地回顾:

> "'85 新潮"对于今天来说并不是时过境迁、业已完结的一幕往事,最后两年文学也没有甩开 1985 年而开创一个新的时代或进入另一次革命:无可否认,我们——作家和批评家——都是从"'85 新潮"中诞生并一直走到现在,它曾公认为是当代中国文学或至少是新时期文学的一个新的起点,离开这个起点,今天所有这一切都是不可设想的。所以我们这一代人几乎注定和"'85 新潮"紧紧联系在一起,回避这一切显然是徒劳的。⑤

李洁非在谈到"'85 新潮"时,主要是就文学而言的,那么当我们同样地把视野有所收束,转向回顾以 1985 年为核心的 80 年代中国文学时,又会是怎样一种更为具体的景象呢?固然,我们会认同这样一种说法,"'85 新潮"文学处在繁荣中的混乱和混乱中的繁荣,犹如激流汇聚之处飞花碎玉般的迷蒙,"1985 年大陆文学的'混乱'已经是不可逆转了(有人把它称为繁荣、多样化,也有人充满了疑惑,表示'看不懂')。不断有年轻的或更年轻的人物登场,文学成了各种情感的残骸。"⑥但是,透过这些或许称得上"美丽的混乱"之外,是不是真的就没有一种大体上属于主流的意识形态,或许仅仅是一种引发众声喧哗的大致相同的话题?再进一步讲,由这种可能的意识形态或可能的话题出发,是不是就可以发现使"'85新潮"得以启动的精神动力,并且由此进入这个年代文学运作的有些神秘、有些怪异的核心?

今天,当我们回望刚刚逝去的那个变动不居的年代,穿越一堆堆尚且散发着余温的文学本文,穿越一阵阵闹热的言谈,穿越一次次灿烂的展览,或许我们不该忘记有这样一次会议。说起这次会议,批评家李庆西曾有过这样一段"过来人"的讲述:"在一部分青年评论家的记忆中,1984年12月的杭州联欢会,至今历历在目。这番情形就像一个半大孩子还陶醉在昨日的游戏之中。也许对他们来说,像那样直接参与一场小说革命的机会难得再能碰上了。"⑦就是这样一帮"半大孩子",就是这样一次"难得再能碰上"的"机会",就是这样一次"昨天的游戏","杭州会议"竟然成为一场影响深远的文学运动的开幕式。

然而这个作为发端的"开幕式",却既不是有意为之的精心策划,也不像想象中的盛况空前。1984年12月底的"杭州会议",原本不过是一次在80年代习见的创作理论会议。会议的主题是"新时期文学:回顾与预测",有些大而化之、笼而统之,类似于80年代那种适合于宏观把握的大题目,且也没有事先就准备好了、以便隆重推出的"主义""口号"或"宣言"。参加此次会议的代表也并不是什么资深大家,相反,倒大多是一批年轻的新锐部队,像李陀、郑万隆、阿城、李杭育、韩少功、季红真等等。这些代表大都来自北京和上海,以及浙江、湖南两个在文学实践上颇有领先势头的南方省份,或许正缘于此,这次会议被称作是"南北对话":通过对南北两地的文学创作和理论态势进行把握、探讨,以期寻求融合南北意见并呈现于新时期文学这一共同母题下的"流变脉络"。

会议在宽松的主题下做过广泛的讨论,话题也不止一个,但是,"大家不约而同地谈到了文化,尤其是审美文化的问题",这倒是集中了大半的意见。事实上,就是这些逐步靠拢的意见,后来陆续成文,扩展成了"寻根文学"潮流中的一段又一段宏论。而作家韩少功在这次会上尤为活跃,以文化为根,正是他首当其冲的设想。在他的生息之地,辉煌灿烂的楚文化,为他的文化之论提供源源不断的思想资源。这正像李庆西所说的:"就在那次聚会之后,他发表了引起广泛注意的《文学的"根"》一文,提出向民族的深层精神和文化特质方面去寻找自我'寻根'口号。这篇文章后来被人称为'寻根派宣言'。见于那一时期的'寻根派'的重要文章还有:郑万隆的《我的根》、李杭育的《理一理我们的根》、阿城的《文化制约着人类》等。"值得注意的是,以上提到的几位小说家也都是那次聚会的当事者。

今天已不可能再细细地了解到这批年轻的作家、批评家在"杭州会议"上提出的种种见解了,但再回过头来读读韩少功的那篇被称作"寻根派宣言"的《文学的"根"》一文,倒是可以大致了解"杭州会议"前后、"寻根文学"发动之初的思想动向。《文学的"根"》的正式发表是在1985年第4期的《作家》杂志上,比起上述几篇同样有影响的、都由"寻根文学"代表作家撰写的论文来说,

该文算是最早亮出"寻根"旗号的一篇。有意思的是,在这篇文章的结尾,韩少功提到了一次座谈会,也提到了阿城,他说:

> 在前不久的一次座谈会上,我遇到了《棋王》的作者阿城,发现他对中国的民俗、字画、医道方面都颇有知识。他在会上谈了对苗族服装的精辟见解,最后说:"一个民族自己的过去,是很容易被忘记的,也是不那么容易被忘记的。"

按照这篇文章发表的时间推算,那么它的成文时间大约是1985年年初,而提到的"前不久的一次座谈会"大致就是"杭州会议"了,因为在"杭州会议"上作家阿城也是主要的"当事者",并且阿城在会上也确实就"文化背景"问题发过"宏论",且与批评家季红真有"英雄所见略同"之势。当韩少功在这篇文章中,把"寻根"之意作为"我们的安慰和希望"时,实际上被称道的阿城也正是被看成"同道者""同谋者",或"我们"中的一员。"我们"同时还包括文中提到的诗人骆晓戈,一个被认为"在湘西那苗、侗、瑶、土家族所分布的崇山峻岭里找到了楚文化的流向"的寻根者;"我们"的范围甚至还扩大到"一些表现城市生活的青年作家"王安忆、陈建功、叶之榛等等,因为这批作家"常常让笔触越过表层的文化,深入到胡同、里弄、四合院或小阁楼里"。之所以说这篇文章是"寻根派宣言",或许正在于韩少功"聚拢"了"我们"这支写作队伍,并且把"寻根"视为"我们的安慰和希望",于是一些个别作家自觉或不自觉的创作个性、创作习好被归纳为一种共同的追求,或者说一个时期的创作思潮。这就像他在文中所表述的那样:

他们都在寻"根"，都开始找到了"根"。这大概不是出于一种廉价的恋旧情绪和地方观念，不是对歇后语之类浅薄的爱好，而是一种对民族的重新认识、一种审美意识中潜在历史因素的苏醒、一种追求和把握人世无限感和永恒感的对象化表现。

当寻根作家们有些自鸣得意地宣扬他们的"文化"发现的时候，殊不知文化问题已不光在文学界，而是在整个思想界引起了广泛的关注。甘阳写于 1985 年秋的长文——《八十年代文化讨论的几个问题》，就已经对这场即将到来的"文化热"做了预告："1985 年以来，所谓的'文化'问题已经明显地一跃而成为当代中国的'显学'。从目前的阵阵'中国文化热'和'中西比较风'来看，有理由推测：八十年代中后期，一场关于中国文化的大讨论很可能会蓬勃兴起。"至于更早的时候，像钱学森的那篇带有一定政治色彩的论文——《研究社会主义精神财富创造事业的学问——文化学》，在 1982 年就由《中国社会科学》杂志刊出了。而复旦大学出版社出版的《中国文化集刊》，则在 1984 年就推出了《中国文化史研究学者座谈会纪要》，其时文化学已成了思想界新兴的显学。而要说到影响，大约首推中国文化书院的文化讲习班，无论是就儒学第三期复兴的介绍而言，还是就传统与现代的复杂辩论而言，都有但开风气之势。而"文化：中国与世界"丛书编委会，则直接成了 80 年代"文化热"中思想聚拢播散的核心。至于文学界的寻根思潮，则是在普遍的"文化热"背景下推演而成的思想支流。

回顾"寻根文学"潮流的发生，关于"根"和"寻'根'"的概念，大约也正是在韩少功的"宣言"中首次正式提出的。在此之后,这个概念才被渐趋广泛地使用开来,并成为规范的、合法化的话语。于是,"寻根文学"也就扩大、膨胀为盛行于 80 年代中期的"宏伟叙事",而当初的"杭州会议"、韩少功的"寻根派宣言"倒反而被渐趋遗忘,显得并不那么重要了。"讲述话语的年代"对于"话语讲述的年代"而言,倒反而添了层朦胧的、暧昧的,甚至是突如其来的感受,一如南帆在 90 年代初对这场文学运动的回顾:

> "寻根"是 80 年代中期的一个重大的文学事件。如今回忆起来,"寻根文学"似乎是一夜之间从地平线上冒出来的。不知道什么时候开始,"寻根文学"之称已经不胫而走,一批又一批作家迅速扣上"寻根"的桂冠,应征入伍似的趋赴于新的旗号之下。"寻根文学"很快发展为一个规模庞大同时又松散无际的运动;一系列旨趣各异的作品与主题不同的论辩从核心蔓延出来,形成了这场运动的一个又一个分支。⑧

当然,作为一场影响如此巨大的文学运动或文学潮流,一次会议或一篇宣言固然有其强劲的发动作用,至少也能看作"寻根文学"的一个引子,但在此之前必然会有顺流而下的力量聚集或趣味集中的过程,或者说有一个大致类似的追求作为背景。就是说,作为主流话语的"寻根文学"在此之前就存在着潜在的话语实践过程,或者套用"杭州会议"关于新时期文学"回顾与预测"的主题来说,即对"寻根文学"潮流的预测是以对前此相关的话语实践的回顾为前提的。这一点已大体为一些批评家所"发现"。从远的看,季红真认为,最早的潮汛则要追溯到汪曾祺发表于《新疆文学》1982 年 2 月号上的理论宣言,《回到民族传统,回到现实语言》,而他的《受戒》《大淖纪事》等作品,则可视为这一宣言下的积极实践;而李庆西认为,从 1982 年王蒙等人关于高行健《现代小说技巧初探》这本小册子的讨论时起,就逐渐形成追寻民族文化的主趋势,贾平凹同年就发表的《商州初录》,也同样可以视为"寻根派"作家"已经迈出了自己的步履";陈思和则认为,新时期文学的寻根意识最初起于王蒙1982—1983 年间发表的一组名为《在伊犁》的系列小说,其中对新疆各族民风以及对历史所持的宽容态度,都为以后的"文化寻根"派小说开了先河。而如果从近的看,1984 年前后李杭育的初成格局的"葛川江小说"、郑万隆的已然启动的"异乡异闻"系列工程、乌热尔图有关"狩猎文化"的描述、阿城的名噪一时的《棋王》、胶东才俊张炜的《古船》,等等,都已经为更大范围、更大规模的"寻根文学"浪潮的出现做了准备。季红真关于这股"更平缓、更深沉的潜流"的表述或许可视为"寻根文学"潮流的"风云初记":

> 及至 1984 年,人们突然惊讶地发现,中国的人文地理版图,几乎被作家们以各自的风格瓜分了。贾平凹以他的《商州初录》占据了秦汉文化发祥地的陕西;郑义则以晋地为营盘;乌热尔图固守着东北密林中鄂温克人的帐篷篝火;张承志激荡在中亚地区冰峰草原之间;李杭育疏导着属于吴越文化的葛川江;张炜、矫健在儒教发祥地的山东半岛上开掘;阿城在云南的山林中逡巡盘桓……⑨

如果把即将到来的"寻根文学"运动视为一场空前规模的

战争的话,那么季红真的这段"风云初记"则仿佛是一篇出色的战略分析报告,对遍布于全国的文学之旅的空间考察,最终落实在对一个个被文学占领的"文化根据地"的巡视上。而她由西到东、由北到南的步步分析,则类似于生动的历史演义,引人入胜。一场急风暴雨般的文学运动的到来,已呈不可动摇之势了。而1984年年底的"杭州会议"则像是各路"诸侯"的战前动员会,一俟明确了号令,便有了烽烟滚滚地"杀"入文坛的理由。比较之下,李庆西的相对平实的分析,倒是冷静地说出了"杭州会议"的"战略"策动效果:"作为'寻根'的第一批成果,已经摆在面前。在此之前,'寻根'对于他们来说,还只是个人创作道路上的风格探索,也许谁也没有想到日后还另有一番文章可做。而参加对话的评论家们,正是从这些作品中看到了一种潜在的势能,也在文化的背景上找到了共同的语言。于是,他们从便于理解的角度给予理论的说明与支持。这对于正在酝酿和形成过程中的'寻根'思潮,无疑起到了一种杠杆的作用。"⑩

当然,严格地来讲,"杭州会议"只是表达了一种共同的"寻根"意向,甚至还没有明确地出现"寻根"这样的字眼,因为当时"南北对话"的焦点还集中在如何重新认识民族传统文化,并就此突破原有的小说艺术规范。所以"杭州会议"发出的寻根"号令"还是有些"模糊"的,至于它的明确化还要等待"寻根文学"主将们,特别是摩拳擦掌、跃跃欲试、处于"寻根文学"潮头的一批作家、一批领风气之先的实践者。他们在1985年年初,即会后短短几个月间,陆续写成的堪称系列的论章,可谓"寻根文学"烽烟燃起之时的一组"檄文"。正如前面所提到的,它们分别是韩少功的《文学的"根"》、郑万隆的《我的根》、李杭育的

《理一理我们的根》、阿城的《文化制约着人类》，如果把这组论章的时间范围再放大一点，则李杭育的《文化的尴尬》、郑义的《跨越文化的断裂带》、张承志的《历史与心史》、王安忆的《我在逆向中寻找》等也可网罗其内。如果说这些陆续写于1985年年初的短章初步明确了"寻根"的"号令"，那么这些"号令"又讲述了一种怎样的题旨呢？鉴于"寻根文学"在日后规模盛大的铺展中出现了"众多的立场"，那么从这些短章出发，考察其原初的题旨，无论如何都是必要的。

之所以如此看重在"'85新潮"中勃兴的"寻根文学"，固然与"文化热"这一当时的时代主题有关，但同时也与文学思潮在新时期前期的流变有着至关重要的联系。我们曾经说80年代是皱着眉头进入历史的，这实际上是说出了思想解放运动所造就的一种时代习气，那就是重新思考历史与人生。也正因为如此，80年代前期的文学运动都大致是以反思行为作为推进方式的，或者套用当时的语句，就是"反思的文学与文学的反思"。反思是对作为原因的存在的层层探寻的过程，最终是为了获得一个近乎终极性的解释。而伤痕文学的政治学思考、人生文学的伦理学思考，都不过是反思行为的推进阶段。这个不断上升的文学路径，终于在"文化热"中找寻到一个相对完备的答案，这就是作为原因存在的文化，或者用那个年代的"思想领袖"李泽厚的话说，就是"文化—心理结构"。而"寻根文学"就是在这样一个文化学的背影下展开它的思想建设的。

考察的核心显然就在"根"上，是什么样的"根"，或者说"根"是什么，这是问题的关键。只有明确了"寻根文学"作为宏伟叙事的基本设定,我们才能窥见其内在的结构,并了解其原初的动向。实际上在此之后有关"寻根文学"的聚讼纷纭的论战,也是从"'根'是什么"这一基本问题出发,导向对"根"的判断、改造、利用或选择上。

对"根"的明确无误的鉴定,大约还算那篇作为"寻根文学"的"宣言"的《文学的"根"》一文。当韩少功发问"绚丽的楚文化流到哪里去了"的时候,令我们想起华兹华斯在《咏童年回忆中永生的现象》中著名的诗句:"到哪儿去了,那种幻象的微光?现在在哪儿,那种荣耀和梦想?"只不过华兹华斯从发问开始的是怀旧,而韩少功从发问开始的是寻根。韩少功认为:"文学有根,文学之根应深植于民族传统文化的土壤里,根不深,则叶难茂。"韩少功所说的"根",无疑就是"民族传统文化"。事实上,韩少功的"'根'说"在其他几篇短文中也都得到了基本一致的认同,只不过是由此再做一些补充或修正,从而使"根"的内容更充实,"寻根"的意向更丰富而已。李杭育在《理一理我们的根》一文中同样认为,"民族文化的呼唤"是一个"更深沉、更浑厚因而也更迷人的呼唤",但他接着指出,我们民族文化之精华,"更多地保留在中原规范之外,规范的、传统的'根',大都枯死了"。而"规范之外的,才是我们需要的'根',因为它们分布在广阔的大地,深植于民间的活土"。李杭育的"'根'论"已经对"民族文化"的根做了分类和选择,并落实到了"我们的需要"这一当下的立场上,这个论证与取舍的过程大约就是他所说的"理一理"的行为;而郑万隆在《我的根》一文中,则把"根"推演成一种民族历史沉淀的效果,并定义为东方的、历史的"文化岩层",于是,"寻根"的过程就是一种对脚下的"文化岩层"不断开凿的过程。⑪

以上三篇短文,都是对"根"的直接指认,或称"'根'论",韩少功的"'根'论"可算总论,而李杭育、郑万隆的"'根'论"可算是总论下的分论,一个更多地从空间着眼,把"根"引向中原之外的地域文化,而一个更多地从时间着眼,把"根"引向今天之外的历史视野中。而另外两篇短文,阿城的《文化制约着人类》、郑义的《跨越文化断裂带》,虽未直接把"根"引入命名,而是直言"文化",但实际上也同样是把"根"藏匿于、"置放"于民族文化之中,略显不同的是,阿城把"寻根"指认为跨越中外的文化命题,而郑义则把"寻根"指认为跨越古今的文化追求。

无论如何,"寻根文学"在"'85新潮"中的异军突起,都对80年代的文学思想起着巨大的整合作用。无论是"文革"题材,还是反"右"题材;无论是都市文学,还是乡村纪事;无论是知青记忆,还是改革想象,这些躁动的文学热点,都在文化这一博大的命题下,最终找到了安静而深沉的河床。即使是热闹一时的"三论(系统论、信息论、控制论)",也因为与文化学的结合而找到了落脚点,比如把文化看成一个综合的系统,把性格因素看成文化信息的传达,把行为控制的力量归结到文化—心理的层面上,等等,"方法论热"因此而往往成了"文化热"的副本,后者成了"道"而前者只是"器"。至于发端于新时期文学前期的人道主义思潮,虽然在某种程度上是以主流形式出现,但也因为与"文化热"构筑了某种同谋关系,才有了更深层次的展开,像人道主义文学在1985年前后"向内转"的倾向,就往往落实在"寻根文学"的"文化—心理"图式上。而在"寻根文学"中,人作为文化主体地位的给定,也不难看出,人道主义作为主流意识形态,在80年代文学中的决定性的作用。

但是,即使是有了文化学理论的相对成熟的武装,"寻根文学"依然还是带有80年代思想所特有的杂乱和浮躁的特征。"文化"因其概念之大、内涵之广,虽然能把思想解放运动中文学实践所出现的各种纷乱的感想和认知,暂时地组织在一起,构成一个相对完整、庞大的板块,然而,这个板块同时又是个松散的联合体。各种思想因素归拢到了"文化"这一大叙事中来,同时又在借用着"文化"的名义,展开着各有逻辑的话语实践,而"文化"对话语运作的组织,往往只是提供了一个假想的统一。再回顾一下1985年前后甚嚣一时的"文化热",从其发生之时起,就一直处在自相矛盾的状态中,各种思想因素的插入,使"文化"叙事在勉强的统一中,维持着来自其内部的种种紧张关系。而在"文化热"中闪亮登场的"寻根文学",也同样地承接着文化大讨论中的各种复杂而矛盾的思想因素。比如,同样是在文化的视野下对"传统"的想象,有的是认同的,如郑义的《老井》、贾平凹的《商州初录》、李杭育的《最后一个渔佬儿》,等等;有的是批判的,如李陀的《七奶奶》、陈建功的《找乐》、陆文夫的《临街的窗》,等等;而有的则两者兼而有之,把批判和迷恋杂糅其间,如李锐的《厚土》、韩少功的《诱惑》、王安忆的《小鲍庄》,等等。正是由于不同的文化理念的作用,以及来自于"现代性"的复杂的需要,才会出现对于"传统"的不同的"虚构"方式。如果从20世纪中国文学的整体运作来看,就可以发现,"寻根文学"面对传统的复杂的甚至是对立的态度,是所来有自的。像鲁迅就常常被看作批判传统一派的思想来源,而沈从文就常常被看作依恋传统一派的思想来源;而如果把视野放得更广大一些，从古今这一时间维度或中外这一空间维度来看，也会出现种种看似统一的矛盾。比如说"现代意识"，一种认为只有在批判传统中才能达到"现代意识"；而另一种认为只有在承接传统中才能产生现代文化。再比如说"世界文学"，一种认为只有超越民族文化的局限，才能进入世界文学的格局；而另一种则认为越是民族的，就越是世界的。如此等等。这些矛盾，不仅贯穿着"寻根文学"，也贯穿着80年代的"文化热"，甚至贯穿着整个20世纪的中国。即使是到了90年代，像关于"第三世界文学""后殖民主义"的种种讨论，都可以说是80年代"文化热"的一种延续，只不过是在一种更为新颖的理论视野中展开罢了。

其实，当"寻根文学"内部的紧张状况到了如此不可缓解的地步，其破裂和解体也就在想象之中了。从1985年再往后，到了《河殇》的问世，反传统的思想已在其自身逻辑的推动下达到了极致，而与此同时，在"寻根文学"的内部，对传统的文化迷恋也愈演愈烈，特别是像冯骥才的《神鞭》《三寸金莲》，已是把邓友梅在《烟壶》中所初露的恋物癖发展到了无以复加的地步，这一派寻根作家沉入到玩味传统的趣味中已难以自拔。在这个时候，再以"文化"这一温婉而暧昧的旗帜来一统文学界和思想界，已几无可能。同时，文化学作为一种新的意识形态，对文学叙事的制约和禁锢作用，已使"寻根文学"的创作越来越进入套路和程式之中。强说文化，"硬译"文化，为文化而文学，最终导致"寻根文学"的倡导和实践，多少都带有些姿态性了。而王晓明的那篇以心理分析见长的批评文章——《不敢相信和不愿相信的》，算是对这种模式化写作的弊端做了较为犀利的清算。而"寻根文学"的解体和转化也在预料之中了，从发掘文化厚土到寻觅生命激情,从演绎文化理念到重返生存现实,新的创作潮流已是取"寻根文学"而代之了。不过,这已经是后话了。

在翻过"寻根文学"一页之前,我们不妨再来重温一下"寻根文学"曾经有过的盛况。特别是当寻根作家们一旦获得了民族文化这一无尽的写作资源之后,文学是如何呈现出奇异的爆发景象。

一旦把"民族文化"作为"根",把探寻民族文化作为自觉的追求,"寻根文学"便从1985年前的"潜流"扩展为一种汪洋恣肆的巨澜,一种席卷文坛的磅礴的浪潮,其参与者之多、影响之广在80年代是无与伦比的,而80年代的中国文学又正是在"寻根文学"的浪潮中走向了普遍的繁荣,走向了它的鼎盛时期。批评家季红真在描述了及至1984年尚处于潜流期的"寻根文学"的"战略形势"之后,又为我们记述了1985年之后处于鼎盛时期的"寻根文学"的"战略动态":

> 林斤澜的《矮凳桥传奇》发表;郑万隆的《异乡异闻录》问世;张辛欣、桑晔的《北京人》引起广泛的注意;韩少功的《爸爸爸》《诱惑》等作品带给人们以极大的困惑,阵容强大的湘军崛起;《西藏文学》于1985年7月,扎西达娃《西藏,隐秘的岁月》为首篇,推出魔幻现实主义专号;《上海文学》发表马原《冈底斯的诱惑》;莫言的《红高粱家族》陆续发表,开辟了一个"高密东北乡"的神话世界;李锐的《厚土》一鸣惊人,继而是《吕梁山风情》源源不断;王安忆的《小鲍庄》、铁凝的《麦秸垛》、洪峰的《瀚海》、张炜的《古船》等等,带有寻根意向的作品一再出现。一些并没有主张"寻根"的作家,也在这个潮流中做出了新的姿态。陆文夫的

  《井》、王蒙的《活动变人形》、冯骥才的《三寸金莲》都不同
程度地与寻根潮流相呼应，从自己的立场与之对话……⑫

  如果我们把当时的文学版图"构筑"在一片沙盘上，那么所
见之处几乎都插满了"寻根文学"的旗帜，五颜六色，而每一面
旗帜飘荡的地方都会是正在扩展的"寻根文学"的根据地，这些
根据地就要连成一片，而遍布的旗帜则已汇成了海洋。

  每当我们回望80年代中期的中国文学，我们的脑海中几乎
都会呈现这种梦幻般的情景。我们也许清楚地记得那个年代的
大学中文系，无论是期中还是期末，只要是以现、当代文学作为
学业论文方向的，十之八九都会看中"寻根文学"的选题。而以
这个选题拿到学位的，更是多之又多。文学的世界成了"寻根"
的世界，于是当我们面对新潮涌动的文学时，与"寻根文学"的
遭遇几乎成了别无选择的选择。那个时候，我们最爱看、最爱说
的外国小说，差不多首推加西亚·马尔克斯的《百年孤独》和威
廉·福克纳的《喧哗与骚动》，因为这是当代中国作家言必称道
的"榜样"，我们乐于在中国"寻根文学"和南美"魔幻现实主义
文学"、美国"南方文学"中寻找共同的处境、共同的感受，并且
把《百年孤独》和《古船》对照着读，在《喧哗与骚动》中的"昆
丁"和《爸爸爸》中的"丙崽"之间找寻痴顽的谜底。我们追着
"寻根文学"的根，还夸张着"根"的焦虑；我们隔着都市的红尘
有些矫饰地眺望贫穷的故乡，努力地"记起"故乡并不贫穷的文
化"积淀"；我们想象着"寻根文学"辉煌的前景，仿佛看见一个
就要领取诺贝尔奖的中国"寻根"作家，正欢天喜地地走在去斯
德哥尔摩的路上。如此等等。"寻根文学"就这样把我们从陈
旧的"文学概念"教材中拉出来，并重新燃起对于"文学"以至

"文化"的近乎夸张的兴趣。"寻根文学"在那个年代如日中天的繁荣,似乎过早地满足了我们对"一个伟大的文学时代的到来"的期待,满足了我们对中国文学"走向世界"的充满激情的渴望。然而无论这种期待是否落空,或在多大程度上得以实现,"寻根文学"毕竟恰当地充当了我们在80年代中期的大学时代真正进入文学世界的启蒙读物。而就80年代中期更为广大的中国文学实践来说,它带来的变化以及变化之中的丰收,无论如何也是不能忽视甚至不能低估的,就像一位评论家紧随其后的评述:"1985年、1986年、1987年,真是中国文坛充满奇迹、近乎神话的时期。这使人们,无论是否情愿,都必须接受这个事实,文化寻根是这几年文坛最重要的现象。"⑬也许我们在谈论这一现象时,尚且停留在对"寻根"的绩效及结果的无止境的怀疑中,那么,我们不妨再不失时机地运用一下另外一位批评家曾经用过的反问:"不论作家是否已经找到了'根',不论作家是否准确地描写了传统文化,对于文学来说,一种新的想象力已经被'寻根'的口号激励起来了——这不是足够了吗?"⑭

注释:

① 陈晋:《当代中国的现代主义》,中国文联出版公司,1988。

② 顾刚:《独白》,见《青春的抗争——当代中国大陆学院探索散文选》,顾潜编,工人出版社,1988。

③ 宋耀良:《十年文学主潮》,第246页,上海文艺出版社,1988。

④ 李陀:《往日风景》,见《今日先锋》第4辑,生活·读书·新知三联书店,1996。

⑤ 李洁非:《反思八五新潮》,载《光明日报》1989年4月11日。

⑥ 吴亮:《回顾先锋文学》,载《倾向》1994 年第 1 期。

⑦ 李庆西:《寻根:回到事物本身》,载《文学评论》1988 年第 4 期。

⑧ 南帆:《冲突的文学》,第 108 页,上海社会科学出版社,1992。

⑨ 季红真:《历史的命题与时代抉择中的艺术嬗变——论"寻根文学"的发生与意义》。

⑩ 同注⑦。

⑪ 韩少功:《文学的"根"》,载《作家》1985 年第 4 期;李杭育:《理一理我们的根》,载《作家》1985 年第 6 期;郑万隆:《我的根》,载《上海文学》1985 年第 5 期。

⑫ 同注⑨。

⑬ 同注⑦。

⑭ 同注⑧。

三、到中国的乡下去看看吧

就在一批一批的"知识青年"排着长队闹哄哄地搭上返城的卡车时,也许他们心里想的是,快离开这倒霉的乡下,越快越好。他们就像糊里糊涂地投入了一场战争的士兵,在战争宣告结束的那一天,把苍凉、沮丧、疲惫的心情全部写在脸上。大约在 10 年前,在 60 年代末,在"四点零八分的北京",曾有过一场悲壮的告别:

> 我再次向北京挥动手臂,想一把抓住她的衣领,
>
> ……终于抓住了什么东西,
>
> 管它是谁的手,不能松,
>
> 因为,这是我的……最后的北京。①

然而,在大约 10 年后,在 70 年代末,"告别"又成了"重逢",在一场个人不能左右的戏剧中,"北京"没有成为"最后的",相反,急不可耐的返城之旅,倒仿佛意味着乡村成了车窗外"最后的"风景。

事情也许就是这么不可思议。就像过去无法遗忘一样,乡村就真的能够"告别",真的能够"一去不返"吗?急切的别离竟然在短短的几年之间,变成了同样急切的怀念。当我们读着

《我的遥远的清平湾》《这是一片神奇的土地》《南方的岸》这样
一批作品时，我们惊奇地发现乡村和在乡村度过的青春，竟是如
此美丽、如此让人魂牵梦绕。这批已然回城的"城里人"几乎都
染上了深深的"怀乡病"，并隔着遥远的时空做深情的眺望。那
些以"知青"身份"下乡"的人们，也许做梦都没想到，他们还会
以"作家"的身份"重新踏上"通往乡村的道路。然而，正如一句
古语所言："人不能两次踏进同一条河流"，他们的"返乡"也不
可能走在同一条路上了。不过，无论如何，精神的归旅要深刻得
多，也浪漫得多。说它深刻，是因为生活与磨难已不可能再让行
走的步伐变得那么轻快，岁月的流逝已在内心里落下了沉淀物；
说它浪漫，是因为茫茫的"归旅"只能在记忆与想象中完成了，
他们不可能真的在那些低矮的茅屋、贫瘠的山冈上再过上 10
年，他们不是要到乡下"生活"，而是要到乡下"看看"。多多的
那首《玛格丽和我的旅行》一诗，讲述的就是一次动情的"乡下
之旅"，只是这次"旅行"多了一位伴侣——一个被虚构出来的
高贵而忧郁的玛格丽：

呵，高贵的玛格丽

无知的玛格丽

和我一起，到中国的乡下去

去看看那些

诚实和古老的人民

那些麻木的不幸的农民

农民，亲爱的

你知道农民吗

那些在太阳和命运照耀下

苦难的儿子们

在他们黑色的迷信的小屋里

慷慨地活过许多年

去那里看看吧

忧郁的玛格丽

诗人的玛格丽

我愿你永远记得

那幅痛苦的画面

那块无辜的土地：

麻脸的妻子在祭设感恩节

为孩子洗澡,烤热烘烘的圣糕

默默地举行过乡下的仪式

就开始了劳动人民

悲惨的圣洁的晚餐……②

　　以上引用的诗句是《玛格丽和我的旅行》一诗的后半部分。这首诗虽然是写于 1974 年,那个时候大部分的知青还在农村"接受贫下中农再教育",但是对于多多这样得风气之先的"知青"诗人们,已经通过地下阅读活动,对现代世界堕落和反叛的都市生活提前做了认知。所以当他以他的诗歌来表达"一种创建真正有价值的生活的理想主义"时,他或许不仅仅"在于抗议当时的现实政治,更多地是把精神理想与苦难而圣洁的乡村生活联系在一起"。有意味的是这首诗中"A""B"两个部分的对比和区别,在前一部分中,多多叙述的是面向西方的都市之旅,有"裸体的海边"的身体的诱惑,有"一千个巴黎最阔气的首饰店"的财富的诱惑,然而无论辉煌、典雅、高贵的西方都市世界的诱惑有多么巨大,都难以成为梦中的驻留之地,"玛格丽"和"我"的想象之旅,最后一站或最后的落脚点还是"中国的乡下"。而在这次想象之旅中,"我"作为游走者,同时也充当向导,一种精神的、意义的、情感的向导。如果说前一部分是关于西方的、都市的,后一部分是关于东方的、乡村的,那么从前一部分向后一部分的跳跃,恰恰是一种精神上的转向,从西方向东方、从都市向乡村的转向。

对于知青一代人来说,这种转向绝不仅仅是个人的、灵机一动的。这显然与其青春时期的乡村生活有关,想当年像多多、芒克、食指这样一批来自北京的诗歌的狂热爱恋者、积极实践者,其最早的"诗歌根据地"并不就在北京市,而是在河北省的白洋淀渔村,那是北京知青的"聚居点"。白洋淀渔村的景致、白洋淀渔村的生活,难免不成为其诗歌创作的资源或灵感的触媒。虽然在70年代后期"白洋淀诗派"的主将们已陆续回到京城,但乡村生活作为一种精神已存留于诗歌世界的深处。因此,到乡下去"看看",已必然地成为一种精神之旅、成为一种寻找灵魂停泊地的"仪式"。"知青"作家们由城市到乡村的这种"重返"与"回归",作为一种精神上的转向,在多多这首写于1974年的诗歌中就已经初露征兆了。而到了"寻根文学"那种大规模的"返乡之旅",那种回旋式的转折,则已经是多数作家的集体行为了,而其范围远远地超出了"知青"作家这一单个的群体了。

像这样一首直接以"和我一起到乡下去吧"为"名的诗歌",就出自一位出生于60年代的校园诗人之手,虽然没有像知青一

代作家那样经历过苦难而圣洁的乡村生活,然而她对"乡下"的
风般雨般阳光般的爱恋,依然显出一种固执的痴迷:

> 和我一起到乡下去吧
>
> 到山坳里猎人的草棚里去
>
> 点燃芬芳的松明子
>
> 让山里温湿的夜雾
>
> 像情人的手臂围上你
>
> 和我一起到乡下去
>
> 在只有鸟儿飞过的峡谷
>
> 敞开你羞于见人的秘密
>
> 把记忆的霉斑洗一洗
>
> 把你的心洗一洗
>
> 把脸埋进水里
>
> 不要做梦不要想什么吧
>
> 山歌已经很少听到了
>
> 而瘦的老牛依然在黄昏
>
> 把夕阳驮到山后面的村庄了
>
> 和我一起到乡下去吧
>
> 到阳光爱你雨水爱你的
>
> 长满庄稼的乡下去
>
> 到中国干干净净的乡下去吧③

"和我一起到乡下去吧",年轻的校园诗人一遍遍地发出

"邀请"。就像多多在他的那首《玛格丽和我的旅行》中一样，"我"都扮演了一回热情的向导。向导的解说是诱人的，因为在解说词里，"乡下"是梦幻般的"情人"，是一泓清水，是一幅灿烂依旧的风景，是一处遥远的伊甸园。比较而言，前一首诗像是经历过苦难的神话，而后一首诗则像是轻快无瑕的童话，然而区别还不仅仅在此。从前一首诗的诞生到后一首诗的出现，其间已经过去了十多年的时间。乡下生活在想象和书写中已从具体而变得越来越抽象，苦难的色调转成了欢快的曲子，悲惨而"圣洁的晚餐"转向了"山里温湿的夜雾"，对乡下的热情而复杂的察看转向了温柔的抚摩和依恋。但有一点却是共同的，"到乡下去"的愿望始终如一，纵是岁月流逝而初衷未改。

事实上，在"寻根文学"浪潮的强劲有力的推动下，对乡村的依恋甚至膜拜之情，不仅没有削弱反而一再得到加强。到了莫言的《红高粱》，乡下的"红高粱"更是长得蓬蓬勃勃、浩浩荡荡，无边无际，它像是文学自身想象的跑马场、撒野的游乐园，像是朝圣的大祭台，而那些诚实、古老、麻木不幸的农民"父亲"转眼之间成了无所顾忌的"欢乐英雄"，譬如莫言笔下的"奶奶和爷爷"：

> 奶奶和爷爷在生机勃勃的高粱地里相亲相爱，两颗蔑视人间法规的不羁心灵，比他们彼此愉悦的肉体贴得还要紧。他们在高粱地里耕云播雨，为我们高密东北乡丰富多彩的历史上，抹了一道酥红。

而就是那个"我"，一个"红高粱家族"的后代，已不再只是

"到乡下去看看"的"游客",他倒更像一个怀着巨大的感恩之情、匍匐而至的"朝圣者",在诚惶诚恐的身影中,走进"高粱地"这片浩大的祭坛:

> 谨以此文召唤那些游荡在我的故乡无边无际的通红的高粱地里的英魂和冤魂,我是你们的不肖子孙,我愿扒出我的被酱油淹透了的心,切碎,放在三个碗里,摆出高粱地里,伏惟尚飨! 尚飨!

今天,当我们再回首 80 年代中期那段躁动不安的岁月时,我们仿佛还能看见那片浩密的、红彤彤的"高粱地",仿佛还能感受到那扑面而来的"红高粱"的热风。特别是当莫言的小说《红高粱》被改编成电影,由号称"老谋子"的大腕导演张艺谋执导,由火红而泼悍的巩俐、匪气十足的姜文主演,并在西柏林电影节上一举捧回大奖,"红高粱"的热潮更是达到了顶点。乡下的浩荡的山林、广袤的野地已然成了想起来就让人激动的乐土。"红高粱"成了野性的象征,也成了燃烧的乡野上一丛丛的"篝火"。虽然莫言的"红高粱"只是虚构之物,并为此惹得和高密东北乡乡政府之间不愉快的"交涉",虽然张艺谋在实地拍摄时因找不到一块满意的高粱地而不得不雇人大面积种植,但就因为它满足了我们回到乡野的愈演愈烈的欲望,并且这种欲望又和我们反抗城市压迫的青春激情相鼓荡,于是就有了一场以"红高粱"为象征的狂欢节。我们宁愿相信热烈的"红高粱"是真实的"红高粱"。

一切都转变得突如其来,但又自然而然。想当年,当我们在读着《人生》并且像高加林那样怀着勃勃的野心向城市进军的

时候,我们曾经努力压抑对黄土地美丽而多情的巧珍姑娘的怜
惜之情,并做义无反顾之势把"黄土地"抛在了身后,然而,几乎
在转身的那一瞬间,我们分明听到了身后的不绝如缕的呼唤,我
们仿佛是郑万隆小说《有人敲门》笔下的那位"老人",在都市的
楼群里、在孤独的斗室中,听到一阵阵的敲门声,我们知道这声
音只能来自那片我们熟悉的山林,像风啸,像狼嗥。这声音不仅
没有消歇,反而在穿透都市的隔绝之后变得越来越强烈、越来越
粗犷。而那首飘荡在电影《人生》中的《信天游》情曲,则已在内
心任性的回响中变得硕琅起来:

> 哥哥你走西口,
> 小妹妹实在难留;
> 手拉着哥哥的手,
> 送你送到大门口。

> 哥哥你走西口,
> 小妹妹送你走;
> 有几句知心话,
> 哥哥你记心头:

> 走路你走大路,
> 万不要走小路;
> 大路上人马稠,
> 小路上有贼寇。

> 坐船你坐船后,

万不要坐船头；
船头上风浪大，
操心掉在水里头。

日落你要安生，
天明再登程；
风寒路冷你一个人，
全靠你自操心。

哥哥你走西口，
万不要交朋友；
交下的朋友多，
你就忘了奴——

有钱的是朋友，
没钱的两眼愁；
哪能比上小妹妹我，
天长日又久……

　　令人肝肠寸断的爱情歌唱，使我们像怀念心爱的姑娘一样怀念起我们曾经生息的黄土地，而"小妹妹"的"知心话"，则又像来自黄土地深处的呼唤，使人揪心难忘。当我们一只脚跨进城市门槛的时候，另一只脚却有些意气用事地留在了黄土地上。电影《黄土地》上，那位纯朴的西北姑娘在风中守望的身影，已是深深地留在了我们心中，而就在"她"百般依恋的视野中，我们已有些难以自制地回头凝望。告别是艰难的，在城市里生活了大半辈子的沈从文到头来还说自己是乡下人,叶赛宁即使在走出乡村之后依然走不进城市。即使是在高歌猛进的 80 年代,乡村和乡村的爱情依然是留在身后的不绝如缕的眷念。

等到电影《红高粱》在全国各大影院上映时,《信天游》的悒郁和缠绵已再难平抑我们内心那野性的呼唤,我们日益膨胀的乡野激情左冲右撞,并在《红高粱》的"酒歌"的粗犷的吼唱中,找到了发泄的通道:

> 哎——
> 妹妹你大胆地往前走啊,
> 往前走,莫回头,
> 通天的大路九千九百九啊。
>
> 妹妹你大胆地往前走啊,
> 往前走,莫回头,
> 从此后你搭起那红绣楼哇,
> 抛撒着红绣球啊,
> 正打着我的头哇。
> 与你喝一壶哇,
> 红红的高粱酒啊。

在那个民族热情像物价一样高涨的年代,狂欢的"酒神"精神多少使我们一点点地消除了对通货膨胀的恐慌,我们从商店里抢购回物品,同时又从乡村的土地上抢购回激情。当一个民族在对乡野的集体想象中找到生命之源的时候,乡野竟变得那么辽阔、那么强劲,而多多早在他的类似《乡村纪行》的诗歌中所描述的苦难、贫寒、宁静甚至端庄的圣洁，都被一个狂热的时代顺其自然地遗忘了。英雄情怀、酒神体验和"撒野的"冲动，这些从城市日常生活中一步步退远的要求，统统被一个想象的乡村所唤起。"红高粱"在疯狂地生长，而"高粱地"则在强劲地扩张，"红高粱之风"吹过的地方，就是狂欢的"舞场"、闹热的"酒会"，而城市以及它的文明已经悄悄地"端立一旁"：

> 人们有了城市户口
> 总觉得丢失了什么
> 丢失了什么呢
>
> 直到今年才发现是少了那片红高粱
> 这是从西柏林那里
> 得来的消息
>
> 于是红高粱生长在中国每一家电影院里
> 到处都有阳光下摆动的高粱穗子
> 人们就
> 利用这个机会走进高粱地里去
> 去痛痛快快活一阵子
> 和久违了的自己见面
> 想喝酒就可着大碗喝
> 想唱歌就邪着劲地唱
> 想得到女人就豁出命去得到
> 于是人们钻到高粱地里不愿出来了

　　　　红高粱

　　　　红高粱

　　　　仅仅一片红高粱地

　　　　仅仅从高粱地那边刮来一阵风

　　　　城市里那些挺拔的楼群就纷纷倒伏下去

　　　　倒伏下去了

　　　　多给我们几片高粱地吧

　　　　在这个寂寞的城市里

　　　　在这一天天

　　　　文明起来的

　　　　星球上④

　　乡下的"红高粱"就这样成了城里人欲望的象征之物，它指认着本能的需要和辽阔的大地，它杂糅着性、暴力、革命等种种不可名状或直截了当的想象，它满足了走进城市的"乡下人"那种激烈的近乎病态的怀乡病，它满足了青春的一代那种隐秘的反抗规范的冲动，它化解了尚未入市的知识分子在经济大潮席卷而来的普遍的紧张感。乡下的"红高粱"就这样成了一个激情年代的"致幻剂"。

　　需要解释的是，一个时代的知识分子和"乡下"到底存在着一种怎样的联系；或者换一个说法，他们为什么"需要"乡下、"寻找"乡下、"想象"乡下，他们的"需要""寻找"和"想象"的背后，有没有一种不易察觉的程式。在我们回顾这个年代的文学时，这些问题应当不容忽视，或许，对这些问题的说明会让我们窥见一个时代的症结，而这个时代又是这样的"混乱"，以至于令人迷惑,不知所由自何而莫衷一是。

我们还是暂时回到 80 年代初那个特定的时期,从知青一代人的乡村记忆说起。实际上,当我们讲"知青"这个特定的群体时,我们实际上在指涉一个广大的知识分子阶层。当然,如果按照文化程度或学历来衡量,能称作"知识分子"的,大约也得是大学或大学以上程度的群体,当然这样一个广义的知识分子定义还包括人文的和技术的类别区分。如果像萧乾在 80 年代后期写过的《唉,知识分子》一文中所评介的两个不同的理解标准,一是"凡上过学、念过书的,统称为'知识分子'",一是指"那些不仅有专业知识,而且还对国家对社会都热切关心、忧国忧民的'读书人'"。⑤这样两个定义或许就如萧乾所认定的那样,有过于广泛或过于狭隘之嫌。虽然在这篇关于知识分子的短文中,萧乾在沉重的叹息声中忙着去谈知识分子的待遇问题而并没有辨析出一个确切的定义,但我们还是按照大体折中的原则,姑且给出一个广义的但又是侧面的知识分子定义。按照这个定义,大致保持在高中或高中以下文化程度的"知识青年",似乎也算不得什么"知识分子",但在那样一个国家教育体系受到严重破坏、高考制度刚刚恢复的时期,"知青"一族的文化程度还是相对处于前列的,特别是面对他们所插过队的穷乡僻壤而言就更是如此。单是他们下乡接受"再教育"这样一个说法,也表明在此之前已是受过教育(主要指学校教育)的一群人,虽然受过的教育并不像想象的那么制度化和规范化。

那么在 80 年代之初,这群惊魂未定的知识分子在返城之后,在短暂的喘息和修理之中,又是怎样书写过去与过去的乡村岁月的关系呢?我们都注意到了这样一个转折,这个转折在蔡翔的《故乡的记忆——当代小说中的精神文化现象之二》一文中,曾表现在对比鲜明又连接紧密的两个阶段的阅读经验上,这就是,从这样一个阶段:"读过《伤痕》,读过《重逢》,读过《枫》,读过《调过》,读过《杨柏的污染》";再到另外一个阶段:"读到了《老桥》,读到了《世界》,读到了《我的遥远的清平湾》"。第一个阶段是绝不回头的告别:"我们都会说,让那个时代见鬼去吧,它留给我们一个惨白的过去";而第二个阶段又是通过复活记忆的方式实现的"重逢","记忆的闸门被打开了","我读到的已不再是一个惨白的不堪回首的过去"。蔡翔的这篇长文是对80年代前期知青小说中的精神文化现象的解读,同时,又是对这一代人人生经历的才情十足的讲述。透过这种讲述,我们也许会明了,在精神转向的背后,可能会有什么样的独特经历作为心理依据。蔡翔写道:

> 我们已经老了,有了妻子或者丈夫,有了儿子或者女儿,有了抬头纹有了鱼尾纹有了满身的酸痛,也总算有了一段安宁的平稳的不再提心吊胆伸长脖子盼着太阳从西边出来的生活,我们累了我们说我们应该喘口气应该好好地享受我们挣来的生活了。⑥

这种描述显然是指知青一代人返城之后的稳定下来的生活及感受。文中说"我们已经老了",显然有些"夸大其词",确切地说,应该是"中年",一种告别了"少年的梦幻""青春、热血和狂热""无聊、绝望"和"牢骚满腹"之后的角色体验,而不同于"比他们更年轻的一代人或比他们更年老的一代人"。这种角色体验的特征在于,既不完全是想象式的,也不完全是记忆式的,或者说是介于想象和记忆之间的一种心理方式。如果把这种方式作为对自我进行定位的思考的话,那么这种思考恰恰体现知青一代人作为独特的知识分子阶层的精神习性。这大约就像蔡翔在文中说的:"现在我看到,有一种形而上的目的在吸引着这一代人。他们在静思中默想、在静思中反省、在静思中开始自己的精神漫游。"静思就是这样一种内心行为,它不至于落实为一种夸张的、冲动的人生行动,因为他们已经不再年轻,不会动辄就热血沸腾。然而他们青春的热情还没有完全消逝。这同样如蔡翔讲的,在不平静的阅读之后,"那种英雄主义激情使我们激动不安"。如何找寻一种切己的书写方式,既能满足尚存的"英雄主义激情",又不至于被这种激情扰乱了已然稳定的生活,就是这种心理需要作用了,已经返城的这群中年知识分子,开始用复活记忆的方式,通过与青春时代的乡村生活的关系,为尚存的英雄主义激情找到出口。南帆也就此做过分析,"乡村很容易成为引起他们兴奋的想象环境,从而唤起他们无法在城市体验的英雄情怀"⑦。乡村和城市的关系既体现了一种空间距离,同时也体现了一种时间距离,即知青一代人不再"青春"的生活和曾经"青春"的生活之间的距离。记忆在这种距离中的充分施展,使英雄主义激情的表达成为"安全"操作。或许正因为英雄主义激情对于记忆的作用,记忆从一开始就已经带有想象性质,就是说记忆的"复原"是通过想象来完成的,或者,是想象催生了记忆。"记忆"既然是适应英雄主义激情的需要而到场的,那它从一开始就已经被想象好了。所以当我们再来读一回《今夜有暴风雪》《南方的岸》等知青小说时,我们就丝毫不会怀疑为什么会出现那么强烈的英雄主义效果,为什么那么多曾经沮丧、失望、惨痛不堪的知青会"摇身一变",成为笼罩着光环的"英雄"。而作为知识分子的知青群体,他们所谓的"静思",从一开始就不再是安静的、稳定的,总会"涌起阵阵热浪"。"静思"以"记忆"的方式出现,并不意在还原一种过去的真实,而是旨在求善,求得一种聊以自慰的英雄主义想象。而之所以在这些想象中会对乡村的大地和人民怀着深深的感恩之情,就像《黑骏马》、就像《我的遥远的清平湾》中的那样,倒不仅仅是出于超然的膜拜之情,而更多地是因为乡下成了他们英雄主义抒情的弥足珍贵的资源,他们看到了大地和人民的伟大,更多地是因为那个被珍视的"自我"正同人民一起以"想象的"方式同出共进。对乡村的神话想象更多地是出于已经再做"城里人"的知青对自己进行重构的需要。否则,为什么南帆在韩少功的小说《归去来》中,读出一个从乡村梦幻中"仓皇出逃"的故事呢?南帆是这样重述小说的情节的:

> 小说主人公在走访一个乡村时被误认为当年的知识青年马眼镜,尽管他一再申辩也无济于事。然而,当他逐渐进入马眼镜这个角色之后,或者说,当他逐渐重新被马眼镜的事迹、被乡村的真实情境所占据的时候,他惊慌失措了——他终于拒绝了重演这一段历史的光荣而仓皇出逃了。⑧

读多了城市知识分子关于乡村生活的小说,那种有点"自私的"、有点"小资产阶级"意味的浪漫主义、英雄主义,总让人觉得别扭和疙疙瘩瘩。相反,倒是一些乡村知识分子笔下的"乡村"让人觉出真实和亲切。虽然被称作乡村知识分子的这批作家,并不就真的生活在乡下,他们也会游走于或"寄生"于城市中,但乡村生活对他们来说,是与生俱来的,因为他们本来就出自于那片土地。而对于那批知青作家来说,乡村生活只不过是一种突然"插入"的生活,这种生活既"扭曲"了他们自己,也"扭曲"了真实的乡村。乡村既是他们的流放之所,也是他们的想象之源,然而这一切都不是自然而然的。乡村人把苦难当成生活本身,当成自然的承受,而不像那些纷涌回城的知青,把他们在乡村的苦难当成"资本"、当成"英雄"创生的历史境遇。当然,我并不是说所有的知青作家都会如此,比如写过那首《玛格丽和我的旅行》的多多,虽出自城市,但写乡村"那幅痛苦的画面""那块无辜的土地"时,就自然得多,也深刻得多。还有像阿城,他对乡村生活的那份深切的体味,就远远超出一般的狭隘的玄思。1984年,阿城的《棋王》发表之后,曾与脱不了土味的"乡村知识分子"贾平凹有过一次深切的交谈。阿城为此而作的记述,至今读来还有种深长的意味:

> 我有幸与我极佩服的作家贾平凹谋面,并请他对《棋王》讲些真实而不客气的话。他说:知青的日子好过。他们没有什么负担,家里父母记着,社会上人们同情,还有回城的希望与退路。生活是苦一些,但农民不是祖祖辈辈这么苦么?贾平凹的这些话使我反省自己,深感自己不只是俗,而且是庸俗,由此也更坚定了我写人生而不是写知青的想法,它使有的人狂妄、有的人消沉、有的人投机、有的人安静。除了极少数人,多是一有机会便努力离开所在之地。我当然未能免俗。但那一段生活毕竟使我开始老老实实地面对人生,在中国诚实地生活。⑨

事实上,对乡村生活的"不诚实"的书写,不光存在于知青一代的作家身上,也存在于比其更年长的曾经被打成过"右派"的那批作家身上。他们也曾同样地被流放过,而且是以"罪人"的身份流放的。因而其内心深处的屈辱感、挫折感也更加深重。他们在政治上被平反的年代正是所谓"老大靠了边,老九上了天"的时期。仅仅在政治上恢复名声,似乎还难以满足知识分子步步跨入社会中心时的极端膨胀的尊重需求。于是他们以文学的形式,在对"右派"生涯做想象式的"复原"的时候,再度为自身恢复荣誉。他们对自身流放于乡村的生活的叙述,显然事先加入了一种目的,即制造英雄,神话自我。这就招致了这样的批评:这批所谓的反思之作,"从规模到深度,似乎都应打一个很大的折扣"。"折扣"是由于"水分"的存在,而这个"水分"就是外加的目的。既然是外加的,而不是内在契合的,那就必然会留下"痕迹",一种刻意处理过的效果。当年,黄子平在评论《绿化树》时,就已经发现了这一效果,只是他的发现被用来表述另外的论说意图而已:

> 《绿化树》是用正剧的抒情语气来展开的。这种语气不可能使用嘲讽、幽默、反语等艺术手段来拉开作品内容与作者与读者的心理距离;恰恰相反,它把你拉进去,经受同情激烈的心灵震荡,在无数的忏悔、内疚、反省之中寻求一条获得新生的道路。这种正剧的抒情语气展示的是一个经过诗意化的世界。它使你感动、共鸣,却无法展开紧张的思索,意识到章永璘的世界中可能有什么偏差。[10]

为什么张贤亮要用正剧的抒情语气呢?这显然不仅仅是出

于一种单纯的写作习好,尽管这种习好在80年代前期那个浪漫主义的时代颇为盛行。虽然我们并不能肯定,这种"抒情语气"是有意为之,但至少在客观上是迎合了一种需要,或达到了一种效果,即"寻求一条获得新生的道路","展示的是一个经过诗意化的世界"。事实上,是诗意化的"装扮",完成了一个知识分子高贵而神圣的"新生"。一个被认为在"清水里泡三次,在血水里浴三次,在碱水里煮三次"的"章永璘",就这样从中国西北乡村的流放生涯中"凯旋",而他所谓的"苦难"竟类似于一个从战场归来的老兵的枪伤,光荣地展示在"英雄事迹报告会"上。就是这个"章永璘",经过"诗意化"的处理,获得了类似旧俄知识分子一样的高贵的"良心",并和80年代前期广大的中国知识分子一起坐上了同一顶"花轿"。而在这个时候,我们才发现,这个坐上"花轿"的英雄,已经成了高歌猛进的城市时代的"同谋者"。城市的"红地毯"而不是乡村的"盐碱地",才成为他们真正的梦中之地,因为他们原本就是"城里人",而乡村只不过是他们经受过屈辱,又不得不"诗意化"的"寄居之所"。当英雄被虚构出来之后,那些散落在西北的荒凉、贫瘠的村落则已经被远远地遗忘了。只有等他们再次进入"英雄事迹报告会"的时候,他们才会"过于匆忙和急促"地记起那些朴实而善良的乡下人,并在想象中拉他们一起合影。在他们虚构的英雄故事中,那些乡下人,被一厢情愿而又每每得手地"规定"为英雄故事的见证者和必要的配角。

我们也许会惊异地发现,就在这批出于需要而被"制造"出来的"乡下人"中间,有思想解放而又柔情似水、美丽质朴而又敢于"奉献"的乡村妇女们,特别是《绿化树》中的黄香久,作为长期而又活跃地生活在章永璘身边、像温柔的手臂一样呵护着他的身心的靓丽的女性,似乎可以作为他"苦难的"乡村生活中乡下人的代表。这有点像黄子平曾经说过的类似的戏言,当代文学中的"知识分子",总是能交上桃花运,总是能不失时机地"风流"一回。特别是像章永璘这样处在"苦难"中的时候,"姑娘就会来到我的身边"。为此而愤愤不平或暗中期待的读者大有人在。记得我们这批 80 年代初走进大学中文系的同学,曾有过共同的怀疑:"这个'死不改悔'的'右派'怎么老碰上漂亮女人,他还有什么好'苦'的?"

不过,像张贤亮这样的"右派"作家,写知识分子与乡村妇女的关系,写来写去,倒真像是一种模式。王蒙就曾经说过张贤亮的作品"几乎老是离不开说得俗一点就是落难公子和慧眼识君的佳人的模式",他举例说:"《灵与肉》里白捡一个特别好的老婆还不满足,《肖尔布拉克》也能捡一个好的妻子,在《绿化树》里虽然不是妻子但上帝总是赐给他一个好的女人。"王蒙还由此进行了一番趣味十足的对比:

> ……关于找老婆的方式,我们这些作家背后议论,颇有笑话,说张贤亮的人物主要是"碰"和"捡",刘绍棠的人物主要是从运河里"捞",我没统计过,但有人告诉我,说他的短篇里、中篇里、长篇里从运河里往上捞的媳妇有好多,我不知有没有六七个,如果说得过多了,损害了刘绍棠的名誉,我可以赔他一点钱。⑪

关于这样的笑话还有不少。90 年代的时候,陈晓明在评论《废都》时,就曾经对"庄之蝶"身下的女人做过粗略的统计,并把她们概括为"保姆、私奔者和无产阶级"。一句话,都是文化程度不高的女性,其中主要是劳动妇女。当然,对于贾平凹这样"误"入城市的"乡村知识分子"而言,与劳动妇女的"不由自主"的性爱,大约是他"强制性"地回到"乡下"的一种想象方式。而对于张贤亮这样"误入乡村"的"城市知识分子"而言,如此之多的乡村妇女看似偶然性地"出场",实际上是出于有意为之的安排。这些乡村妇女在某种程度上就是乡村的表称符号,而"章永璘"就是以她们为载体、为通道,并越过她们的身心而进入他的"乡村"世界的。

我们姑且转移一下话题。张贤亮在他的小说中所暴露出来的男权意识和性别歧视观念,曾经为批评家所关注,特别是南帆为此做过的批评颇有代表性,他同样注意到了张贤亮作品中"捡""拾"女人的模式,无论是《河的子孙》还是《土牢情话》,无论是《绿化树》还是《男人的一半是女人》,在这些小说中通常都可以遇到一个漂亮而多情的女人。她们往往忘我地爱上了落难的男主人公,为之奉献一切,直至最后毫无怨言地被抛弃。与刘绍棠"捞"起的女人相比,张贤亮"捡""拾"而来的女人大有命同纸薄之势,她们难有刘绍棠式的"温情的呵护"。也正是从这些"不幸的"女性命运中,南帆认为,"为男性设计出标准的女性形象楷模",可视为男性统治女性的重要策略,他指出:

> 张贤亮小说中的女人往往多情、漂亮、肉感、痴心,这实际上迎合了男性从精神到肉体的多方面欲望。这些女性温柔可亲,楚楚动人,同时又怨而不怒。这使男性能够在两性关系中伸缩自如、进退有据。他们寂寞的时候,这些女性则自动退居后方。等待是千年来女性所不断重复的唯一行

为,等待是一种从属的证明。《绿化树》中的马樱花说:"就是钢刀把我头砍断,我血身子陪着你哩!"于是,男性睡觉时,女性是他们的枕头;男性出门时,女性是他们的垫脚石。女性观点的批评毫不留情地指出:作家设计出这样的女性形象之后同时又构思出一连串动人的故事,从而心甘情愿地成为男性的附庸。这个时候,文学是以虚构的方式巩固男性中心的现实。[⑫]

现在,我们再回到前述的话题中。当张贤亮把乡村妇女作为乡村的指认符号时,实际上他在完成一种想象,他把乡村想象为一位女性,而这个女性又是他可以支配并且又服从他的支配的,那么南帆在批评中所指出的"男性统治女性"的策略,实际上已经暗含着或转化为另外一种策略,即"知识分子对乡村的统治",而这个"统治"同样地是通过一种霸权的想象来实现,同样地是以虚构的方式来巩固"知识分子"的中心地位。而正是在这一点上,张贤亮的"一连串动人的故事"出现了致命的"漏洞",他一方面享受着对"乡村妇女"的支配权所带来的幸福,另一方面又要突出他在乡村流放生涯中的苦难,这可视为他为霸权式的想象所付出的代价。而"支付"这一代价的方式是勉为其难地爬出乡村妇女温暖的"被窝",把她们孤零零地弃置一旁,继续去过"苦难的"生活。

然而当他在夸大、展览其"苦难"时他忽视了在那个灾难的岁月里,广大的中国乡村和数以万计的中国农民正体验着真正的苦难。直到今天,当我们辛苦了一辈子的父辈们,终于开始过一点好日子的时候,他们依然忘不了那个真正的苦难。在他们的讲述中,庄稼地成片地荒芜,饿死的人横尸村口,这样的情景

至今听起来还会有惊心动魄之感。然而，就是这样的死亡边缘
的苦难，被那些虚构出来的英雄们轻而易举地遗忘了，他们乐于
把乡村想象成温柔妩媚、"性"味十足的女性，想象成像单身的
乡村妇女居所那样，成了衣食尽有、色相俱全的暧昧的去处，如
同"困难时期"马樱花那个被称作"国际饭店"的尽可以提供食
宿的客舍。"章永璘"的苦难的神圣化，恰恰是以遗忘乡村苦难
为前提的。那么这种被虚构出来的知识分子又有什么高贵可言
呢？至于说是英雄那就更无从谈起了。唯一的区别是，一个曾
经或依旧在苦难中沉默，而另一个则把荆棘丛生的原野当作通
向红地毯的铺满鲜花的路。而在今天重读这些被虚构出来的文
本，审视其虚构的动机时，我们有理由记取那些无声的苦难，却
反而会遗忘那些被说出来的、夸大的苦难。我们宁愿像多多那
样的真正的知识分子，怀着承担苦难的良知和建设乡村的使命，
到中国的乡下去看看吧！

注释：

① 郭路生：《这是四点零八分的北京》，参见《文化大革命的地下文学》，新
　华出版社，1993。

② 多多：《玛格丽和我的旅行》。

③ 蓝蓝：《和我一起到乡下去吧》。

④ 姚振函：《〈红高粱〉之风》，载《诗神》1989 年第 2 期。

⑤ 萧乾：《唉，知识分子》，载《随笔》1989 年第 2 期。

⑥ 蔡翔：《故乡的记忆——当代小说中的精神文化现象之二》。

⑦ 南帆：《冲突的文学》，第 43 页，上海社会科学院出版社，1992。

⑧ 同上，第 44 页。

⑨ 阿城：《一些话》，载《中篇小说选刊》1984 年第 6 期。

⑩　黄子平:《我读〈绿化树〉》,载《文艺报》1984 年第 11 期。

⑪　王蒙、王干:《自由与限制》,载《文艺报》1989 年 6 月 3—17 日。

⑫　同注⑦,第 53 页。

四、民族国家的文学想象

1989 年,由张京媛翻译的弗雷德里克·詹姆逊的论文《处于跨国资本主义时代中的第三世界文学》,在该年度第 6 期的《当代电影》杂志上刊出。这篇论文只不过是詹姆逊的一篇演讲稿,是在加州大学圣地亚哥分校为已故同事和友人罗伯特·艾略特而举行的第三次纪念会上宣读的。该文被宣读的话题与要纪念的故人罗伯特·艾略特,似乎没有直接的关系,从译文来看,甚至连被纪念人的名字都没有出现。论文集中谈论的话题就是"第三世界文学"。这篇被评介过来的论文在电影杂志上刊出之时,似乎没有引起当代中国文学批评界的注目。只是在1990 年,张颐武才就这篇译文,写了一篇相关的文章——《第三世界:新的起点》①。然而一个意想不到的情况是,这篇论文竟然在 90 年代的文学批评界引起了广泛的关注,并成为竞相转用的稀缺"资源"。它不仅催生着新一轮文学批评的浪潮,而且直接造就了当代中国文学的一个新的话语谱系,至于像张颐武这样的批评家在一夜之间的"崛起",则可以说是这一理论在迅速推广中的一个附带的成果。

如今当我们争相言说着在"新时期"与"后新时期"大约两个十年之间的巨大的"断裂"时,我们似乎发现,这篇在两个十年的交汇之际被译过来的论文,成了它们"唯一"被记起的"联系"。那么从这个"联系"为切入点,不是往前追溯,而是往后推延,是否能发现整个 80 年代中国文学中一种未被强调的精神呢?杰姆逊的论文是就整个"第三世界"文学的处境而言的,无论 80 年代还是 90 年代的中国文学,事实上都置身在这个广大的"处境"中。那么当它被用来对 90 年代中国文学进行指认的时候,同样不可否认它对 80 年代的中国文学也有不容忽视的言说价值。我们这样假设,这篇译文在 80 年代后期的出现,毋宁说被"借用"为这个时代的一种自我意识,而这个意识在一个与之相连的时代被进一步发扬光大了,尽管我们可以说,这两个十年在历史情境上已有了非同一般的变革,但似乎有一种跨越两个时代甚至更长一段历史时期的"普遍性"的精神存在着。如果这样的话,我们就可能会稍稍削弱置身于 90 年代的自以为是的优越感,并且会相应地矫正那种关于两个十年之间的"断裂"的想象。历史在如此之短的时间内似乎并不就按照我们的"阶段"设想推延着,时间在流逝,但有些内在的东西并没有太大的改观。

再回到詹姆逊那篇影响甚广的论文,他在谈及"第三世界"文学时,始终注意着这样一种"关系",即第三世界的知识分子和他们的民族国家之间的关系。这一点,他在论文的开始就做了说明:

> 从最近同第三世界知识分子的交谈可以看到,人们执着地希望回归到自己的民族环境之中。他们反复提到自己国家的名称,注意到"我们"这一集合词:我们应该做些什么、我们应该怎样做、我们不应该做些什么、我们如何能够

比这个民族或那个民族做得更好、我们具备自己独有的特性,总之,他们把问题提到了"人民"的高度上。

如果说杰姆逊这篇论文被译介过来之后,能算作一种当代中国的"声音"的话,那么它作为 80 年代后期的"余音",在 90 年代得以回荡,正说明两个十年之间的联系,恰恰在于杰姆逊所说的"关系"上,当代中国知识分子与"当代中国"的认同关系,是跨越两个十年的共同特性。事实上,杰姆逊在文中对"我们"的辨认行为,在 80 年代的中国文学批评中就曾经有过类似的实践。许子东在《现代派与中国新时期文学》一文中,在谈及有关"现代派"文学的论争时,就探求过"我们"的问题:

> 今天重新回顾这次学术价值很低政治色彩很浓文学意义很深远的文艺论争,我在一片"需要"和"不需要"的激动争辩中,特别注意主语"我们"的复杂内涵。大家都说"我们",似乎群体意识很强,但"我们"究竟是什么?

尽管许子东在文章中对"我们"做了时代的、政治的和民族的三种不同的分类。但是他指出,在政治的"我们"和时代的"我们"的"微妙的文化对峙"中,"民族文化意识的作用举足轻重了"。而他就此认为,在这场论争中,民族的"我们"成为某种"殊途同归"的选择动向,"替现代主义在中国寻找民族文化依据的一次暂时成功的'学术冒险'",正表明了一种"耐人寻味"的现象,"艺术感觉很'现代'的中国知识分子,其民族文化危机感反而比酷爱屠格涅夫的'社会主义现实主义'理论家更强烈。"事实上,许子东的论述与杰姆逊的论述有暗合之处;对于广大的中国知识分子而言,都存在着强烈的民族国家立场,而杰姆逊也正是以此为依据，把鲁迅的《阿Q正传》读作中国的"民族寓言"。

其实，像这样的分析，在对20世纪中国文学的研究中不乏先例。夏志清就曾经指出，中国新文学的作家孜孜以谋的，是要把中国变成现代国家，这就是所谓爱国载道之志。他还指出，中国现代文学史上的浪漫主义，其目标是非常实际的，它要给中国人民带来幸福的生活，建立一个更完善的社会和一个强大的中国。这种载爱国之道的思想是如此强烈，以至于对艺术本身往往不遑顾及了。

要探讨当代中国知识分子与民族国家的关系，我想先从90年代中期的一个文学事件说起，然后通过联想的方式，与80年代中期另外一个文学事件"对接"起来。

1994年1月，作家张承志在《花城》上发表《无援的思想》这样一篇尖锐的杂文，谈论的核心话题就是在西方文化的压迫下，中国知识分子应当持有一种拼死抵抗的姿态，以保持国家尊严。批评家李书磊在读到这篇文章之后感奋不已，因为它"深深牵动了我们作为中国人的隐秘感情"，"阅读他的文章我终于无法克制那种我久久克制着的情绪"，这个情绪就是"我们曾经作为文明战争的失败者"，那种爱国与自处的痛楚。特别在读到张承志文中这样一段话时："踩着贫瘠的土地，登上山顶攀上长城，远方蜿蜒的两条江河遥遥在望。这就是你我的家乡，清贫的祖国"，李书磊写出了深入内心的抒情文字：

　　　　这是我们从小阅读的文字中记述的土地，是我们从小背诵的诗句中赞美的土地，是我们景仰的英雄埋葬的土地，是我们热爱的姑娘出生的土地。我认为真正的中国男人需要肝胆,应该在走遍世界之后回到这里,在现代世界所加给我们的屈辱中改造我们的生活并且重建我们的文明,承担这里的苦难并同时承担祛除苦难的使命。②

在李书磊的论述中,我们再次读到了那个熟悉的"我们"、民族的"我们"、国家的"我们"。这些独白无疑应验了杰姆逊对一些第三世界国家的预言:"我认为柬埔寨、伊朗、伊拉克的已能预期到的结局不能表明除了受全球性的美国后现代文化影响之外,这些国家的民族主义可以被取代。"值得注意的是,90年代中期,后现代文化(主要地作为一种观念形式、次要地作为一种生活方式)已经在冲击着一批在"二战"之后发展起来的民族国家。然而,这里我们并不旨在对90年代的中国文学做出过多的考察,而是以此为由头,回想一下在80年代中期出现的一次类似的文学事件,虽然在这一事件中,作家和批评家之间并不是像想象的那么友好和默契。1984年,一部被认为是"宣传爱国主义"的长篇小说《雪落黄河静无声》,正当走红的时候,却迎来了美学家高尔泰的言辞激烈的批评。③这部长篇小说讲的是反"右"时期两个"右派"分子范汉儒和陶莹莹由恋爱到分手的故事。而其宣传的爱国主义精神最后就落在"分手"的原因和态度上。因为陶莹莹曾企图越境潜逃,这在范汉儒看来是"叛国罪",不可原谅,最后弃她而去。高尔泰之所以对这部小说严加批驳,就是因为他认为作者"从逻辑上来说是混淆了祖国的概念与不同时期政治路线的概念",从而"把祖国派做了极'左'路线罪恶的承担者"。他指出,陶莹莹的越境潜逃,不是对祖国的背叛,而是对极"左"路线的反抗,所以并不能认为陶莹莹不是个爱国者。

尽管在国家概念和爱国方式上，作家和批评家产生着严重的分歧，然而在爱国主义精神上，两者却有着惊人的一致性。从小说本文和批评本文中出现的有关国家感情的独白来看，几乎看不到有什么区别。在小说中，随处可见这样的断语：

> 唯独对于祖国，它对于我们至高无上，我们对它不能有一次不忠……

> 我认为无论男人、女人都有贞操，一个炎黄儿女的最大贞操，莫过于对民族对国家的忠诚。

而在高尔泰的批评文章中，这种爱国主义的激情不仅没有削弱，反而得到一次次的加强。这种加强可以是以说理方式进行的推延，也可以说是以抒情的方式进行的扩展：

> 作为这一切的共同体，祖国不仅是历史范畴，也是价值体系，是一个地区性文化的摇篮。我们自身，我们的生活方式（包括风俗、习惯）、思想方式和感受方式，我们的知识结构和认识结构，我们的亲朋交往关系，我们的幸福与苦难，回忆、梦想与憧憬，一切价值，都无不是这个摇篮的产物。

> 在炽热的洪炉里，在冰冷的铁砧上，我们的民族自豪感和对祖国的苦恋，由于经受了雨点般的打击而变得更加坚强。它不是祖先崇拜，不是牺牲祭坛，不是刻在碣石上的誓言，更不是束缚我们灵魂的镣链。它像无数小小的野草，牢牢扎根在深厚的土壤。在瓦砾下、在碾痕上、在镰刀留下的根墩里面、在野火留下的灰烬里面，不息地生长而又生长，用它绿色的声音，召唤着祖国的春天。

在从维熙的小说里,爱国是一种操守,一种至高无上的操守;而在高尔泰的评论文章中,爱国是一种本能,就像他说的:"祖国,也像母亲,意味着我们精神和物质生活的一切基本价值,所以我们都本能地依恋它。而这种依恋,也就是爱。"如果我们把发生在80年代中期和90年代中期这两个文学事件、话语事件联系起来看的话,那么可以这么认为,中国知识分子的国家感情,已成为一种最高的意识形态、一种元叙事,或称"中国情结"。

有意味的是,在高尔泰的那篇批评文章中,尽管他一再反对对"国家"的抽象,然而他本身强烈的"中国情结",又使得"国家"成为一种至高无上的存在。他认为:"我们每个人的生活,都是祖国存在的元素。人民的欢乐和苦难,也就是祖国的欢乐和苦难。"就是说,"祖国"是个人生活、人民生活获得合法性的依据,是一种最高的逻辑。而个人生活、人民的幸福正是在"祖国的繁荣富强"中得到验证,"因为没有祖国的繁荣富强,也就没有这一切"。当然,高尔泰在这里也同时做出另外一种努力,即把个人逻辑、人民逻辑与国家逻辑相并列,相挂靠,然而始终还是以国家逻辑为"归极"原因的。这大约也是杰姆逊说的那种"有意识与公开的"民族寓言。

我们也许都注意到,新时期以来中国文学在其前期曾经存在着强烈的浪漫主义与现实主义色彩,它运行的时间是如此之长、运行的力量是如此之强烈,以至于在80年代后期,它才在其内部自我瓦解、自我颠覆的力量作用下,慢慢地趋于平静。那么就有一个问题值得思考,这种强烈的浪漫主义与理想主义,到底是如何获得力量的源泉、激情的逻辑呢？正是在这个问题上,我们要把"中国情结"与其文学表现形式统一起来加以考察。在此我们或许要做出这样的假设,正是那种"有意识和公开的"的"中国情结",才导致了新时期文学在相当长时间内的抒情风格。

黄子平在谈及当代中国文学的主题时,曾经做过一个论断:"我认为'五四'以来60年来的中国现当代文学,它的总主题是'中国向何处去',每一个作家自己的总主题都是在这一时代的总主题制约下展开的。其中十年浩劫是烙在中国人民心灵深处,至今仍在现实生活中起作用的一段历史",而新时期文学在其发生之时,正是要"让同时代人都来咀嚼民族的苦果、思索时代的总主题"。④ 在这个论断中,黄子平要揭示的也恰恰是"中国情结"对20世纪中国文学特别是对新时期文学的作用。黄子平的话从80年代前后一位资深作家刘真的自白中得到了验证。刘真在其《创作漫谈》中指出:"一个不关心国家大事、不关心人民的人,是不可能写好文章的,即使写了也是无病呻吟,空洞无物。"刘真把国家关怀与文学关怀相联系,实际上已经完成了一个逻辑运作过程,即从国家逻辑到美学逻辑的转换。而刘真的创作漫谈,并不就是即兴的,如果联系其创作经历,正可以发现一个超出新时期之外的写作背景,当年刘真在写作《英雄的乐章》时,就是把国家逻辑落实为一个纯真少女的视野,在这个视野中出现的是在灯海和楼群中的天安门景象,而"天安门"又是被指认为一个民族国家的象征。

在进入80年代之前,新时期文学主要是以伤痕文学为主,"伤痕"作为一种烙印、一种痕迹,主要是以"记忆"的形式体现

出来的,这个记忆,既是指"文革"这样一场大的浩劫,同时也是
指在此之前一场造成诸多苦难的"反右"运动。"文革"和"反
右"给中国人特别是知识分子的个人生活带来了极大的冲击,
但与"文革""反右"相联系的记忆却不仅仅是个人性的,在"伤
痕文学"中就已经出现了这样一种普遍的抽象,即把个人记忆
作为国家记忆加以书写,个人身心上的伤痕被"看"作一种国家
的伤痕,而抒情自我就是作为民族国家的符号出现的,个人身份
与国家身份获得了一致性。像江河的《纪念碑》的写作就是一
种典型的民族国家的象征行为:

> 我想
>
> 我就是纪念碑
>
> 我的身体里垒满了石头
>
> 中华民族的历史有多么沉重
>
> 我就有多少重量
>
> 中华民族有多少伤口
>
> 我就流出过多少血液⑤

个人以国家的身份出现,事实上就是把个人命运与国家命
运紧密联系。中国当代文学中这种一再出现的抒情自我,就典
型地体现了知识分子对于民族国家的追求。这一点就像雷蒙·
阿朗在谈及知识分子及其国家时所指出的那样,"知识分子又
是与民族共同体息息相关;他们以一种特殊的尖锐形式体认国
家的命运"⑥。当一场不正常的国家政治生活给知识分子个人
命运带来磨难和挫折时,对个人伤痕的书写并不旨在导向一种
对国家的怀疑,而是无处不体现出一种关系民族国家的政治无

意识。从对个人伤痕的抚慰转向对民族命运的同情,事实上不是动摇而是巩固了国家信仰,这就仿佛阿朗在分析德国魏玛共和体制时期时所指出的那样,德国知识分子"对于国家声威的摇荡更是敏感",他们"可能自觉地漠视财富与权力,但对于国家的声威,从来就不会是漠不关心的"。而对于惠特曼这样杰出的诗人来说,国家感情就几乎成了作为诗人的证据:"你是一个诗人的证据,就在于你的祖国如此热情地拥抱你,就像你曾拥抱过它一样。"这种对国家的信仰方式在当代中国那些从苦难中"归来"的诗人身上体现得尤为突出,梁南的诗句就曾经一再强化着这种国家信仰,"纵然贝壳遭受惊涛骇浪的袭击,/不变它对海水忠实的爱情","泥土纵然干涸得没有一丝水分,/眷恋它的树枯萎了也站在那里",而像这样的诗句就更其尖锐而强烈:

> 马群踏倒鲜花,
> 鲜花,
> 依旧抱住马蹄狂吻,
> 就像我被抛弃,
> 却始终爱着抛弃我的人。⑦

信仰的逻辑在于这样一种无条件的祭献,哪怕以个人的挫折和磨难作为代价,都不可能动摇信仰的至高无上的地位。在这里,我们再次读到了在《雪落黄河静无声》中那种被多次渲染了的国家忠诚,即使像高尔泰为此所做的暧昧的批评,最终也还是回到一个被预订的"真理"即国家逻辑上。"愿将忧国泪,来演丽人行",这种近乎悲壮的选择,还是因为在国家逻辑的基础上才获得个人生活逻辑的合法性,即使是无奈地跨出国门,国家情感也会追随而去。

事实上,进入 80 年代以来,伤痕文学的"凄风苦雨"已趋消歇,而国家感情在文学中的渗透不仅没有停息,反而更加强了。只不过那种悲壮的国家记忆已转成了欣快的国家想象。而书写方式转化的一个大背景是,整个国家已经进入一个以现代化为取向的建设时期。1981 年 6 月,中共中央《关于建国以来党的若干历史问题的决议》,表明拨乱反正的历史任务已告一段落;而到了 1982 年 9 月,中共十二大提出"全面开创社会主义现代化建设新局面"的宏伟纲领。这两次会议的召开,标志着进入 80 年代以来对国家记忆的书写转向对国家想象的书写。从 80 年代初期出现的大量的文学本文来看,一种高昂的、浪漫的理想主义激情,正是从对现代化的民族国家的想象中,来获得抒情的依据和动力的。胡耀邦在全国剧本创作座谈会上的讲话中,就是这样来号召中国作家的:"反映当前全国各族人民如何同心同德搞'四化',这是值得大书特书的题材。文艺作品只要指导生活,就要走在时代的前头去。"而要"走在时代的前头去",这本身就意味着一种想象、一种对民族国家未来的承诺。像舒婷《祖国啊,我亲爱的祖国》、江河《祖国呵,祖国》、吕贵品《献给我的祖国》、梁小斌《用狂草体书写中国》等一批在 80 年代前后被传颂一时的诗作,就是直接把民族国家作为抒情对象。如舒婷《祖国啊,我亲爱的祖国》,就是献给现代民族国家的颂诗:

> 我是你簇新的理想,
>
> 刚从神话的蛛网里挣脱;
>
> 我是你雪被下古莲的胚芽;

> 我是你挂着眼泪的笑窝；
>
> 我是你新刷出的雪白的起跑线；
>
> 是绯红的黎明
>
> 正在喷薄；
>
> ——祖国啊！⑧

80年代初这种流行一时的浪漫主义的国家想象，事实上并不为这个年代所独有，它一直贯穿在这个现代民族国家独立和解放以来文学活动的始终。而国家想象的爆发，都会引发出一种浪漫主义的运动。在50年代后期，就在"赶英超美"的国家口号提出的同时，诗坛上浪漫主义的抒情文体就泛滥开来，尽管这种浪漫主义在当时有个特定的称号，即"革命浪漫主义"。而革命浪漫主义的写作就是源于当时历史背景下的国家想象。茅盾曾在1958年做过表述：

> 今天我们国家的现实生活，就是有史以来从没有过的壮丽的革命浪漫主义时代。我们做着我们的先人从来没有做过、甚至没有梦想过的大事，我们破除迷信，大胆创造，使我们国家的工农生产、文化活动，一天天地除旧布新，创造了奇迹，我们祖先的最美妙的幻想，在今天我们国家里，都变成了现实。这就是今天我们面对着的空前伟大壮丽的革命浪漫主义的现实生活。我们如果没有革命浪漫主义的精神，能够反映出这样伟大壮丽的革命浪漫主义的理想么？⑨

尽管茅盾所说的"革命浪漫主义的精神"，可能会有复杂的指涉，但其核心就是现代国家精神；而所指的"革命浪漫主义的理想"，也主要是指国家理想。

如果我们顺着浪漫主义的文学轨道再往前回溯的话，则可以在 80 年代的抒情文学中，隐约听到在新中国成立前后国家精神的回响。这一点可以结合何其芳的创作历程，做个简要的回顾。

何其芳作为一个典型的 20 世纪中国知识分子，他的代表意义在于，像广大的国家现代化梦想压迫下的文化人一样，他从文学的象牙塔走向政治斗争的火热生活，并把个人的写作与意识形态的内容联系到一起。30 年代末，中国局势的动荡、国家的安危最终促使他投奔延安，从一个"自然"的诗人转变成政治知识分子。他开始"不爱云，不爱月，也不爱星星"，不再像波德莱尔散文诗中"那个忧郁地偏起颈子/诅着天空的远方人"。而促使转变的内在原因就在于诗人对新的国家的梦想，盼望国家从黑暗走向光明，而政治斗争无疑又是通向新国家的有效方式；相反地，那种面对内心和自然的一己的写作，因为与时代和大众的隔绝，而难以呼唤出改造社会的力量。早在 1938 年，他在《成都，让我把你摇醒》一诗中，就已经开始把个人感情向国家感情转换，他写道："像盲人的眼睛终于睁开，/从黑暗的深处我看见光明，/那巨大的光明呵，/向我走来，/向我的国家走来。""国家"这一抒情对象的获得，被看成是诗人从黑暗走向光明的再生之路。抗战胜利后的 1946 年，处在短暂的和平中，何其芳又直接以"新中国的梦想"为题作诗，把对新中国的梦想放在百年的历史中进行书写，并推向充满想象的未来：

呵，百年来的中国人民的梦想，

或者叫富强，

或者叫少年中国，

> 或者叫解放,
>
> 或者甚至叫不出名字,
>
> ……
>
> 新中国呵,
>
> 百年来的梦想中的新中国呵,
>
> 不管还要经历多少曲折,
>
> 你将要在我们这一代出现!
>
> 你给了我们最大的鼓舞,
>
> 最大的晕眩!

在他的诗中,新中国这一梦想不仅成为诗人抒情的意志,也成为抒情的动力,它超越于一切情感之上而成为根本性的、原初性的情感,由此我们不难理解当新中国成立之际诗人内心的那种激动:

> 中华人民共和国
>
> 在隆隆的雷声里诞生。
>
> 是如此巨大的国家的诞生,
>
> 已经过了如此长期的苦痛,
>
> 而又如此欢乐的诞生,
>
> 就不能不像暴风雨一样打击着敌人,
>
> 像雷一样发出震动着世界的声音……⑩

实际上,这种对新中国的感情不光是在何其芳的诗中有所体现,像胡风《时间开始了》、郭沫若《新华颂》等诗作也都是作为献给新中国的颂诗。新中国的成立是诗人们"最伟大的节日",是狂欢的时分,就像何其芳写的那样:

> 欢呼呵！歌唱呵！跳舞呵！
>
> 到街上来，
>
> 到广场上来，
>
> 到新中国的阳光下，
>
> 庆祝我们这个最伟大的节日。

经历过黑暗、唱过"夜歌"的诗人们，在新中国成立之初的狂欢时分，全都聚集在"新中国的阳光"下，放声歌唱。所有个人的悲欢、个人的话语全都消融在毛泽东的声音中、消融在新中国的礼炮声中。

在前面的论述中，我们几乎是不厌其烦地谈到在整个当代中国文学史中所贯穿的国家想象和国家逻辑，那么当我们把话题重新拉回到80年代的中国文学实践中，就无法回避这样一个思考：在当代文学运行了30多年之后，这种国家想象的方式会不会发生新的变化？或者说，这种国家逻辑的展开会不会呈现出新的特性？

我们知道，在80年代前后的中国改革文学中，作家们曾紧跟着现代化的步伐、以贴近的方式推进着民族国家的想象，就像蒋子龙在谈到《乔厂长上任记》的创作感受时说的："《乔厂长上任记》是'逼'出来的。是被生活'逼'出来的，是被一个普通的中国人对'四化'的责任感'逼'出来的……"面对现代化的国家要求同时也是文学的话语组织的要求，蒋子龙在创作感受中还说起这样一桩事件，《人民文学》的一位编辑曾冒着雨到医院看望病床上的他，"还当面约稿，而且要求写反映实现四个现代化的题材"⑪。但是，正如我们所了解的那样，"现代化"的呐喊，似乎并没有持续到想象的那种长久和激烈的程度，那种甚嚣尘

上的"改革文学"也渐渐消歇。当改革文学的代表人物蒋子龙
在 1986 年说出"六神无主"这一感受的时候，事实上早期的那
种乔厂长式的豪迈之气已所存无多，而坚定的"现代化"诉求，
也变得有些破碎、有些迷乱。如果再把这一跨度拉长，就会发现
另外一位改革文学的代表人物柯云路，在写作趣味上，也有了令
人几乎难以接受的转变。80 年代中期，当柯云路的小说《新星》
在《当代》发表之后，又被改拍成电视连续剧，其影响遍及街头
巷尾。那种一排排地站在凳子上挤着看电视剧《新星》的场面，
对于我们这些在 80 年代中期大学校园里生活过的人来说，也许
并不陌生。然而，就是这个令人关注的柯云路，在两个十年之间
变得让人无法相信了，从一个"李向南"式的奋发蹈厉的改革
者，变成了一个说玄道怪的东方巫师。

那么从"改革文学"的式微来看，是否就证明国家想象的消
失、国家逻辑的瓦解呢？事实上也并非如此。从 1982 年开始的
新诗潮的"史诗"转向、从 1984 年开始的寻根小说的勃兴，还依
然能够感受那种内蕴其中的现代国家精神。然而我们不能不注
意到，不是国家精神的失落，而是对"国家"的书写方式已经有
了巨大的改观。这种改观的一个典型表征就在于："国家"作为
一种"现代化"的叙事，转向一种"民族化"的叙事。如果借用
"民族国家"的说法，那么前期的"民族国家"话语更强调一种国
家性，而后期的"民族国家"话语更强调一种"民族性"。

至于说到蒋子龙的迷惑、柯云路的幻化，只不过是无法适应
这种已然转型的、更为复杂的话语实践罢了。如果说前期的民
族国家想象更多的是依靠激情来支持的话，那么后期的民族国
家想象则更多地需要话语运作的智慧。激烈的时候仿佛是清醒

的,而一旦平静下来却反而有些迷惑,而那种为了在迷惑中表明清醒,便做出种种夸张的、故作激烈的表演,则多多少少体现了这个民族国家在面对现代化的冲击时的种种戏剧性。民族国家想象既是置身于皮尔森所言的"力量"关系中,那就同时应和着一种"文化战略"的需要。而就是在文化战略的设计方面,80 年代的中国作家暴露了知识准备的不足以及智性上的欠缺。

尽管在国家理想这一点上,新时期文学与前此的文学实践有一脉相承之处,但由于 80 年代特有的处境,这种面对国家理想的写作,在处理方式上又不得不做出相应的调整。就在新时期文学进行国家现代化想象的同时,如"中国的汽车呼唤着高速公路""中国站在高高的脚手架上"等等,同时就面临着另外一种问题。现代化是一种世界范围的运动,它本身就要求着非地方性、非国家性的统一的视野。那么当我们在实践着国家现代化想象的时候,就必然要解决这样一个矛盾,即国家的地区性和现代化的世界性这样一个矛盾。而就在这个矛盾中又隐含着一个相关的矛盾,现代化在某种程度上带着西方化的痕迹,那么当我们以现代化为核心展开国家想象的时候,又如何能面对民族国家的指认呢? 正是在对这些问题、矛盾的"解答"过程中,民族国家想象变得复杂了、多样化了。

钱理群曾经对 20 世纪中国的国家想象做过一个简要的回顾:

从二十世纪初,孙中山预言中国的"大跃进","五四"时期李大钊歌颂"中国"的青春,郭沫若描绘民族的"涅槃"与新生,周恩来呼唤中华民族的"腾飞",到抗日战争时期毛泽东振臂高呼"中华民族将自立于世界民族之林",中华人民共和国成立之初,毛泽东庄严宣告中华民族"从此站起来了","我们将以一个具有高度文明的民族自立于世界",一直到十年浩劫之后,我们的民族又一次从血和泪中站立起来,通过自己的年轻一代发出"振兴中华"的口号……⑫

在所有这些国家想象中,都透露出一种强烈的民族政治的意味,即要求着民族国家自身的强大。这种要求在蒋子龙的改革文学作品中就曾一再地表现为落后的鞭子抽打在身上的焦虑。而这种要求、这种焦虑的产生实际上是源于近代以来中国国势衰微、遭受西方帝国势力打击的惨痛历史。列弗弗尔在谈及现代民族国家的概念时,曾经指出,在黑格尔的观念及其国家中,不存在政党的问题(除非是贬义的地下或半地下的阴谋组织),而之所以会出现这一"盲见",原因就在于忽视了已然形成的国家与国家之间压迫和反压迫的历史关系,而政党在民族国家中存在的一个必然性就源于这种国家间的权力要求,"可以预见的回答是:现代意义上的党是在国家——民族范围内,源自一个整体战略。这种战略既为内部增长所必需,又被外部竞争,也就是被一般由帝国主义和反对帝国主义这两个词儿指定的斗争所要求"。

压迫与反压迫的斗争要求,使二十世纪以来的民族国家想象带有强烈的政治性和权力色彩。新中国成立后,由于处在恶化之中的中美和中苏关系的作用,以及冷战时代的国际政治形势,使民族国家想象中的政治意识不仅没有被削弱反而得到了一次又一次的加强。然而在中国进入"文革"后的历史新时期,这种民族国家想象却有着别具特色的历史处境,首先,这是在中国自身的内乱结束之后而产生的民族国家想象,而不是民族压迫、民族战争的直接结果;其次,这是在中国对外开放的国家政策环境下出现的,它源于一种对话而不是对抗。这就使得这种民族国家想象可能会削弱某种政治性和权力色彩。相应地,这种民族国家想象中"民族性"指认会有所加强,而"国家性"的指认会有所减弱。

国家是现代社会的产物,而民族是历史形成的结果。当民族国家想象从"国家性"向"民族性"有所偏移时,这一想象中的"政治性"色彩会减弱,而"文化性"色彩会增强。就是说,对民族国家的指认会从单一的政治方式转向复杂的文化方式。而文化的形成正如民族的形成一样则是历史沉积的效果。于是民族国家想象就转身回溯,变成对传统、对历史的想象,不仅仅是从现代国家政治,更多地是从民族历史文化出发来构筑民族国家的宏伟叙事。1982年之后"史诗"观念的逐步强化,就验证了这一宏伟叙事的要求,这一点上,江河、杨炼的诗歌理念最有代表性。江河指出:"诗有国魂。早有夙愿,将中国神话蕴含之气贯通至今,使青铜的威武静慑、瓦的古朴、墓雕的浑重、瓷的清雅等等荡穿其中,催动诗歌开放"⑬;杨炼也认为:传统是谁都无法、谁也不能摆脱的,"它不是一个词,或者像有些人说的那样:是一条河、一座连绵不绝的山脉。它溶解在我们的血液中、细胞中和心灵的每一次颤动中,无形,然而有力!"⑭回到传统,想象传统,成为"史诗"追求中的诗人们普遍的冲动。江河从中发现慰藉,"把我的诗洒进黄河,令我安慰";而杨炼以之为荣,"传统在各个时代都选择某些诗人作为自己的标志和象征,是的,我们已经意识到了这种光荣。"

这种以"史诗"形式展现的民族国家的想象,以诗歌为先导,而在小说创作中走向了鼎盛时期,像王安忆的《小鲍庄》、张炜的《古船》、郑义的《老井》等等,都力图在构筑现代民族国家的"宏伟叙事"。当然所有这些叙事背后,并不仅仅是出于那种被一再夸大的"文化"兴趣,以及被一再批评的"传统"癖好,而是出于一种整体的意识形态,这就是民族国家的"现代化"要求。发现传统,寻找传统,也就是想象传统,是从现代民族国家立场出发而作的"虚构"。传统作为想象的资源,是现代民族国家话语组织的需要,是对"传统"的"利用",是在全球范围内现代化冲击浪潮下所"制定"出的文化战略,而其最终的目的是指认出不可替代的现代民族国家——中国,一个走向世界、走向未来、走向现代化的中国,一个具有自身传统、自身文化、自身民族印记的中国,一个"在路上"的中国。

当然,如果上升到一个"文化战略"的高度,来理解现代化背景下的民族国家想象,那问题可能要复杂得多。按照荷兰著名的文化学家皮尔森对"文化战略"的理解,那么这种复杂性首先就表现在文化的固有性和超越性之间的紧张关系上,特别是在超越性不是单独地而是作为固有性的一维被表现出来的地方,这种复杂关系会得到最清晰的、有时甚至是庄严的发现。一方面,超越性体现为文化的现代性要求,而另一方面固有性又体现为文化的民族性要求,于是,如此通过民族国家的想象来实现一种解释的策略就成为关键,即如何在民族性文化与现代性文化之间获得一种平衡和一致性,而所谓的"文化战略"正可以理解为一个民族国家对现代化冲击的反应。

我们注意到的一个现象是,80 年代是"冷战"时代的尾声,是一种被夸张了的"和平"年代,民族国家的意识形态色彩已有所减弱,但它并没有消失,否则就很难解释在 90 年代还会燃起的战火,还有愈演愈烈的地区和民族冲突。那么,那种曾经被潜抑下来的民族国家的意识形态又是以什么方式存在下来的呢?或者说,这种政治无意识是如何转移和变相实现的呢?这些问题就要涉及前面已经提到的"文化战略"上了。那种民族化的口号以及与"现代化"关系的想象就是这一"文化战略"的话语实践的过程。

"现代化"在新时期文学之初曾经一跃而成为民族国家想象的核心,但是随着现代化社会实践的深入推进,它反过来就要求着民族国家想象做出必要的调整,"现代化"作为超级能指如何在民族国家意志、民族国家立场中获得一种被给定的所指,这就成了作为"文化战略"的"民族国家"的"宏伟叙事"必须弥合的"裂隙"。既然"现代化"和"民族化"都是现代民族国家的想象所必须的,那么对"民族化"立场的保护就不能与"现代化"推进相冲突,而对"现代化"的推进也同样不能以牺牲"民族化"为代价,正是这样的两难命题,造成了关于"民族化"的防御性与战略性的论争。

陈越在 1987 年发表《民族化:一个防御性的口号》一文指出,强调民族化,强调民族的立场、态度,便产生了文学"自我封闭的特性","它的封闭性效果,对民族文学同步于世界潮流以求不断发展而言,无疑存在着一种自我抑制作用,因为它的强烈的主体意识规定了这种吸收必须以'化'为前提"。⑮而李方平在此之后做出了尖锐的回应,他套用了陈越的句式,以《民族化:一个战略性的口号》一文,做出崭新的评价,他认为:"一个民族的文学能否取得独立发展的资格,能否同步于世界潮流而不断发展,决定性的因素是取决于这个民族的文学是否保持了自己鲜明的特色,坚持民族化的方向和道路。"⑯

围绕陈越和李方平的观点曾发表了一系列论争性的文章,如梁一孺《民族化:文学繁荣发展的必由之路》、陈继会《现代化:一个战略性的口号》、李玉昆《"民族化"与"世界性"》、黄彩文《躁动与倾斜——读陈越〈民族化:一个防御性的口号〉有感》,等等。这场论争最终似乎也没有形成多少"共识",但有一点倒是有所反映,那就是,关于民族国家的文学想象已经不再是80年代初那种统一的叙事了,在它的内部已经出现了自我解构的力量、一种难以抵达的平衡。这就是艾恺在谈到美国的杰弗逊和德国的费希特的民族国家思想时所说的:

> 和任何地方的反现代化主义没有两样,杰弗逊面临着同样的进退维谷情况:一方面是国家主义的要求——对较现代化国家军事入侵的反应;另一方面是对所认定的人类普遍价值的献身。这两方面之间加以平衡,通过某种妥协,希望现代化的必要成果——国家富强——能在不摧毁那些价值的情况下达到。人类过去两百年的经验告诉我们这种希望是不切实际的。然而就在西方本身,直到目前却仍继续对启蒙和现代化过程的必然结果产生种种的批评。这种过度乐观的企图的另一个出路,当然,就是牺牲对民族国家的献身及对其复兴的关切,以成全维护传统文化价值的目标。可是无论东方或西方,很少有反现代化者愿意做这样的牺牲的。⑰

一个难以解决的问题被悬置着,或许后现代主义和后殖民主义思想的出现,就是一种解决问题的尝试,然而这种尝试令人不满意之处在于:我们没有看到一丝哪怕是完整的幻象,倒是把矛盾显示得更为突出了。而且连提出这一问题的"我们"也同样受到质疑:谁是"我们"?

注释:

① 张颐武:《第三世界:新的起点》,载《文艺争鸣》1990 年第 1 期。

② 李书磊:《投降与尊严》,见《杂览主义》,第 100 页,中央编译出版社,1996。

③ 高尔泰:《愿将忧国泪,来演丽人行》,载《读书》1985 年第 5 期。

④ 黄子平:《沉思的老树的精灵》,第 128 页,浙江文艺出版社,1987。

⑤ 江河:《纪念碑》,见《朦胧诗选》,第 190 页,阎月君等编选,春风文艺出版社,1985。

⑥ 雷蒙·阿朗:《知识分子的鸦片》,第 275 页,台北联经出版事业公司,1990。

⑦ 梁南:《我不怨恨》。

⑧ 舒婷:《祖国啊,我亲爱的祖国》,出处同注⑤,第 42 页。

⑨ 茅盾:《关于革命浪漫主义》,载《处女地》1958 年第 8 期。

⑩ 何其芳:《我们最伟大的节日》,第 105 页,见《何其芳选集》(第一卷),四川人民出版社,1979。

⑪ 蒋子龙:《〈乔厂长上任记〉续后谈》,见《新时期作家谈创作》,彭华生、钱光培编选,人民文学出版社,1983。

⑫ 钱理群:《三人谈民族意识》,载《读书》1985 年第 12 期。

⑬ 江河:《小序》,见《青年诗人谈诗》,北京大学五四文学社 1985 年编选。

⑭ 杨炼:《传统与我们》,同注⑬。

⑮　陈越：《民族化：一个防御性的口号》，载《文学评论》1987 年第 1 期。

⑯　李方平：《民族化：一个战略性的口号》，载《光明日报》1987 年 4 月 7 日。

⑰　艾恺：《世界范围内的反现代化思潮——论文化守成主义》，贵州人民出版社，1991。

五、主体性的神话

　　回想 80 年代纷纭复杂、变动不居的文学思潮,如果要找出一种相对稳定的、处于主流地位的"意识形态"的话,大约要算"主体性"思想了,即以"人"的话语为核心的一整套叙事。这种说法不仅是来自 90 年代的概括,同时也是 80 年代内部的一种自我认识。在 1986 年召开的"中国新时期文学十年学术讨论会"上,以人道主义为基本线索对新时期文学十年历程的概括,就已经成为一种主流话语。像那种把启蒙作为新时期文学的功能,或把民族灵魂的发现与重铸作为新时期文学的使命,[①]等等,都可以置于这一总体的主题之下。而刘再复在此前后发表的颇有影响的两篇论文,《论新时期文学主潮》和《论文学的主体性》,把"人道主义的恢复和深化"作为新时期文学的主潮,直至提出以"人的主体性"为核心的文学话语体系。[②]而就是这些主张得到了较大范围的认同,有些论者对此曾指出:"刘再复的文章,可以看作是近年来文学理论变革的最具代表性、影响最广泛的理论主张。不仅他的赞同者很多,而且他的观点也广为他人引用。"[③]事实上,这种主体性话语的发展和确立,正表明 80 年代进入中期以后在文学基本理论、文学基本观念、文学基本思维方式方面,已全面地、正面地建述了自身的话语体系。

如果我们把视野放得更开阔一些,就会发现在新时期之前,人道主义话语就已经在当代文学中延续和发展着了,只是它还断断续续处于被批判的位置上,而直到新时期才得以恢复名誉。陆一帆就曾经对此有过回顾:

> 1951年批判"小资产阶级人道主义",这时恰好是批判电影《武训传》,采取运动的方式搞文艺思想上的论争。阶级斗争的扩大化还仅仅局限在意识形态领域内,因此帽子还不算大。1956年我国所有制方面的社会主义改造已经完成,几千年来的阶级剥削制度的历史基本结束。在这种新形势下,巴人提出了写"人之常情""人情味";钱谷融提出"文学即人学"的人道主义观点。1957年下半年,反"右"斗争扩大化,这才开始批判巴、钱。1959年庐山会议进一步掀起所谓反右倾机会主义运动,否定了"八大"的正确论断,不仅错误地宣扬在所有制改造基本完成以后,国内的主要矛盾仍然是无产阶级与资产阶级的矛盾,而且还认为共产党内同样存在"阶级斗争","斗争哲学"也就应运而生。1960年重提对巴人的批判,斗争的锋芒兼及王淑明以及偶尔谈及人道主义的卢平等小人物,1961年、1962年调整经济政策时期,阶级斗争较为缓和。因此,作家们又着手去写人情味较多、革命人道主义较浓的作品。1962年底提出了"以阶级斗争为纲"的口号,并要求大抓意识形态里的阶级斗争。但广大文艺工作者思想不通,没有立即行动,除了康生制造"反党小说"《刘志丹》一大冤案以外,文艺界都按兵不动。1964年文艺界紧闭的门户被阶级斗争的风浪

冲开了。一大批作品被指责为鼓吹"为民请命",宣扬"阶级调和""人类之受""人情味",《海瑞罢官》还被"四人帮"用来作为篡党夺权的突破口。"文化革命"开始后,林彪、"四人帮"煽动极"左"思潮,打击一大片,对"人道主义"的批判也就推向了顶峰。④

而就在陆一帆的这篇名为"论当代文学创作中的人道主义潮流"发表之前,何西来就以《人的重新发现——论新时期的文学潮流》一文,确立了"人"的话语在新时期文学发生之初的主流地位,并把它看成是这一阶段文学潮流中最重要的特点。他指出,"人的重新发现"有三个"标志":第一,"从神到人";第二,"爱的解放";第三,"把人当作人"。⑤

当我们要追溯 80 年代中国文学中的"人"的话语的源起时,总会自然而然地沉入到与"五四"文学"对接"的想象中。在 20 世纪中国文学特别是当代中国文学中,"人"的话语大约是最具有普遍意义的一种话语类型了。它被讲述的时间之长、使用的频率之高也许是其他任何话语类型所难以比拟的。从周作人首倡"人"的文学,到刘再复提出"主体性"的文学,都较为系统和全面地阐发了文学与"人"的关系。如果再加上钱谷融的关于"文学是人学"的论述、鲁枢元的文学"向内转"的思想,等等,我们可以发现在百年文学的历程中,已经形成了以"人"的话语为核心的文学知识谱系。胡风在谈及"五四"时曾说:"借用'人底发现'这一个旧的说法来形容'五四'底历史意义,虽然浮泛是有些浮泛,但我想并不大错的。这并不是说,'五四'以前的一部中国文学史没有写人,没有写人底心理和性格,但那在基本上只不过是被动的人,在被铸成了的命运下面为个人底遭遇或悲或喜或哭或笑的人。到了'五四',所谓新文学,在这个古老的土地上突然奔现了。那里面也当然是为个人底遭遇或悲或喜或哭或笑的了,但他们的或悲或喜或哭或笑却同时宣告了那个被铸成了的命运底从内部产生的破裂。"⑥在胡风的说法中,从"五四"开始的新文学,正是在"人底发现"这一主题中获得规定性的。那么也就是说,"人"的话语的出现正是新文学"突然奔现"的表征或前提。如果说新文学代表着一种属于 20 世纪的全新的文学叙事,那么这种文学叙事就正是对"人"的话语的借用,"人"的话语在这里就扮演着一种中心话语的地位,它以其被视为基础的合法性为新文学话语的生成提示了可能性。

当代文学在新时期迎来复苏的春天之时,这个春天正是被认定为"五四"文学的春天的再生,而当代文学与"五四"文学有意识的对接,很大程度上就是"人"的话语在复归之中的对接。俞建章认为在新时期最初的年头中,"人道主义的主题便在当代文学创作中应运而生了",然而他并不把这股人道主义的文学潮流仅仅看成是当今时代的问题,"更加准确地说,造成这股文学潮流的,不只是这三年,也是十年,十七年,是从五四运动开始的六十年"。有意思的是,"五四"的开山者们认为"人"的发现带来了中国在 20 世纪初的"文艺复兴",俞建章也沿用了这一令人感奋的比喻,他认为人道主义潮流的出现是对新时代的报晓,"将是二十世纪中华民族社会主义的'文艺复兴'"。⑦如果说"人的文学"是"五四"时期甚至是现代文学史上的一个关于文学的经典说法,那么"人学"则是当代文学史上特别是新时期的一个关于文学的经典说法,高尔基的名言"文学是人学"几乎是被随时、随处加以引用的,并成为"人"的话语的典范形式。

这种"人"的话语被认定的权威性,使人文主义思潮始终是 20 世纪中国文学的主导性思潮,"应该承认,对中国文学理论批评影响最大的是人文主义思潮,即使是对进化论、精神分析学的吸收借鉴,也多基于人文主义的因素,这从一方面说,也许是'五四'时期倡导'人的文学'之后果,而从另一方面说,由来已久的中国传统的文学批评理念致使批评家难以接受并认同西方的科学主义思潮,这也许是长期以来中国美学性格以及'文以载道'思想的自然延续"。⑧而按照福柯的说法,"人文科学是关于人的科学,它的确实性,只能来自人"⑨,尽管福柯是从人文科学的局限性来谈这一问题的,但至少可以说明,这种人文科学、人文主义,因为"只能来自人",因而就是作为"人"的话语而出现的。人文主义在中国当代文学中的长盛不衰的地位,恰恰说明了"人"的话语在当代文学中的主流地位。在 80 年代开放的气息中,中国当代文学曾经出现很多思潮,其中的思想大都是从西方引入的,如启蒙主义、存在主义、现代主义、个人主义,等等,虽然它们与人道主义思想有并行、并置的现象,但是,在这些思潮的背后往往都隐含着一个基本的"人"的话语,即最终都往往落定在对"人"的言说上。对"人"的命运的关注,对"人"的自身的认识,大体上是这些思想得以流行的一个潜在动机。这一方面是出于"人"的解放这一思想运动的需要,另一方面"人"的问题是西方近、现代思想的核心问题,因此当我们引入这些思想的时候,也必然对"人"的问题进行关注。

　　当人道主义话语处于上升地位的时候,"人"总是成为价值落定之所,"人"的宣言和"人"的写作成为人道主义话语的基本方式。80年代前后人道主义话语重返文坛之时,也是充满了人道之情和人性之爱。舒婷曾经发出过"人啊,理解我吧"的请求,她说道:"我通过我自己深深意识到,今天,人们迫切需要尊重、信任和温暖。我愿意尽可能地用诗来表现我对'人'的一种关切。"⑩对"人"的关切与做人的渴望是相联系的,北岛为此"宣告":"我并不是英雄/在没有英雄的年代里/我只想做一个人",做人的渴望源于作为一个人的本身,而作为一个人的本身又反过来促成这种做人的渴望:

> 我是人
>
> 我需要爱
>
> 我渴望在情人的眼睛里
>
> 度过每个宁静的黄昏
>
> 在摇篮的晃动中
>
> 等待着儿子第一声呼唤
>
> 在草地和落叶上
>
> 在每一道真挚的目光上
>
> 我写下生活的诗⑪

值得一提的是,在谈到这种人道主义的文学时,我所选择的大多是作为诗的本文。实际上,这基于我的理解,这就是在当代中国文学中,"人"的话语大都具有某种诗性,或者说抒情风格。如果继续与现实主义的文学相比较的话,人道主义文学大都是抒情性的,而现实主义文学大都是叙事性的;人道主义文学大都是表现性的,而现实主义文学大都是再现性的。

就像现实主义话语的出现有其各种各样的原因一样,人道主义话语的出现也有其独特的成因。从外来影响看,苏联文学在 50 年代向人道主义的转型,无疑对曾经长时期以苏联文学为榜样的中国当代文学发生作用。吴元迈指出:"从五十年代中期开始,人道主义作为苏联的社会思潮蓬勃兴起,并且成为苏联文学的主潮。"⑫而中国当代文学的人道主义潮流主要是从 50 年代中后期开始的,这在时间上有个相承接的关系。苏联人道主义文学大都与军事文学相关,通过把热烈的爱情、炽热的亲情带入战争,来书写人道和人性主题。这在中国 80 年代初出现的战争文学中(大都是对越自卫反击战题材)可以看出其影响的痕迹。如《西线轶事》第一部分写道:"有线电连由于多了六名女电话兵,显得格外有生气,无形中强化了连队的生活基调。"当女兵走入连队的时候,连队出现了生活化的迹象。在战争的严酷的氛围中,那种对生活的热爱、对温情的渴望依旧不灭。而本文当中随处可见抒情的笔调,像"尘土飞扬中,一张白净的面孔出现了坦然愉快的笑容,这笑容是让人永远也不会忘记的"⑬等等,这些诗意的"闲笔"为战争抹上了人性和人情的光辉。这种对战争的生活化、抒情性的处理让人想起苏联作品《这里的黎明静悄悄》,那正是一部在人道主义精神影响下的军事文学的典范作品。

　　80 年代"人"的文学的强烈的抒情特征,其形成的社会原因或许可以从这样一个比较入手。在欧洲,小说的兴起是和资本主义市民社会、大众社会的出现密切相关,而小说从其兴起之时又和现实主义精神息息相应。这就使其叙事文学、小说文体相对发达,无论是早期的流浪汉小说或随后的成长小说,都蕴含着市民生活的现实或想象。小说既接受着市民社会的推动,同时又以话语的方式"构造"着市民社会。在中国,小说的兴起(如果按照最一般意义上的小说定义)与民间商业社会的发展也密切相关,平民或小商人、小业主的生活及其理想,在宋代的话本小说中都有所表现。但是,中国的小说从历史上看很少能达到欧洲小说那样一种繁荣和发达之势,这已如中国很少能形成像欧洲那样完备而强大的市民社会一样。

到了20世纪特别是当代中国,由于不停的政治运动和反传统的文化运动,民间社会从结构上受到了破坏,其自组织能力也曾减弱到最低限度。尽管知识分子也面临了边缘化的命运,但是他们能对自己进行身份上的改造,即成为政治知识分子或官僚知识分子的类型,因而文人抒情的传统(尽管可能由感伤的诗转向颂歌)也略有保存,而且这一抒情传统从文人阶层推广向整个社会。毛泽东本人不仅推崇"诗言志"传统并擅长赋诗作词,而且还倡导了像"大跃进""新民歌运动"那种群众性的作诗、吟诗活动。这种状况影响到文学的话语实践中,抒情风格是其时时可见的特征,即使是在小说文体中、现实主义文论中,对主体精神、主观感受的强调依然是其不可缺少的一环,像胡风所说的现实主义文学创作中的人格力量,就和钱谷融所说的人道主义文学创作中人格力量有某种共同性。在50年代,如果说主观性话语和人道主义精神在小说中的影响主要体现在短篇小说上,而到了80年代,其影响主要体现在中篇小说上。即使是在这些短、中篇小说中写实成分有所加大,但抒情意味却依旧存在,知识分子气息和情调清晰可见。值得注意的是,当写作主体越知识分子化时,这种抒情意味也往往越浓,一种悲天悯人的文人情怀在写作中得到了抒发。而从另一个方面看,既然人道主义话语或"人"的话语更多地从作者与作品的关系即从对作者主观态度出发,而不是像现实主义话语或"真实性"的话语更多地从作品与现实的关系即从对现实的模仿程度出发,那么,"作者"问题就被突出出来,作者主现精神的强弱,它的真诚性和坚定性,他的同情心和爱心的深浅就成了衡量作品是否成功的一个重要尺度。文学的主体性也就首先体现在作者的主体性上。而这种主体性的获得既然是通过内在化、抒情化的行为来完成,那与之相关的抒情能力就成为核心问题。正是在这一点上,知识分子具有自己的历史优势,这在西方表现为"认识你自己"的知识传统,在东方表现为"悲苍生""忧黎元"的忧患品格。因此,人道主义话语的出现与知识分子力量的上升有密切关系。在 50 年代中期的短暂的自由中,知识分子在"人"的话语中找回了自己被遗忘被改写的身份;而到了 80 年代这个被称为知识分子在"过年"的环境中,人道主义话语得到推崇直至上升为主体性话语,也同时表明知识分子从社会边缘重回社会中心的话语实践的状况。而到了 80 年代末 90 年代初,在自愿或被迫地"走向边缘"的声音中,知识分子的精神地位有所减弱、有所下降,与之有某种关联的是,人道主义话语在文学中有所颓败,知识分子的抒情传统逐步转向关于市民生活的叙事文学,知识分子的"人"的独白慢慢变成了穿越于大众文化的缝隙或边缘之中的杂语、私语,带有现实主义特征的小说上升到文学的主流文体的地位,而带有人道主义、浪漫主义、现代主义特征的诗歌则退回到一个大体上属于私人写作的狭小领域中去了。

新时期文学在进入 80 年代以后,"人"的话语的地位的上升,已使文学的书写方式逐步发生转移,即人物的内在心理而不是社会的外在事件,更有可能成为书写的对象。这种转变甚至可以让我们再往前回想到1962年。1962年当邵荃麟从"写人物"的角度提出"现实主义的深化"的主张,这就已经表明文学从现实主义向人道主义的某种靠拢,即从"写问题"向"写人物"、从写外在现实到写内在心理的转移。然而,由于随之而来的文艺运动和"文化革命",这种转移的过程也就被阻断了。新时期开始,对这一问题的讨论又重新出现并且被引向深入。一批当年参加过"问题小说"写作的作家们,他们的自我反思就很有代表性。高晓声说:"1957年《探求者》启事有'大胆干预生活,严肃探求人生'的提法",而他现在认为"这一提法不一定准确","文学无法直接干预生活……不能拿文艺作品去打倒贪官污吏","文学不能对生活直接抨击"。[14]而王蒙认为,文学干预生活,会再次把文学纠缠到政治中去,这对文学是危险的,他说过的两个幽默很有意思。王蒙在50年代写的《组织部新来的年轻人》以其对官僚主义的抨击而成名于文坛,进入新时期后,"有人说,现在官僚主义严重,你能不能写一篇小说来解决解决。我回答他说没有办法。我有什么办法呢?"如果写出了"反官僚主义的小说",就会有人对号入座,"说这个官僚主义好像是隔壁的老赵。老赵也看了,看过之后,还照样是那个老样子。我有什么办法呢?我能撤他的职吗?不能,但是他能撤我的职。这个我有经验。"[15]进入新时期后王蒙发表的小说《春之声》同样有被作为"社会问题"小说来看待的可能,而他反对的就是这种把文学做政治化的理解方法,他说:"如果崭新的火车头代表中央,那么破旧的车厢又代表什么呢?难道代表人民和祖国么?

我的天,这不是把我往火坑里推吗?"⑯既然文学不再被认为是干预生活、解决社会问题的工具的话,那么文学的对象和功能又是什么呢? 冯骥才由此提议:"我想,是不是应当注重写人生?"⑰而由此再深入一步,文学应该怎样写人呢? 高晓声认为"文学应该干预或反映的是人的精神生活、人的灵魂"⑱,刘心武对此也有同感:"按文学眼光来观察、分析生活,就是要更多地着重去观察、分析人的命运、人的心灵。"⑲

当文学的视野被引向人特别是人的内心世界时,文学话语的模式也发生了巨大的转型,即由 50 年代末 60 年代初的现实主义为主流的话语转向了 80 年代前期的人道主义为主流的话语。与之相关,对文学的评价不再是看其是否反映了社会现实,而是看其是否表现了人的内在心灵。那么,原先以社会学为主的批评方法就渐趋失效,代之而起的是心理学方法。对社会学方法的厌弃在刘心武的这段话中表现得最为明显:"……不但庸俗社会学的研究和批评令人厌恶,就是不庸俗的单一社会学研究角度和标准,也是使人厌烦并窒息着文学的发展。我们亟须向文学内部即文学自身挺进,去探索文学内部的规律,或者换个说法,就是去探讨文学本性。而文学本性,显然,也并不能简单地就归结为所谓艺术性,更绝不能狭隘地归结为一整套的文学技巧。"⑳在社会学为主的批评方法渐趋失效之后,曾经出现了一系列重新探讨文学本性的方法论文章,如引入"系统论、信息论、控制论"的科学主义方法。但由于在现实主义式微之后人道主义、人文主义呈上升之势,并且对人的内宇宙的发现和探讨已成为一种潮流,因此"三论"式的科学主义方法很快又被文坛所放弃了。相反,心理学方法却逐步成为主流方法。鲁枢元

的文章《用心理学的眼光看文学》可以作为代表[21],他虽然知道
研究文学的角度会有种种不同,心理学角度只是其中一种,但他
还是选择了这个被认为最贴近人因而也最贴近文学的方法:
"用心理学的眼光看文学,无可避免地要给文学蒙上一层人的
心灵的色彩。但我知道,这可能只是文学的一种色彩。"而心理
学的方法又是从"文学是人学"这一论断中得到依据、加以发挥
的:"人们常说'文学是人学',这句话中起码包含着三层意思,
文学是写人的,文学是写给人看的,文学是人写的。然而这最后
一层意思,长期以来却被我们许多文学理论家们忽略了。"而
"用心理学的眼光看文学,文学作品必然是文学家的实践活动、
生命活动、心理活动的结晶。文学作品的品位高下,总是由文学
家心灵的深度和广度决定的。文学创造的难能之处在于斯,可
贵之处亦在于斯"。

在这篇文章中,他把社会学方法和心理学方法以二元对立
的结构进行对比,或者说把现实主义话语和人道主义话语进行
比较,然后运用抑此扬彼的方式以心理学的图式构筑起较为全
面的文学话语体系。他首先从本体论入手,在物理世界和心理
世界之间进行对比,指出"文学艺术的反映,是一种'主观的反
映',是一种人各不同的'个性化反映',它反映的是经过作家心
灵折射的社会生活,是灌注了作家生命气息的社会生活,是一种
心灵化了的社会生活。社会生活只有首先成为心理的,才有可
能成为艺术的。文学艺术的世界是一个'心理的世界'"。其
次,他从创作论入手,在模仿自然与表现心灵两种手法之间进行
取舍,他认为把哲学中唯物、唯心的认识论与文学中"模仿自
然""表现心灵"的创作论等同起来推断,显得"过于粗率浮泛"

了。他赞同"表现心灵"之说而贬抑"模仿自然"之说:"……
'模仿自然'几乎没有为艺术创作理论提供什么真正有益的贡
献,而且,这种理论在中华民族的文化传统中似乎从来就没有获
得过稍高的地位。苏东坡的'论画以形似,见与儿童邻',就已
讽刺此说的幼稚无知;欧阳修曰:'古画画意不画形',则显然属
于'表现心灵'一派的。"再次,他从价值论入手,在干预生活和
干预灵魂两种目的之间进行判断。他认为干预生活不应该属于
文学的功能,"要写诗歌的、写小说的直接去干预政治生活、经
济生活的弊端,实非文学之所长,文学家们大多并不具备很多的
政治斗争和经济管理方面的才能",而与之相对,"从文学本身
的特性出发,我宁可认为文学的价值在于'干预'人的心灵。在
我看来,文学是对于人的灵魂深处的美的发掘,文学是人的心灵
创造性的自由表现。"他并把此作为文学的一种职责来维护:
"文学家应当以自己真诚的工作维护人的心理健康发展,维护
人的心灵世界的丰富完整,应当说这也是一种神圣的职责。"

如果说他的这篇《用心理学眼光看文学》的文章还是在理
论方面进行心理学上的文学话语的建设,那么他的另一篇文章
《论新时期文学的"向内转"》㉒则把这种心理学上的文学话语
运用于对新时期文学实践的分析中,并由此得出新时期文学
"向内转"这一心理学视野下的发展逻辑:"如果对中国当代文
坛稍微做一些认真的考察,我们就会惊异地发现:一种文学上的
'向内转',竟然在我们八十年代的社会主义中国显现出一种自
生自发、难以遏止的趋势。我们差不多可以从近年来任何一种
较为新鲜、因而也必然是存有争议的文学现象中找到它的存
在。"他以一种诗意的笔触描绘了内转的文学强劲有力的发展

趋势:"它像春日初融的冰川,在和煦灿烂的阳光下,裹挟着山石和冻土,冲刷着文学这古老的峡谷。"这在那个被认为是文学"春天"的年代,这是关于文学的充满自信心的宣言,而这种内转的文学,则被视为"一个新文学创世纪的开始"。这表明从长期以来一直占据主流地位的现实主义的、社会学的话语中解放出来的最初的欢欣和愉悦。一种被认为是对文学自身、文学真理的发现而带来的热情的想象。"粉碎'四人帮'后,随着一个崭新的历史时期的到来,中国文学在走了一条迂回曲折、艰难困苦、英勇悲壮的历程之后,才终于又回到文学艺术自身运转的轨道上来。从'五四'到'四五',历时近六十年。"正是从这种意义上,人道主义的、心理学的话语被认为是属于文学自身的话语,而文学回到这一话语中就意味着回到自身、回到"五四"所开创的新文学的传统中来。

我们前面说过,人道主义文学话语在新时期得以恢复并逐步成为主流话语,如果说从内在性角度对这一话语加以丰富和完善是其中的一条途径,那么另一条途径则是从主体性角度把这一话语推到极致。当然,这两条途径同时也互相印证、互相促进。主体性话语的代表性发言人是刘再复,他的《论文学的主体性》一文堪称典范。在这篇文章之前,他写的《论人物性格的二重组合原理》,就已经提出把人物作为复杂的整体来对待的研究态度,而在《文学研究应以人为思维中心》中,他"力图构筑一个以人为思维中心的文学理论与文学史研究系统",也就是说,"把人的主体性作为中心来思考"。

到了《论文学的主体性》中,刘再复则较为系统地阐发了

"主体性"思想。与前此的人道主义话语的共同之处在于,他把"文学的主体性"这一论题与"文学是人学"这一经典命题勾连起来,提出:"聪慧的作家意识到文学的命运与人的命运是息息相关的,因此,便有'文学是人学'的不朽命题产生。这个命题的重要性和正确性几乎是不待论证的。'文学是人学'这一命题的深刻性在于,它在文学的领域中恢复了人作为实践主体的地位。"刘再复从"文学是人学"这一命题出发来阐明文学的主体性,实际上就表明了他的理论努力,即把文学和人联系起来考察,把文学的主体性与人的主体性加以贯通,这也可以看作是前此的人道主义思想的继续。既然文学的主体性与人的主体性具有内在的一致性,那么要论证文学的主体性必须首先确立人的主体性。刘再复指出:"文学中的主体性原则,就是要求在文学活动中不能仅仅把人(包括作家、描写对象和读者)看作客体,而更要尊重人的主体价值,发挥人的主体力量,在文学活动的各个环节中,恢复人的主体地位,以人为中心、为目的。"而在他看来,人的主体性包括两个方面,即作为实践主体和精神主体的存在。他认为文学创作强调的主体性更注重的是人作为精神主体的地位。又正是在这一点上他把"文学是人学"的命题向前推进,即作为对象的人不仅是社会实践层面上的人,而且是精神心理层面上。与鲁枢元"向内转"思想的一致之处在于,他针对人作为精神主体的地位而强调"内宇宙"的价值,即强调人的丰富的内心世界和精神活动的意义,而且还由此肯定人的情感对于文学的作用,"文学的最根本的原动力,就是情感",通过"最充分地肯定精神主体中的情感价值,从而揭示了文学艺术最根本的特性"。这样,"'文学是人学'命题的深化,就不仅要承认文

学是精神主体学,而且要承认文学是深层的精神主体学,是具有
人性深度和丰富情感的精神主体学。"在对人的主体性做了认
真的确立和深入的探讨之后,刘再复着手把主体性原则带入到
对文学系统的解释中:"文学主体包括三个最重要的构成部分,
即:(1)作为创造主体的作家;(2)作为文学的对象主体的人物
形象;(3)作为接受主体的读者和批评家。"他的这一图式显然
是把文学过程看成一个精神实践的过程,而作家主体、对象主
体、读者主体正是这一过程的不同阶段、不同侧面的承担者。既
然这些不同的承担者(来自社会、来自作家个人、来自作品)是
以主体的形式存在,那就是说各个过程不是静态的、单向的,而
是互动的、可逆的。即作家、人物、读者都带有自身的独立性,同
时又处在矛盾的运动关系中。如人物在作家笔下出现之后,就
有其自身的行动逻辑,而不仅仅依靠作家的支配和调动。他所
举的"安娜·卡列尼娜的卧轨自杀、达吉亚娜的出嫁、阿Q的被
枪毙"的例子,就是"作家尊重笔下人物、服从笔下人物灵魂自
主性"的极好的说明。三方主体通过文学作品形成了想象性的
对话关系,由于各自具有独立性同时又相互制约,所以这一对话
过程就是"主动与被动的辩证运动过程"。

　　刘再复的"文学的主体性"思想之所以具有集大成的意义。
至少从20世纪来说,他接通了从"五四"开始的人道主义文学
潮流,从对人的尊重同情到把人上升到主体性的地位。从现代
文学的"人的文学"潮流到当代文学的"文学是人学"命题,再到
"文学的主体性"论纲,形成了横贯20世纪的"人"的话语的知
识谱系。具体到当代文学,刘再复对精神主体地位的强调可与
胡风关于"人格力量"和"主观战斗精神"相接,他对人的尊重、

同情及忧患与博爱精神可与钱谷融的"人学"思想相接,而他关于人物主体性及其复杂性的论述又可与邵荃麟的"中间人物论"和"现实主义的深化"论思想相接。从这种意义上看,刘再复的"文学主体性"思想可以说是一次综合,它的出现也标志着人道主义话语从"五四"产生之后历经近七十年重新回到文学话语的空间中来,并成为主流话语的形式。从另一方面看,新时期文学在迎来自由的春天中,在这种"人"的话语里找到了"自身"和向"自身"归返的道路。文学拥有了"自身"的主体性与人拥有"自身"的主体性,二者之间被诗意地缝合了起来,因此,文学向"人"的归返在一定程度上就是向其自身的归返,而人获得了主体性在某种意义上就意味着文学获得了主体性。

从人道主义思潮扩及到主体论哲学,这是当代中国"人"的话语的移动轨迹。然而主体论这种最极端形式的"人"的话语同时也带来一种阴影,那就是"人"成了某种特权的代码,这同样容易造成另一种形式的专制话语。我们在前面曾经考察过,人道主义话语在与处于主流地位的现实主义话语相对抗时,就一再声称:"人是生活的主人,是社会现实的主人,抓住了人,也就抓住了生活,抓住了社会现实。"㉓"人"在这里不仅被赋予了行动的特权,而且被赋予了给定意义的特权。由于这种被认定的特权,人与现实之间就有了等级关系,"人是社会现实的主人",现实只有对于人或向人生成才可能获得以言说形式体现出来的价值。为了加固这一"特权",钱谷融在《论"文学是人学"》一文中曾经把现实主义所反映的那个"现实"定义为"人的生活",然后根据"人和人的生活,本来是无法加以割裂的"这一逻辑依据,得出人和现实之间的"主次之分"。刘再复也认为"人在实践和认识中、在行动和思考中,都处于主体的地位,表现出主体的力量和价值",而实践和认识体现的是"主客体的关系",那么显然人在客体面前处于"主体的地位",客体只有通过主体的价值才能获得价值,或者说人成为自然的尺度。[24]然而,问题也往往出在这里。我们知道,人只是整个自然世界的一个组成部分,人作为一种存在显然只能被包含而不能包含整个自然界的存在。那么自然界中与人的存在不相关的部分,是否就不是"现实"呢?它们的存在是否就是非存在的呢?由此,把握了人是否就是把握了"现实"或者把握了整个包括自然在内的世界了呢?答案显然是否定的。既然如此的话,那么"人"在自然和世界面前的特权地位,显然就意味着某种以知识形式体现出来的虚构特征。这也就是西方在 20 世纪对人文主义传统中的形而上学色彩进行批判的缘由。

这种形而上学色彩就在于对人的极度抽象和对人的特权的极度给定。戴维·霍伊在谈到海德格尔对萨特的批评时,曾就海德格尔对传统人文主义思想的批判做过概述:"海德格尔认为人文主义是形而上学的,因为它给人以特权,把普遍性本质(universal essence)归于人"[25],海德格尔提出"在者之在"的说法是力图把"在"和"在者"区分开来,把"在"从"在者"的阴影下还原出来,而"萨特曲解了海德格尔关于存在(dasein)的实质在其存在之中的论断,认为这是赋予'人—现实'的主观性以特权。萨特还没有从那种把意识作为哲学规范的传统中解放出来,他的形而上学的偏见也在他关于人的概念中表现出来,他认为人希望自己像上帝一样,与此相反,海德格尔不想只谈人,只有在有比人更多的东西的情况下他才想谈人。"㉖萨特作为存在主义者,他认为存在主义就是一种人道主义,人通过自己对存在方式的选择从而奠定了在者的优先地位和特权地位。他的存在主义因此而是一种主体论的哲学。也正因为如此,他才受到了海德格尔的批判。海德格尔讲的人之在,是一种被抛的状态,因此与"在"本身相比,人永远是有限的,就像人面对大地一样,大地是永远的,是大地在承载着人、支持着人。多尔迈在谈到海德格尔的"此在"观念时指出:"对世界性的强调意味着:遭遇不是一种内在的过程或精神合并(这一含义也表现在舍勒和洛维思的观点之中);通过将共在与实践工作连接起来,《存在与时间》采取了一种反唯心主义的立场——也采取了一种反思辨性的唯物主义的立场,其次,由于确定了存在的前自我学特征,与手边的器具之牵涉和工具性的劳动并不是同义的,这种牵涉也不同于一种按照自我中心(或人类中心)的计划来制造世界的活动;相反,人与器具都是一种更广大的生活情景的因素,生活情景塑造着使用者及与其类似的用具。"㉗

在这段话中,人在"在"中被进一步引入到"生活情景"的问题中来。"生活情景"类似于人在其中的场所,它并不是指一排面对着某一主体的客体,或者在思想中附加于生活情景之上的人类主体。"生活情景"作为场所对人给出规定性,而不是人对"生活情景"给出规定性。如果是这样的话,刘再复所说的人作为主体的两个方面(实践主体、精神主体)都不是绝对的,而是带着"在"之规定性的"生活情景"的组成部分。事实上,刘再复也曾论及人的受动性:"人作为一种客观存在,表现出受动性,即受制于一定的自然关系和社会关系"㉘,但他为了完成"主体性"这样一个完整的叙事,而有意无意地把这种非主体性、非能动性的方面忽视了、排除了。人从而被看成"历史运动的轴心""历史的主人"。人的这种带有特权意味的主人感,使人成了"上帝",成为意义之源和力量之源,"以人为中心、为目的",就是这种"上帝"之感的表达。这让人想起阿尔多诺、霍恩海姆对启蒙主义的批判:"神话把神变成人,启蒙运动又把人变成了神。"㉙尼采在预言"上帝之死"时,同时也表明"人"作为"上帝"的出现:"尼采的寓言暗示上帝早已死亡,因为人放弃了对上帝的信仰。可能是在启蒙运动时期的某个时候,人以自己取代了上帝(例如以哲学中康德的哥白尼式的革命的方式)。"㉚而当代中国文学主体性思想的出现,恰恰是有着康德的影响,这正如程文超所指出的那样:"在主体性的讨论中,我们不难看出康德的影子。康德是幸运的,如果康德有灵,他会感到惊讶和惊喜:在他的理论创立之后将近两个世纪,在他遭到西方哲学家、思想家的不断批判之后,突然在东方这片古老的大地上受到青睐。"㉛

然而,遗憾之处在于,西方对康德思想的批判成果却没有能在当时被我们做细致的研究或借鉴,因而使人道主义话语在"理论实质上仍属于古典人道主义范畴","完全没有意识到人道主义或主体性自身的局限性"。㉜当然,对主体论的批判并不意味着对人的取消,而只是摆正人的位置,人依然作为一种关注对象甚至是潜在动机存在着。在这一点上,即使是主体论的批判者也不排除作为人文主义者存在的可能。"海德格尔认为,这种对人文主义的否决并不一定是说他的思想是反人文主义或是不人道的。相反,海德格尔力图避免他认为使传统的人文主义变得不人道的那种主观主义和理想主义,并试图为一种更高层次的人文主义奠定基础,这种人文主义不会把人崇拜为一切存在物的中心和终极。"㉝

80年代对主体性神话的过度推崇,事实上就已经导致了在其后期的文学思潮中对人文主义的某种厌倦和反动,第三代诗歌和先锋小说就是这么做的。然而这并不就意味着人文主义的就此消失,相反,如果我们再接下来回味一下90年代被重提的人文精神,我们就依然会听到来自80年代的回声。90年代当中国文学、文化界重提人文主义和理想主义的时候,我们就会发现即使经过80年代末对主体论的解构之后,人文主义的精神却依旧不灭。虽然"'人'的危机"被作为寓言已经由批评家们提出:"在这个世界中,人不再具有主体的意义,他变成了语言和暴力的载体,这是中国文学从未有过的观念和意识。"这一点还被联系到整个20世纪中国文学,"'五四'以来中国知识分子对'人'的整体构想面临着巨大的挑战"。㉞具体到小说中来说,"'人'的危机"的结果是人物不再成为作品固定的中心,就像余华说的"我并不认为人物在作品中享有的地位,比河流、阳光、树叶、街道和房屋来得重要。我认为人物和河流、阳光等一样,在作品中都只是道具而已"。但是,"'人'的危机"并不就意味着"'人'的终结",如果说"人"已然终结了,指的显然是旧有的"人"的神话的终结。然而人文主义的精神却依旧存在,无论我们怎样力图摆正人的位置,但人本身会依旧作为我们关切、关怀的对象。而文学提示的正是人存在于世界之中的象征。这一点即使是力图取消"人物"在作品中中心位置的余华也认为:"一部真正的小说应该无处不洋溢着象征,即我们寓居世界方式的象征，我们理解世界并与世界扩交道的方式的象征。"㉟人作为独特的存在物，他的内在性和精神性，虽然也处在"在"的规定性中，并成为"生活情景"的组成部分，但同时又成为对人之在的一种证明、一种想象。

从这一点上讲，90年代被重提的人文主义把我们引领到精神领域和内在世界中去，不能说是没有意义的。它至少提醒了我们作为人而在的那种独特性和不可化约、不可替代之处。也正是在这一点上，我们把重提人文主义与重返文学的两种行为统一到一起，因为它们无论是以思辨的方式还是象征的方式出现，都在根本上是关于人的话语。由此我们或许重新读出了一个80年代，读出了对人的那份认真的关切。其实离开了人这一关切对象，文学作为象征也就无所依傍了。而人文主义正是把文学引入到所象征的世界中来，并从其对对象的给定上为文学的象征敞开了无限的可能性。因此从文学的角度来理解，毋宁说人文主义为文学重返自身铺就了某种可以借用的道路，而由此道路不仅可以看到人作为话题的再生，而且可以看到文学在这一话题中所生发的无边无际的想象，而面对这些想象，我们就有理由期待"文学会出现奇迹"。文学的想象作为一种话语事件，并不是与我们的生活无关的，就像玛莎·努斯鲍姆所说的："文学讲述了我们，讲述了我们的生活、我们的选择和情感，讲述了我们在社会中的存在以及一切与我们有关的整体性（totality）。"㊱文学既验证着我们的"此在"，同时又为"此在"开辟着可能性，而且文学在想象中发生奇迹，也许就意味着我们的"此在"也在经历着变幻莫测的多彩的变化。从这种意义上讲，我们继续倡导文学重返"此在"，重返自身，至少表明我们的社会

"使生存成为可能"的努力。或许正因为如此,在匆匆走过 80 年代之后,谢冕又在人文主义的旗帜下发出了"理想的召唤":

> 一个普希金提高了俄罗斯民族的质量,一个李白使中华民族拥有了千年的骄傲,一个梵高使全世界感受到向日葵愤怒而近于绝望的金色的瀑布,一个贝多芬使全人类听到了命运的叩门声! 中国的文学,文学的中国! 在这百年即将终了的时候,难道不应该为这个世纪和下一个世纪的人们带来一些理想的光辉? 人们,你们可以嘲笑一切,但是,切不可嘲笑崇高和神圣、庄严和使命,以及与此相关的祈求,切不可嘲笑一点可怜巴巴的乌托邦的抚慰。㉚

谢冕先生所说的理想情怀,正是从文学"坚持使人提高和上升"的人文主义精神出发的。文与人这种深刻的相关性,表明文学永远不会是完全与人无关的游戏,因而理想对于人和文学都是同在的,都同属于无法忘却的神圣之源。虽然谢冕先生写下的这段洋溢着智性和激情的文字是在 90 年代,但作为一个活跃在两个十年之间的敏锐的批评家,他本身就传承了 80 年代所特有的对于人道的热忱,这当中葆有一如既往的单纯、简朴、可爱甚至是不成熟。这个以人文精神为主题的理想号角的吹起,所表明的也许就是一个重新活回来的 80 年代,或者说,是一整块无法被解构的精神硬质,依然横亘在跨越两个十年的文学之流中。他所传递给我们的或许是这样一个道理,匆匆流逝的时间并不能带走一切,相反,面对那些亘古以传的精神元素,我们所思考的,是如何给无止境的解构行为划出一个界限。

注释:

① 参见《评论家对话:文学的价值观》,载《人民日报》1989 年 2 月 14 日;或参见雷达《民族灵魂的发现与重铸》,载《文学评论》1987 年第 1 期;高尔泰《文学的当代意义》,载《人民日报》1988 年 12 月 20 日。

② 刘再复:《论新时期文学主潮》,载《文学评论》1986 年第 6 期;《论文学的主体性》,载《文学评论》1985 年第 6 期。

③ 姜铮:《我们正在追求》,载《文艺时报》1986 年第 7 期。

④ 陆一帆:《评建国以来对人道主义的批判》。

⑤ 何西来:《人的重新发现——论新时期的文学潮流》,载《红岩》1980 年第 3 期。

⑥ 胡风:《文学上的五四——为五四纪念写》,见《胡风评论集》(中),第 122 页,人民文学出版社,1985。

⑦ 俞建章:《论当代文学创作中的人道主义潮流——对三年文学创作的回顾与思考》,载《文学评论》1981 年第 1 期。

⑧ 王宁:《论学院派批评》,载《上海文学》1990 年第 12 期。

⑨ 福柯语,参见徐贲《人文科学的批判哲学——福柯和他的话语理论》,见《中国当代的文化意识》,甘阳主编,香港三联书店,1989。

⑩ 舒婷:《人啊,理解我吧》,载《诗刊》1980 年第 10 期。

⑪ 北岛:《结局或开始》,见《朦胧诗选》,第 20 页,阎月君等编选,春风文艺出版社,1985。

⑫ 吴元迈:《五六十年代苏联文学思潮简论》,见《五六十年代的苏联》,吴元迈、邓蜀平编,第 25 页。

⑬ 徐怀中:《西线轶事》,载《人民文学》1980 年 1 月号。

⑭ 高晓声:《创作思想随谈》,见《新时期作家谈创作》,彭华生、钱光培编,人民文学出版社,1983。

⑮ 王蒙语,参见洪子诚《当代中国文学中的艺术问题》,第 104 页,北京大学出版社,1986。

⑯ 王蒙:《关于〈春之声〉的通信》,出同注⑭。

⑰ 冯骥才:《下一步踏向何处?》,出同注⑭。

⑱ 同注⑭。

⑲ 刘心武语,出处同注⑮。

⑳ 同上。

㉑ 鲁枢元:《用心理学的眼光看文学》,载《文学评论》1985 年第 4 期。

㉒ 鲁枢元:《论新时期文学的"向内转"》,载《文艺报》1986 年 10 月 18 日。

㉓ 钱谷融:《论"文学是人学"》。

㉔ 刘再复:《论文学的主体性》。

㉕ 戴维·霍伊:《雅克·德里达》,载《外国文学》1990 年 4 月号。

㉖ 同上。

㉗ 弗莱德·R.多尔迈:《主体性的黄昏》,第 94、95 页,上海人民出版社,1992 年译本。

㉘ 刘再复:《论文学的主体性》。

㉙ 霍恩海姆、阿尔多诺:《启蒙辩证法》,第 7 页,重庆出版社,1988 年译本。

㉚ 戴维·霍伊:《雅克·德里达》。

㉛ 程文超:《意义的诱惑》,第 35 页,时代文艺出版社,1993。

㉜ 同上。

㉝ 戴维·霍伊:《雅克·德里达》。

㉞ 张颐武:《"人"的危机》,载《读书》1988 年第 12 期。

㉟ 余华:《虚伪的作品》,载《上海文论》1989 年第 5 期。

㊱ 参见《文学理论的未来》,拉尔夫·科恩主编,中国科学出版社,1993 年译本。

㊲ 谢冕:《理想的召唤》,载《中华读书报》1995 年 5 月 3 日。

六、现代派的"风筝"

如今,"现代派"这个词用得越来越少了,大约是因为人们又玩起了"后现代"。可当我们在回顾 80 年代的中国文学时,我们几乎无处不发现那飘荡着的"现代派"的幽灵。我们即使在今天都能记起当初使用这个词时所唤起的种种复杂而新鲜的体验,有些新奇,有些畏惧,有些神秘,有些亢奋,甚至还有些暧昧。比如说,刚刚进入 80 年代的时候,那些不太能读懂的诗歌,尽管还是油印或手抄的形式,但它传递到我们手上之时,我们都以为自己已经与"现代派"遭遇了。其实,那个时候我们说"现代派",还仅仅指文学或艺术。我们既可以说那些"横涂竖抹"的油画是"现代派",也可以说那些奇装异服的"外包装",像译制过来的印度电影中常见的、又被大批时髦青年仿效的"喇叭裤",还有《追捕》中的矢村警长式的长头发,这种男性发型一度像 80 年代后期的"光头"一样流行,等等,这个词的使用范围显然已经指涉到整个生活领域了。这个词甚至还满足了一种暧昧的联想、一种隐秘的窥视欲,比如那些被称"现代派"艺术的人体绘画就曾经带来了一种说不出的兴奋之感;还有像那些在刚刚兴起自由恋爱热潮时,把情爱动作带入公共场所的恋人们,就被称作"现代派"青年,或"现代派"的生活。那个时候,一个封闭久了的国度刚刚打开国门,西方的、外国的种种思想、种种行为,就像它们的物品一样一下子就流到我们的街面上、我们的民间生活中。我们接触到它们,但又无从把握,于是,就把它们统统称作"现代派"。它们曾引起我们的震动甚至恐慌,像枯燥的日常生活中的"兴奋剂",又像危及身心健康的"传染病"。我们再来读读李亚伟的那首《中文系》,特别是其中的一段:

中文系也学外国文学

着重学鲍狄埃学高尔基,有个晚上

厕所里奔出一神色慌张的讲师

他大声喊:同学们!

快撤,里面有现代派

中文系就这样流着

像李亚伟撒在干土上的小便的波涛

随毕业时的铺盖一叠叠地远去啦①

　　"现代派"到底是什么,读来读去最终也没明白个究竟,然而它的"袭击"又如此"千真万确"。尽管"现代派"已然远去,但惶恐不安的记忆却并没有就此消失。我至今还记得,当年的家长们是如此警惕着"现代派"的影响,以至于那些所谓的"现代派"青年被作为反面的教育典型。当然,对于那些经历过政治的风风雨雨、已然并不那么容易冲动的成年人自身来说,对"现代派"的判断并不就那么简单、那么直接,或者仅仅作为"资产阶级的腐败思想的表现"而加以拒绝。他们可能是参与者、实践者,但更可能是旁观者、守望者,他们迟疑不定、犹豫不决的判断,往往是一种延宕式的、推移式的,而对其优劣或真伪的裁定,往往留待一种考察的过程:再等等,再看看,而不是轻易地做出结论。

"现代派"的频繁使用实际上是出于一种话语需要。实行对外开放之后,许多新奇的、前所未见的东西被引入,而如何去把握和评价,又没有一个已然成形的标准,而"现代派"一词就恰恰是应和着命名和称谓的要求。这种情况有些类似于西方"现代派艺术"以反叛和革新的方式出现时的情境。而之所以会成为"超级能指",就是因为它的所指是广泛而不确切的。凡是新的、陌生化的事物或现象,都有被称为"现代派"的可能。而它的具体所指,特别是对它的判断,则大多是由使用这个词的人附加的。更多的情况是,当初是把它作为一种崭新的命名来使用,以便把那些被称作"现代派"的新奇的现象带入话语的视野,姑妄言之。在创新冲动得到极大释放的时代,对"现代派"一词的使用,往往表明一种关系的存在,即自我和历史新场面的关系,尽管这种关系可能是不稳定的、有待明确的。不否认这种情况的出现,在公共场合中,对被称为"现代派"的艺术或生活现象报以喝彩、欢呼,而在私人场合中,对这些现象则进行警示或拒绝,特别在落实到子女教育这些具体的生活问题时就更是如此。而另外一种情况则是,在公众场合对这些"现代派"现象嗤之以鼻或怒不可遏,而到了私人场合时,则可能存在一种急切的窥视行为,比如那些被称为"现代派"的人体艺术作品就经受过这种类似的遭遇。

当然,"现代派"作为一个暂时的命名,它一步步退出话语实践的视野,也恰恰是出于这种"暂时性"的原因。一方面,开放政策的日益扩大以及它从经济政治领域向日常生活领域的渗透,使得那些被称作"现代派"的现象逐步变成一种广泛的、稳定的生活现实,它不再是一种抽象的观念形态,而是一种具体的生活形态;另一方面,那些曾经被称作"现代派"的现象已经陈旧,在与日俱新的潮流面前已经有些"古老",而当那些更新的现象出现时,再用"现代派"一词,已经难以指认一种"差异性",难以唤起一种更为新奇的感受,这种时候人们需要一种更新的命名,来加强与更新的现象和感受之间的话语联系。在这种时候,"现代性"作为超级能指就变得有些大而不当,指认不明。在判断、言说这些已然成为生活现实的现象时,人们更愿意使用精确的、而不是模糊的表达,而表达的立场也应该更鲜明些,而不是那种暧昧不明的状况。比如说,当人们说那些被"创造"出来的新生活、新人格、新艺术时,人们称之为现代生活、现代人格、现代艺术,"现代"一词比"现代派"一词更能代表着一种肯定的、认同的、拥护的意向,当然有时候把"现代"作为修饰词,或者表述一种"特性"时,更多时候是称作"现代性"。"现代性"能唤起我们的是亲切而新奇的感受,而"现代派"唤起我们的则是陌生而新奇的感受。前者显然拉近了我们与新奇事物之间的心理联系,而较少后者因"陌生感"而产生出来的恐慌。究其原因,是因为那些曾经被称作"现代派"的事物已经广泛而深入地进入了我们的生活领域和话语领域,而这个过程事实上贯穿着 80 年代的始终。

对"现代派"这一含混而抽象的术语的不满,实际上导致了它的对立面的出现。而"伪现代派"的讨论的产生,则是出于一种更为精确的判断的要求,尽管"现代派"在这一讨论中还是基本上作为褒义词使用的。"现代派"和"伪现代派"的区分,就旨在维护"现代派"的真实性和纯洁性,而避免这一术语使用中的随意性和空泛性。事实上,正是对那些曾经被一律视为"现代派"的现象的怀疑和诘问,使人们有理由重新审查"现代派"这个从西方临时借用的、应急的术语。于是就出现了替代这一术语的愿望,"后现代"在话语实践中的出现,可以视为这一愿望的结果,尽管这种依然是出于批评需要,而再次临时转借的术语,在后来的话语实践中又受到疑难。

"现代派"的出现,首先是发端于城市,当新的文明在城市轰轰烈烈地推进的时候,那些从生活物品到艺术作品的新事物,以其陌生,而被视为一律,统称作"现代派";其次是得源于西方,就像开放之初的时髦青年,以佩戴贴有进口商标的墨镜为荣,而人们爱看许多西方影片,以及在审查机关的剪刀下残存的"儿童不宜"镜头,竟成为一种标举身份、显示趣味的时尚,开放之初所有被视为"现代派"的事物大都带有西方之源,进口的或者说有西文印记的都成了"现代派"标志;再次是兴盛于艺术,"现代派"术语在西方出现时是在艺术创作和批评这一专门的领域,而这一术语被用到改革开放之初的当代中国,也是用来指认新奇的艺术现象,特别是那些被称作为"探索性"的艺术现象。只是到了后来它被广泛性地、比喻性地运用到对各种新奇的生活方式的表述中。然而就"现代派"评论的核心领域而言,依然还是存在于艺术实践领域。

如果说 80 年代中国"现代派"讨论的源起,还是要追溯到所谓的"空战"。之所以称之为"空战",是因为这场"现代派"讨论是以通信的形式展开的。这组通信以"关于当代文学创作问题的通信"为题,在《上海文学》1982 年第 8 期集中推出。
"空战"的三方分别是冯骥才、李陀和刘心武。名之曰"空战",
实际上不过是三位有影响的作家、批评家之间被公开的私人通
信,信中的讨论,虽然观点不尽一致,但却是友善的、亲切的,也
难说以什么严密的逻辑作为"战略部署"。大约因为后来关于
"现代派"问题的更大规模的论争多由此引发出来,所以这场小
规模的、多是从谈感受出发的讨论,才被夸大其词地称为"空
战"。导致这场"空战"的由头,是 1981 年 9 月由花城出版社出
版的《现代小说技巧初探》一书。说是书,也不过是一本薄薄的
小册子,且又是"初探",但在西方现代文学长期被禁锢并刚刚
影响 80 年代中国的时候,这本书的出版确实引起了一番震动。
冯骥才首先把"震后"的体验讲给李陀听,而李陀又转向刘心武
谈感受,最后又是刘心武对冯骥才讲述自己的读解。这像是一
个循环的游戏,然而又不是轻轻松松的,这期间满带着渴望和需
要。我们至今还能想象出初识"现代派"的冯骥才展露的孩子
般的神态,他给李陀的信中写道:

> 我急急渴望地要告诉你,我像喝了一大杯味醇的通化
> 葡萄酒那样。刚刚读过高行健的小册《现代小说技巧初
> 探》。如果你还没见到,就请赶紧去找行健要一本看。我
> 听说这是一本畅销书,在目前,"现代小说"这块园地还很
> 少有人涉足的情况下,好像在空旷寂寞的天空,忽然放上去
> 一只漂漂亮亮的风筝,多么叫人高兴!

冯骥才这个有点情绪型的北方大汉,在看到"现代派"这只
漂亮的风筝飞上天之后,竟然犹如孩子般的激动。这大约体现

出中国当代文学在初期的解放中所特有的"欣快症",大凡新奇之物都能引来一通"欢呼"。再想想当黄子平戏言"新时期文学这只创新的狗追得我们连停下来撒尿的时间都没有"时,那种疲惫的创新之感俨然意味着"欣快症"成了一种负担,而"现代派"的呼声也大体上随着"欣快症"带来的"疲惫"而消失。然而当初没能一睹"现代派"武库的中国作家们,哪怕闻见"现代派"丝丝缕缕的气息,都难免要兴奋一通。这就像一个没有进过城、逛过百货商场的乡下人,看见挑担下乡、摇着拨浪鼓的货郎,也都要急匆匆地凑上去,瞧瞧那些针头线脑的小玩意儿,说不定还会就此走出去,见识见识山外热闹的大世界。

事实上,在80年代初的文坛上。"现代派"问题就已经掀起了"波澜",而扔石子的,也不光是高行健,以及激动地欣赏着"波纹"的冯骥才。在此前后,柳鸣九编选的《萨特研究》、陈琨著述的《西方现代派文学研究》、袁可嘉主选的《外国现代派作品选》、骆嘉珊摘选的《欧美现代派作品选》,以及石昭贤等编写的《欧美现捶》,等等,都已经陆续问世,而高行健的《现代小说技巧初探》之所以会成为"畅销书",其中一个重要原因就在于它的可读性、普泛性,同时资深作家叶君健为该书作序,提高了它的知名度;况且叶老又是一位"现代派"文学的早期实践者,算是过来人,就更加强了该书的权威性。

如果说高行健的小册子是一只有关"现代派"的风筝,而冯骥才、李陀、刘心武的信,以及王蒙发在《小说界》上的同样话题的来信,都算作"现代派"的"风筝"的话,那么一大四小,五只"风筝"飞上天空,"空战"也就热热烈烈地开场了。就像刘心武说的:

　　高行健放出了好大的一个"风筝"(他那"风筝"确实算得上漂亮——但远非完美),你们二位的小风筝随即升起,先不论妍媸吧,总是一种打破"空旷寂寞"的气象,也即是春天的气氛;今天我从刚收到的《小说界》上又读到一封王蒙给高行健的信,也是议论他那《现代小说技巧初探》的,可见在我视野中钻起的风筝已多达四个(王蒙的那个觉得也难说漂亮,只能说可爱),我虽不才,逢此阳春之气,又怎按捺得住心痒痒呢? 故而也写此信,参与讨论,算是给天空再增添一只"风筝"——我这"风筝"很可能不漂亮,而且简直就是一只粗陋的"屁股帘儿",不过,总也能添上一点热闹吧!

"风筝"既已放飞,"空战"又拉开了帷幕,热闹自然是少不了的。如果按刘心武说的,飞上天空的"风筝"是"春天的气息",那么反过来说,"空战"恰恰是"春天"的景象,随着越来越多的"风筝"添上越来越多的热闹,就不难想象"暮春三月,莺飞草长"的季节。当然,有关"现代派风筝"的比喻固然能引发出新时期文学的春天的联想,然而问题却不能到此为止。如今,去除了那份热闹,再来看看这场"空战",或许会有一番新的见识。事实上,新的见识的出现并不就期待90年代。80年代后期,在以"现代派"为名的话语渐趋终结之时,黄子平的《关于"伪现代派"及其批评》,以及许子东的《现代派与中国新时期文学》,就特别地多出一种智慧,而对热闹的评论所作的冷静的评论,更是于"熟知"中求得见解,倒确实把人带到细致的理论视野中,并引发出诸多启示。②

　　我们还是暂时回到80年代之初的那场"空战",从中发现论战中被视为当然的问题。当然"空战"之前特别是"空战"之后,满天都有飞过的"现代派"的"风筝"。极目回望之下,虽是繁乱,倒又见识到一些共同升起共同飞过的"航道"。

值得注意的是,在那些同时出现的有关"现代派"文学的论著中,为什么高行健的这本小册子能够如此受到欢呼、受到礼赞呢？它到底满足了当时作家什么样一种期待或需要呢？

还是回到当时文学发展的处境和要求中来考察,冯骥才对这本有关现代艺术技巧的小册子的"兴奋"之感,细究起来,是有其内在的且又具有代表性的缘由的。还在80年代初,冯骥才在给刘心武的另外一封来信中,曾表述了这样一种"焦虑"："下一步踏向何处？"问题也许不在于他把这个"问题"仅仅作为个人创作中的一种困境。尽管他是以私人通信的方式讲述自己创作中出现的难题,但他把这封信函公开发表,或许就意味着,他要把这个难题推而广之,成为一种关涉到一个时代的文学、一代作家的创作这样的集体性的、公共性的问题。这正像他所说的："往下怎么写这个问题","纠缠着我们同辈的作家们"。他为此而阐述了缘由,"我们这辈作家(即所谓在粉碎'四人帮'后出来的一批),大都是以写'社会问题'起家的",随着各种各样的社会问题的逼近,"哪怕我们写得还肤浅、粗糙,存在各种各样明显的缺陷,每一篇作品的刊出,即收到雪片一般飞来的热情洋溢的读者来信。"③但是问题也正出现在这里。一方面,随着社会政治生活的正常化,那些有待解决的社会问题正一步步得到解决。作家们再"强调自己提出一个新的、具有普遍性和重大社会意义的问题",就变得非常困难;另一方面,作家提出的社会问题引起了关注,而更多的时候不是文学自身的魅力在吸引读者,那么文学的特征又如何体现呢? 事实上,正是在这两方面因素的作用下,使文学作为文学自身的命题"浮出海面"。

　　冯骥才所说的难题,在 80 年代初的出现,是有其特定背景的,或许可以说,这个"难题"提示了一个时代、一代作家的文学"转折点",而对这个"难题"的意识则又表明文学转折已经落实为一种内在化了的技术性要求。我们知道,新时期文学是在政治反思和政治批判中拉开帷幕的,像《伤痕》《班主任》等我们熟知的作品,其背后都有一个共同的政治文本,或者说,是作为政治象征出现的。一方面政治性要求压倒了文学性要求,历史的要求压倒了美学的要求,政治思维既伸展了文学的想象力,同时又使这种想象力受到了单向度的限制。但另一方面,政治批判使旧有的权力结构有所松动,文学因此而可能获得独立的话语空间,从政治的权力话语的压制中寻找并确立文学自身的话语权力,像 1979 年 4 月《上海文学》杂志发表的评论员文章《为文艺正名》,就典型地反映了文学对话语权力的独立的要求。"正名"说明了对"名不正"的焦虑,一种文学性话语因"名不正"而被政治性话语遮蔽,而消失不见的焦虑。按照这篇评论员的文章,为文艺正名,就是朝向与"工具论"相反的方向(或可借用"本体论"这一概念)来言说文艺,朝向文艺自身来言说文艺。确立文学"专名",事实上就是确立文学的独立的话语权力,确立一种为文学自身所拥有的专门的话语方式。

　　新时期在其发轫之初,就是在这两方面因素的作用中运行着的。到 80 年代初,随着文学话语权力的逐步获得,随着整个社会政治热情的逐步平息,作家们就必然地生发着这样的要求,如何从文学与政治的关系上偏移一下立场,转向对文学与其自身关系的思考。就是在这种背景下文学界产生了冯骥才式的"下一步踏向何处"的普遍的"焦虑"。从 80 年代初在全国范围内急剧升温的"美学热"来看,就是这种"焦虑"的集体性表征。发现文学作为文学自身的专门要求,这与 80 年代前期的"美学热",事实上有遥相呼应之处。而所谓"内部规律"的探求,已经成为文学在初步获得独立的话语权力之后,广泛性的话语实践的内容了。

对于这些在"后文革"时代活跃于文坛的中国作家来说,最能引起他们兴趣的,或许并不是那种抽象的、一般性的美学理论,尽管这些理论曾经支持过他们的文学性追求。与创作实践最贴近的、最能与他们的"难题"相联系的,恰恰是那些形而下的、具体的、可操作的技术知识。他们按照指导创作的实实在在的要求,把"技巧""选定"为他们的"兴奋点",他们宁愿把形式革命作为想象中的一切文学革命的最直接的意图和最直接的成果。这就像与作家们过从甚密的批评家李陀的直言不讳的"独白",而这个"独白"也正是在与作家们的多次对话中产生的:

> 我们生活在一个伟大的转折时代里,这决定我们的文学必定要有一个很大的发展,要有一个新的文学时期。这个文学时期的光辉,也许将能与唐诗、宋词这样中国文学史上最灿烂的阶段相互映照。那怎么能设想出这样一个新的文学时期会不探索、形成自己所特有的文学形式呢?怎么能设想文学形式在这一时期会不发生重大变革呢?能想象吗?反正我不能。因此,我至今坚持,就艺术探索来说,寻找、发现、创造适合表现我们这个独特而伟大时代的特写内

容的文学形式,是我们作家注意力的一个"焦点"。不解决这个任务,我们必定会辜负我们的时代。④

李陀这段"独白"的核心问题也就是作家们普遍关心的"技巧"问题,只不过这个问题被上升到了一个时代高度而已。现在我们也许应该以"技巧"问题为切入点,回到我们所讲的"现代派"讨论上来。事实上,对于冯骥才这样的急欲解决个人创作"困境"的作家、李陀这样急欲进入一个伟大的文学时代的批评家来说,他们对"现代派"文学的热烈的关注和急切的讨论,并不是像柳鸣九、陈琨、袁可嘉等外国文学专家那样,出于一种文学理论和文学史的兴趣,而是因为"现代派"文学满足了他们对"形式""技巧"的想象和渴望。所以像高行健那本直接谈及"现代派"文学技巧的小册子就更能引起他们的兴奋。当然,从"技巧"入手进入"现代派"文学,也是一种历史策略,即回避有关"现代派"文学的政治的、意识形态的批评的不必要的纠缠,而直接落实到当代作家具体的实践要求上。这或许如许子东所指出的,"近10年来中国的作家评论家,哪怕是'中国的现代派',也很少考察比如美国黑色幽默小说与法国新小说派之间的质的差别,而更关心广义的'现代派'与我们的关系。"⑤这种关系也许是不稳定的、变化着的,但从其形成之初来看主要是出于一种"需要",特别是形式的需要、技巧的需要。

就这种意义而言,对"现代派"文学的初步讨论,或者说"空战"、混战,作为一种历史事件,事实上是一个转折点。即那些直接从事当代文学实践的作家和批评家们,开始了兴趣的转移,从政治向文学自身、从外部规律向内部规律、从历史要求向美学要求的转移。再具体一点讲,是从"写什么"到"怎样写"的转移。这种转移具体到创作实践来看,就是在"伤痕文学""改革文学"之后人们所普遍感受到的转折。也许对"现代派"文学的这场初步讨论,并不就产生了什么样的思想成果,也没有做出多少成为"共识"的论断,但它所促成或强化的"技巧"兴趣、"形式"意味,却为当代中国文学的实践开辟一个更为广阔的视野,这个内在视野的获得,表明文学在朝向自身的转折中又有了一次前所未有的突进。

技术性作为一种专门的要求所引动的这场突进,对惯常的阅读习惯构成了强有力的挑战。读者对文学的要求与文学对读者的要求,二者之间的冲突,就典型地体现在有关"朦胧诗"的论战中。这场论战从1980年一直延续到1984年,甚至在1984年之后还有零零星星的、不绝如缕的回响。尽管在论战的后期,讨论便离开了讨论本身,成为这一时期诗歌界令人瞩目的政治批评事件,但讨论从其一开始却是从一个最基本的问题入手的,即读得懂还是读不懂的问题。这个问题是如此突出,以至于对这一新潮的命名就直接得自于阅读感受:"朦胧"。而"朦胧"的阅读感受的形成,归结起来还是由于新的技巧的运用。如果去除各种不必要的政治因素的影响,那么"读懂还是读不懂"的问题,事实上就是对新的诗歌技巧的接受程度的问题。

事实上技术因素对当代诗歌的介入,正如前面所说过的,也是以"现代派"文学的影响为触媒的。对于那些"朦胧诗"的早期实践者来说,西方"现代派"文学大师的作品,无疑是他们写作的范本,同时也是一场技术含量极高的文学革命的启蒙读物。有意味的是,西方"现代派"文学进入中国,一开始并不是冯骥才说的那种飘浮在空中的"风筝",而是流行于地下的"毒草"。

像洪子诚和刘登翰在为当代中国新诗写史的时候,就曾经把这种以稗史的形式出现的"流传"情况引入正史的叙述中。他们举的例子是"白洋淀诗派"的阅读和写作活动,而依据就是"朦胧诗"的积极实践者贝岭的记述:"很快,一批在60年代由中国作家出版社和商务印书馆高级知识分子阅读的西方和苏联解冻时期的现代哲学、文学著作,在这批青年人手中传阅着,形成一个半狂热的秘密读书活动。"⑥这种阅读造成了"朦胧诗"早期实践者的知识上的优势,而相对于80年代前后尚未进入这种知识状态的中国读者来说,便造成了一个巨大的差异,即对"现代派"文学技巧的熟悉程度上的差异。这种差异,既表现中国读者在技术性知识上的缺失,也表现为因为这种缺失而造成的阅读心理上的过激反应,像"令人气闷的'朦胧'"这一说法的出现,就说出了一种颇为典型的阅读效果。

西方"现代派"文学技巧在新诗潮中的"借用",实际上就是一个比较文学中影响研究的生动案例。而"朦胧诗浪潮"因此也被视为80年代前后中国"现代派"文学的一次影响广泛的实践。"朦胧诗"的论争实际上是"现代派"文学大讨论的一个主要的副本,从其早期的运行情况来看,多是从技术性冲击所引发的种种阅读感受出发的,如惶恐、焦躁、迷惑、兴奋等等。如果说"朦胧诗"论争主要就技术性冲击造成的阅读经验而言,那么"现代派"小说的探讨则主要着眼于技术性冲击对写作行为的影响。而归结起来,广义的"现代派"文学的大讨论从其开始是文学领域的事件,因为这个时期中国作家的兴趣正以形式要求为核心从政治使命感走向文学自身的使命感。他们推动着文学表现形式的革命,并要求着社会对这一革命的谅解和接受。而西方"现代派"文学只不过是"借用"的"浮桥"或以做支持的"资源"。

事实上,"朦胧诗"论争的前期就是以"阅读经验"为切入点的,并逐步转向对形式革命的接受和评判,今天为人们所熟知的三个"崛起论",就更多地是一种美学批评。值得注意的是,谢冕在《在新的崛起面前》这篇率先出击的文章中,对"朦胧诗"意义的独具慧眼的发现。他不是在"读得懂"还是"读不懂"这个纠缠不清的阅读问题上做琐碎的论辩,也不是把问题引向文学之外的单一的政治领域。他为"朦胧诗"所作的"辩护"是出于文学自身的辩护,即寻求它的对于文学自身的革命意义,而这一意义一旦被他放在"五四"以来新文学的历程中,放在与世界文学的关系中来判定,就更为突出了。他认为新诗潮中这些"古怪的"诗歌实际上是一种崭新的新诗文体。对"古怪的"诗歌的愤怒和否定,实际上就是对新的诗歌文体的拒绝。这种拒绝已经有过教训:"我们的新诗,60年代来不是走着越来越宽广的路,而是走着越来越窄狭的道路","在刚刚告别的那个诗的暗夜里,我们的诗也和世界隔绝了。"他对这些"古怪的"诗歌的宽容和期待,体现在他热情洋溢的呼唤中:"接受挑战吧,新诗。"就是这一呼唤,标志着新的文体革命时代的到来,标志着文学大规模地走向自身的进程已然出现。

紧随其后的两篇同样以"崛起"为名的文章,孙绍振的《新的美学原则在崛起》和徐敬亚的《崛起的诗群》,就是从谢冕所发现的"形式意义""文体意义"出发,传承了"崛起论"的"战略眼光",进一步概括和提升出一种现代诗歌流派和新的美学原则。⑦孙绍振的分析从宏观着眼,从新诗潮中总结出一种美学革新的理论,并力陈其创造性:"也许把重新感知自我和世界当成革新者的任务并且痛快地宣告要与艺术的习惯势力做斗争,这还是第一次,因而它启发我们的思考的功绩是不可低估的。"而在徐敬亚的长文中,则对这一新的美学原则做了具体而系统的论析,涉及艺术主张、艺术倾向、表现形式等诸多方面,使新诗潮"获得了"独立的艺术理念和完整的理论图式。

三个"崛起论"可以视为"朦胧诗"讨论的积极成果,也可以视为广义的中国"现代派"文学运动的理论贡献。从某种意义上,它们确立了关于 80 年代中国"现代派"文学特别是"现代派"诗歌的"宏伟叙事",尽管这一叙事在其日后的话语运作中经受了诸多的挑战、补充和抗衡,但其绩效功不可没。

注释:

① 李亚伟:《中文系》,见《后朦胧诗选》,阎月君、周宏坤选编,春风文艺出版社,1994。

② 黄子平:《关于"伪现代派"及其批评》,载《北京文学》1988 年第 2 期;许子东:《现代派与中国新时期文学》。

③ 冯骥才:《下一步踏向何处?》,见《新时期作家谈创作》,彭华生、钱先培编,人民文学出版社,1983 年版。

④ 李陀:《"现代小说"不等于"现代派"——李陀给刘心武的信》,载《上海文学》1982 年第 8 期。

⑤ 许子东:《现代派与中国新时期文学》。

⑥ 贝岭语,参见洪子诚、刘登翰《中国当代新诗史》,人民文学出版社,1994。

⑦ 谢冕:《在新的崛起面前》,载《光明日报》1980 年 5 月 18 日;孙绍振:《新的美学原则在崛起》,载《诗刊》1981 年第 3 期;徐敬亚:《崛起的诗群》,载《当代文艺思潮》1983 年第 1 期。

七、"第三代"的小老虎们

就在一个拳击手刚刚卸下手套的时候,谁会想到另一个挑战者已经跨过围栏,强行入场。一切都在不可思议的瞬间发生。几乎来不及登上金光闪闪的领奖台,这位拳击手就不得不有些愤怒、有些疲惫、有些无奈地重新戴上手套,仓促地应战了。于是在再起的风云中,这位拳击手就这样被"强制性"地拖入了新一轮的厮杀中。

突如其来地描述这样一个场景,是基于一种联想的效果,这就是在 1985、1986 短短的两年之间,中国诗坛发生的迅疾的战事。不妨作这样的类比,那个"刚刚卸下手套的拳击手"可以说是朦胧诗主将,而那个强行闯入的挑战者可以说是第三代诗人。而当年的批评家们就像惊魂未定地站在场上的裁判,在震惊中突然迷惑,在迷惑中突然醒悟。只是连裁定胜负的规则也变得暧昧不明,因为眼前的厮杀是如此混乱、如此不讲技术性,以至于很难说是诗坛的职业赛事。1988 年,当代诗歌革命的呐喊者谢冕,在对这场赛事"跟进式"的回顾中,就曾发出这样的感慨:

> 潮流对于岩石的冲撞,乃是持续不断的无情,中国新诗
> 当前承受的新潮的袭击,简直令包括创作者、欣赏者、批评
> 者在内的几乎所有的人疲惫不堪。一个恒定的秩序破坏

了,另一个新秩序尚未建立,接着几乎是不顾一切的"粗暴"的侵入。后新诗潮令人震惊的后果是新诗突然变得不美丽,甚至变得很不美丽了。这情景令人怅惘,并连连发出质问:它到底还要走多远?①

1985年,这个曾经一次次带给人们美好回忆的年头,几乎在转眼之间就遭到1986年的不可思议的袭击。那种激昂的欢呼以及假想的统一,一夜之间就消失在重新燃起的"战火"中。"第三代"的小老虎们就是这样不讲情面、不容喘息地把一个时代带入了充满迷惑的混乱中。诗坛的混乱倒真的让人想起托尔斯泰在小说《安娜·卡列尼娜》的开头所作的断语:"奥布朗斯基的家里一切都乱了套。"混乱是一种迷失,也是一种折磨,"的确,那些给我们以温馨和慰藉并产生眷恋的美丽正在消失。究竟是由它去呢,还是回往来路追寻? 在这个艺术巨变的时代,每日每时都提供机会折磨我们。"对于这样一个时代,诗评家谢冕发出了这样的慨叹。

革命总是在想象秩序中拒绝秩序,而混乱就是拒绝的后果。在一个不断发生着革命的时代,"第三代"的小老虎们所创造的混乱,就这样被认定为一场新的革命的开始。舒婷这只"会唱歌的鸢尾花",这个"刚刚卸下拳击手套"的朦胧诗女将,从诗坛后起之秀的挑战中,看到了漫到脚下的潮水,并读出了革命的最新消息:"新时期诗歌正悄悄进行一场新的革命,旗帜已找出来,朝北奔来的青春的脚步声明晰可闻。目前它们还是地火,我描绘给你们看的是它上空的云烟。"事实上,就在舒婷阅读突然到来的革命消息的时候,她已经感受到革命的"无情"和"粗暴":"去年提出的'北岛、舒婷的时代已经 pass'还算比较温和,

今年开始就不客气地亮出了手术刀。"②舒婷是在 1986 年说出
这一革命感受的,那时候"第三代"的"星星之火"已经"燎原"
中国诗坛,北岛舒婷们已经被全面地实施包抄了。

如果我们再来阅读周伦佑的《第三代诗人》,无疑还会感受
到这些柏桦所说的"小老虎们",在自以为是的"革命"中一朝得
手的快感:

> 一群斯文的暴徒　在词语的专政之下
>
> 孤立得太久　终于在这一年揭竿而起
>
> 占据不利的位置　往温柔敦厚的诗人脸上
>
> 撒一泡尿　使分行排列的中国
>
> 陷入持久的混乱　这便是第三代诗人
>
> 自吹自擂的一代　把自己宣布为一次革命
>
> 自下而上的暴动　在语言的界限之内
>
> 砸碎旧世界　捏造出许多稀有的名词和动词
>
> 往自己脸上抹黑或贴金　没有人鼓掌
>
> 第三代自我感觉良好　觉得自己金光很大
>
> 长期在江湖上　写一流的诗　读二流的书
>
> 玩三流的女人　作为黑道人物而名扬万里③

对于这些诗歌的"暴徒"来说,1986 年无疑是他们的狂欢
节,他们在这一年纷纷出场,尽情表演,或慷慨宣言,或做尽鬼
脸,把诗坛搅动得热热闹闹。其实细究起来,这种闹热并非就是
从年初开始的。记得在 1986 年的 1—2 月间,诗评家刘湛秋在
为人民文学出版社出版的《1985 年诗选》作序时,还对平静的诗
坛有如下的比喻:"当诗的潮水退离社会敏感的沙滩,在大海的

深处依然汹涌着激流,当阳光平静地照耀到诗的海面,波浪却反射出各种灿烂的折光。"然而,就在这个比喻勉强地维持一段时间的有效性之后,诗坛的形势便不可思议地急转直下,诗歌的海面上再次呈现出激流飞荡、波涛汹涌的景象。1996 年 10 月 21日,《诗歌报》和《深圳青年报》进行跨地域合作,联合举行"中国现代诗群体大展","共时性地客观展示 1986 年中国新诗最具跃动的前倾姿态","为 1986 年中国诗坛最繁殖的断代留下一个合影"。此次大展荟萃了 1986 年中国诗坛全部主要现代诗流,除"朦胧诗"这一"前崛起"群体外,其余的皆为"后崛起"一族,共包括 100 多名"后崛起"诗人分别组成的 60 余家"诗派"。其中数十个诗歌群体在展出他们作品的同时,也发表了各具特色的诗歌宣言。那些处于焦灼和急躁中的"第三代"诗人终于从"地下"走上了"地面",并哗啦啦地亮出了自己的旗帜。"历史将收割一切",历史终于把丰收在望的"第三代"诗歌收入了自己的粮仓。那些呼啸欲出的"第三代"小老虎们,终于在 1986年如愿以偿地冲出了被禁锢的笼子,并抢夺了一块诗歌的天空。而"朦胧诗"的连绵起伏的群山,倒真的成了后撤的背景。

1986 年注定是"第三代"诗人吉星高照的一年。同样的是在 1986 年 10 月,《中国》杂志"隆重推举新生代文学",并认为新生代是"躁动不安、渴求创造的一代","身后没有可以引起自豪和荣耀的足迹,眼前茫茫漫漫铺展开荒漠荆棘"。而就《中国》所发表的新生代文学作品来看,大部分是新生代的诗作。牛汉这位资深的诗人和诗歌编辑,结合自己的体会,对新生代诗人的劳作做了肯定式的描述,这无疑是给意欲闯入文坛的"第三代"小老虎们签发了通行证:

这个新生代的诗潮，并没有大喊大叫，横冲直撞，而是默默地扎扎实实地耕耘，平平静静、充满信心地向前奔涌着。它的潮头几乎撼动了我几十年来不知不觉形成了框架的一些诗的观念，使它们在摇晃中错了位（这个比喻并不恰当），且很难复原位。我意识到这个变化会给我今后的创作带来深远的影响，必须从框架中走出来。此刻，我不能说已经理解了这些绚丽的新生代的诗作所蕴含的全部意义，我还没有足够的悟解能力来分析研究它们。④

新生代的诗作能称得上"绚丽"，且又能在一个成就卓著的老诗人内心产生震撼的效果，这无疑算得上知遇之恩了。而感激之下，新生代诗人们便源源地输送来他们的诗作，一时间，《中国》成了中国新生代诗人冲入文坛的不可多得的滩头阵地。尽管牛汉对新生代诗作的判断在日后看来并不准确，但依然不妨碍新生代诗人们热情的聚拢。一旦堂而皇之地进入了正规化的知识流通系统，第三代诗歌也就获得了合法化，并几乎与朦胧诗打成了平手。

无论是说"第三代"，还是"新生代"，都只是命名上的细微的差异，它们都同样地指认着这样一个独特的群体，那就是"文革"边缘的一代。他们既不像那些"归来"诗人，也不像那些朦胧诗人，他们没有"文革"和"下乡"运动的深切记忆，更谈不上反"右"时期的经历。或许就像万夏说的，"第一代人为郭小川、贺敬之这辈，第二代为北岛们的'今天派'，第三代人就是我们自己。"他们大体出生于60年代，并在80年代的大学校园里度过青春岁月。他们是"'85新潮"的旁观者，并在1986年就按捺不住地冲上讲台。他们像是一群呼啸而出的小老虎，又像一群撒野、胡闹的"泼皮",他们曾留下这样一幅"生活快镜";"逃学、瞌睡、狂饮、吃茶、吉他与歌唱、猎艳、打架、变卖衣服、借债远游、考试作弊、写诗……"⑤他们既不像上帝一样思考,也不像市民一样生活,他们"想超脱又舍不得世界",最终就在话语的世界中找寻归宿,而诗歌便成了他们无所作为的青春期里最投入的文体。

事实上,要说出"第三代"名称的缘起,那还得追溯到1982年的四川。舒婷在1988年说的第三代"朝北奔来的青春的脚步声",在1982年的四川就已经响起。1982年10月,四川的"一群令人心碎、令美女昏倒的艺术幼兽",在重庆西南师范大学汇展,"联合反抗一个他们认为太陈旧、太麻木、太堕落的诗歌时代"。这群"幼兽"中就有日后成为"第三代"诗人主要代言人的万夏、廖希、胡冬、赵野、唐亚平等人。在"争吵的三天、狂欢的三天、白热颠覆的三天"中,"第三代"的小老虎们完成了热热闹闹的命名仪式,在万夏负责起草的《第三代诗人宣言》中,"第三代诗人"的名称被正式提出。就像柏桦在日后记述中说的:"三天争吵,一个夜晚,一个伟大神话就写进中国的史册。"⑥

就在这次联欢会之后不久,"第三代"诗人就开始了有组织的"长征","新的行吟时代到来了"。而到了1986年,"第三代"诗人的队伍已经空前地壮大了,牛汉描述道:"今天这一代新诗人,不是十个、八个、几十个(像'五四'白话时期和'四五'运动之后那一段时期),而成百上千地奔涌进了坑坑洼洼的诗歌领地。"⑦如果说这个描述还不算具体,那么徐敬亚在1986年中的统计就该足够量化了:

1986 年——在这个被称为"无法拒绝的年代"，全国 2000 多家诗社和十倍于此数字的自谓诗人，以成千上万的诗集、诗报、诗刊与传统实行着断裂，把 80 年代中期的新诗推向了弥漫的新空间，也将艺术探索与公众准则的反差推向一个新的潮头。至 1986 年 7 月，全国已出的非正式打印诗刊 70 种、非正式发行的铅印诗报 22 种。⑧

如果说"第三代"或"新生代"是从"作者"角度所做的命名，那么"后新诗潮"的命名则是从"思潮"角度而言，这种命名或者类似"后崛起""朦胧诗后"等等称呼。事实上，当我们要对这一诗歌运动进行把握的时候，我们似乎马上就进入一个比较的视野，这就是"朦胧诗"和"第三代"诗歌的关系。"后"这一前缀是对这一关系的揭示，即"第三代"诗歌是在朦胧诗这一新诗潮崛起之后出现的，故有"后新潮"或"后崛起"之称。然而，用"后"似乎也有不尽确切之处。因为就在"朦胧诗"崛起的过程中，"第三代"诗歌实践就已经在陆续发生了。正像前面说过的，就在 1982 年朦胧诗在论战中站稳脚跟，并逐步向主流地位上升的时候，在四川南充这块盛产美女的偏僻之地，第三代诗歌就已经形成了势头，"它像五月的麦浪，在一场大风中摇荡着它年轻欲熟的身子，在正午的艳阳天形成一片璀璨夺目的闪光带。它向大地、向天空、向祖国猛烈地传送着初吐的刺鼻的芬芳，肉感的暖烘烘的气味。很快，这理想的麦浪进入操作的收获期麦浪。""收获期"的标志就是那些油印的诗歌集子，并已在"第三代"诗人之间广为流传。当然，如果不就诗派的形成而言，单是后来成为"第三代"诗歌代表作的一些作品那时也已陆续问世。如韩东的《大雁塔》《你见过大海》、王小龙的《外科病房》、于坚的《作品第39号》等,就在1982—1983年间出现,所以"后"来指认"第三代"诗歌的不确切之处就在于,把它完全看成朦胧诗之后的诗歌现象,而在其成为主潮之前的一个阶段中,已经与"朦胧诗"有同时推进的行动了,虽然在规模上还有极大反差。

用"后新诗潮"来指认"第三代"诗歌,看来不仅仅就时间维度而言,还有一个重要维度是就二者在美学特性上的差异来讲的。说"第三代"诗歌是对"朦胧诗"的背叛与反动,就在于它自觉地偏离了"朦胧诗"创作中被推崇的主要的美学方式。

"朦胧诗"在阅读中之所以出现意义上的朦胧状态,一个根本原因就在于大量地运用了意象,特别是"意"和"象"之间的关系越随意,意义整合的难度就越大。在某种意义上讲,意象构成了朦胧诗基本的美学单位,而创作的过程就成了意象与意象之间关系的处理过程,意象之间转换节奏越快、跳跃幅度越大,就越会出现朦胧的效果。"朦胧诗"作为一种新的美学原则,在其崛起之时,虽招致诸多批评,但确实给诗坛带来一股清新之风。然而,一旦"朦胧诗"的美学原则成为被模仿的流行的规范时,就使"朦胧诗"创作本身出现了令人反感和厌倦的倾向,如对意象的夸张的使用、对朦胧的病态的癖好,这一点就连为朦胧诗最先做出辩护的诗评家谢冕也曾表示了一种遗憾:

> 它们有不可回避的遗憾与不足,例如某些诗篇过于夸大破碎形象的偶然拼凑,甚至浮表地满足于浅层次的象征和繁冗的装饰,相当数量的词语不合常规,无节制地使空茫的意象充斥诗中,而使作品的可感性达于低点……⑨

当然指出这些缺陷并不旨在向朦胧诗之前倒退,而要说的

是当代诗潮在拒绝这些缺陷的过程中，又从一个新的向度向前
滑动了。对于"朦胧诗"之后的"第三代"诗歌来说，它首先反对
的就是这种走火入魔的意象化写作。"第三代"诗人的一个代
表人物王小龙，早在就 1982 年就对这种流行的意象癖好提出
批评：

> 　　他们把"意象"当成一家药铺的宝号，在那里称一两星
> 星，四钱三叶草，半斤麦穗或悬铃木，标明"属于""走向"等
> 等关系，就去煎熬"现代诗"，让修钟表的、造钢窗的、警察、
> 运动员喝下去，变成充满时代精神的新人……
>
> 　　"意象"！真让人讨厌，那些混乱的、可以无限罗列下
> 去的"意象"，仅仅是为了证实一句话甚至是废话。⑩

当然，反对"意象"并不就是最终的目的，它毋宁说是一个
任性的开始，它真正反对的是朦胧诗这种意象化写作所代表的
美学原则。对于朦胧诗中那些繁复多样的物象而言，像车前子、
棕榈树、星星、鹅卵石，等等，它们本身并没有自然存在、自我说
明的"意义"，它们之所以被引入诗歌当中，是因为它们承载了
那些被给定的意义，就是说，它们是以体现"喻义"而非"本义"
的方式存在于诗歌的结构中。就像诗中的"星星"，我们并不认
为它作为遥远的发光的星星而如何如何，而是把它作为一种譬
喻、一种象征，比如让我们联想到难以企及的希望或精神。意象
中的"象"是为"意"而存在的，因此意象化的写作，是隐喻式的、
寓言式的、象征式的写作。这是朦胧诗的美学原则的根本所在。
而"第三代"诗歌反对意象化，就旨在反对这种写作方式。这就
像于坚在《拒绝隐喻》中所宣称的：

在今天，诗是对隐喻的拒绝。

这是一个隐喻后的世界，命名的时代一去不返。回到命名时代的愿望只不过是一厢情愿的隐喻，一种乌托邦的白日梦，最终还是读后感。

对隐喻的拒绝意识着诗歌重新命名的功能，而不是命名。⑪

拒绝隐喻，就意味着拒绝意象，拒绝以诗的名义对物质的冒用，也就是"从世界全部喻体的退出"。让物质成为物质，让一棵树"只是这一棵树"，"它并不暗示高大、雄伟、庇护的、生殖的这些'等值'"。对"第三代"诗歌来说，回到"在"本身，也就是回到诗本身。如果我们以韩东《你见过大海》一诗为例，就可以大致理解"第三代"诗歌拒绝隐喻的写作，会是什么样子：

你见过大海

你想象过

大海

你想象过大海

然后见到它

就是这样

你见过了大海

并想象过它

可你不是

一个水手

就是这样

你想象过大海

你见过大海

也许你还喜欢大海

顶多是这样

你见过大海

你也想象过大海

你不情愿

让海水给淹死

就是这样

人人都这样

在这首诗中，韩东书写的对象是"大海"。在相当长的诗歌传统中，特别是在"朦胧诗"中，"大海"一直以象征的形式存在着的，隐喻着"崇高""博大""艰险"等等人生境界。像舒婷在《海滨晨曲》一诗中，就把"大海"人格化为一种自由的象征，而把奔向"大海"的"我"，当成"呼唤自由的使者"，"让你的飓风把我炼成你的歌喉"，"让你的狂涛把我塑成你的性格"。但是，韩东笔下的"大海"，已经与隐喻无关，大海就是大海，你想象过大海，然后见到了大海，就是这样。大海就是大海，你就是你，二者之间并没有多少太大的关系。你不会因为大海而崇高起来，大海不会因为你而温情脉脉，那种一厢情愿的隐喻关系已经被彻底打碎了。

更进一步地看，当"朦胧诗"被作为一种"现代派"诗潮而加以推崇的时候，"第三代"诗歌却反其道而行之，并公然打出"反对'现代派'"的旗号。反对"现代派"的什么呢，就是反对"现代派"比喻性的写作,这种写作方式就是"现代派"常用的象征手法。这一点在尚仲敏的《反对现代派》的宣言中有过直接的说明。他认为:

> 反对现代派,首先要反对诗歌中的象征主义。象征是一种比喻性的写作,据说只有当比喻是某种象征时,才能够深刻动人,因为最难以捉摸才最完美,象征主义造成了语言的混乱和晦涩,显然违背了诗歌的初衷、远离了诗歌的本质。波德莱尔的"象征的森林"难道不是对森林的剥夺和强加吗?森林向我们暗示过什么呢?森林在,我们也在,这就是我们和它的全部关系,谁也无法凌驾于谁之上。艾略特对现代派文学讲过一句话:像你闻到玫瑰香味一样地感知思想。此外他还有过"潮湿的灵魂"这样的句子。⑫

尚仲敏曾经在相当长的时间内被作为"第三代"诗歌的主要代言人之一,尽管这一诗歌潮流并没有完全一体的美学原则,但尚仲敏的发言在某种程度上依然可视为第三代诗歌的主要倾向,因为反对隐喻、反对象征已成为大多数"第三代"诗人的共同主张。问题还不仅仅如此。如果只是提出"反对意象",那还局限于与"朦胧诗"的关系上,而提出反对隐喻、反对象征,则已经转向对中国诗坛那种基本的流行的诗歌技法的检讨,到了提出"反对现代派"的宣言,就已经不仅仅是针对80年代的"朦胧诗"诗潮,以至于针对在中外诗坛都发生过和正在发生着的整体性的精神动向,那就是以现代派诗歌为代表的现代主义思潮。正是在这种意义上,我们看到了那些"第三代"的小老虎们在反叛和革命的路上,已经走了有多远。他们不仅在想象中越过了

朦胧诗的群山,而且抵达了某种更遥远也更模糊的前景。由此
我们发现,在80年代中期,把"朦胧诗"和"第三代诗歌"罗织在
一起,共同地冠以"现代主义诗歌"的名称,这种命名是多么的
暧昧不明且歧义百出。"朦胧诗"是一场革命,"第三代诗歌"也
是一场革命,然而同样都是革命,却在性质上有了根本的差异。
"新诗潮"和"后新诗潮"的先后崛起,已然显示出一种至关重要
的"断裂"。1986年对1985年的反对关系,从诗歌的视野来考
察,就预先暗示了一种巨大的转折,即从80年代现代主义主潮
逸出而产生新的转向。这同时表明80年代已经埋藏着自我背
叛的因素,而1986年的诗歌展览,就是这些因素预先操练的仪
式,是80年代走向终结的一个暗示。或者说,80年代已经不是
统一的、稳定的定义,它本身就处于分裂之中,同时就有了"敌
对的"成分。

那么,"第三代诗歌"在跨过了作为现代主义运动之后而指
的"模糊的前景"是什么呢?诗评家巴铁从对欧阳江河诗作的
个案分析中辨认出后现代主义的因素,而且他还从江河到欧阳
江河诗作的比较中,发现朦胧诗到朦胧诗之后的一种转折,即从
现代主义到后现代主义的转折。当然,他的结论并不是下得那
么果断,因为他从欧阳江河诗作中发现的只是后现代主义的因
素,或者说发现后现代主义因素的渗入而造成的"包含着现代
主义和后现代主义双重因素的诗歌"。在他看来,欧阳江河的
《玻璃工厂》的诗句中"维持着表面上的平衡,既无所谓内涵上
的反文化、反传统的现代主义动机,又无形式或语言上的非诗
化、无意象、无深度之类后现代主义迹象"。然而这首诗"不是
精心构设一个庞杂的文化象征体系","不是'隐有所指'地暗示

一种思想","不是通过意象的结构去形成某种意义的结构",所有这些带有否定性的书写方式,恰恰体现出"第三代诗人"某种共同的追求,"拒绝意象""拒绝隐喻""拒绝象征""反对'现代派'"。当然,如果把这些追求视为后现代主义的,那么,正如巴铁所言,这种后现代主义存在还只是一种因素,其前景有待辨明:

> 当前,后现代主义文化仍然是一块尚未完全露出时代海平面的新大陆架,尤其是在我国复杂的背景和生活舞台中(其情形远比西方发达资本主义国家复杂),甚至连Post-modemism这个概念是否适合当前的文艺现象,尤其是作为朦胧诗之后的"第三代诗"这类诗歌潮流,还是个值得探索的新课题。既然现在欧阳江河在对象发生变化的条件下使自己的语言视野发生了较大的转移,对整个诗坛来说,是微不足道的,我使用"后现代主义因素"来考察这一变化,只是希望在那块尚未有里程碑式作品的"新大陆架"上,有更多的诗人和批评家大显身手。既然欧阳江河已经从石头里把玻璃钻石的模坯提炼了出来,那么,余下的事情是如何打磨抛光;至于你如何"消费",我不得而知,但你在"消费"这类人工钻石的时候还能看到其他的价值光泽吗?⑬

现在,我们暂时撇开"第三代诗歌"中所谓的"后现代因素",再回过头来,细细考察一下,从反对意象到拒绝隐喻,是如何变化又是如何对"朦胧诗"构成深刻的挑战的。

我们知道,朦胧诗的意象化写作,作为一种意义构造过程,曾经历了从主体性确立到文化性探寻的过程。前期朦胧诗主要

是在对黑暗政治的批判中重新找回一代人被践踏的尊严、被蔑
视的权力和被压迫的意志,这在北岛的诗作中表现得最为突出,
像传颂一时的《回答》一诗,就在否定、挑战和抗争中为"高尚
者"塑像,或者说它本身就是"高尚者的墓志铭"。而后期朦胧
诗则带有强烈的寻根倾向,即把自我与民族历史相统一,在对民
族文化的找寻中,确立主体的文化依归,这一点可以以江河的诗
作为代表,像《从这里开始——给 M》一诗,就力图表达一种民
族的"史诗"情怀,在"许多陶器的碎片"中,找寻"古老的梦
想"。

而到了"第三代诗歌"中,反对意象、反对隐喻,就旨在反对
朦胧诗所构成的意义、所假定的喻体、所设定的主体。对于"第
三代诗人"这一独特的群体而言,他们反对对主体性的构造大
约源于这代人的边缘化处境,于坚曾经对"第三代"的身份做过
陈述:

> 我属于"站在餐桌旁的一代"。上帝为我安排了一种
> 局外人的遭遇,我习惯于被时代和有经历的人们所忽视。
> 毫无办法,这是与生俱来的,对于文学,局外人也许是造就
> 大师的重要因素。使他对人生永远有某种距离,可以观照。
> 但对于人,这距离就成了一种痛苦。因此我写道:"我们的
> 玩具,是整个世界。""我们一辈子的奋斗,就是想装得像
> 个人。"⑭

对于"第三代诗人"来说,"中心感"的丧失,使他们不再像
朦胧诗人那样以"人民"或"人类"的名义抒情,他们宁愿把自己
当成"零余者""边缘人",一个堕入日常生活的"在者"。他们

已经不再把诗人当成雪莱所说的"世界未被承认的立法者",他们认为:"写诗的青年不是踞于人群之上的怪物。不比其他人更聪明、更愚蠢、更高尚、更卑鄙。仅仅是因为活着,像其他人一样活着,仅仅因为敏感,甚至不比其他人更敏感,仅仅是因为偶然,我们写诗。"

当"第三代诗人"从主体的位置退出之后,诗歌写作也就成了拒绝给定意义的行为,而朦胧诗那种文化追求和历史追求也就给放逐了。反对象征变成了"反文化""反历史"的革命。所以像那种作为历史文化象征的"大雁塔",在"第三代"的诗作中就被消解了意义,而成为空洞的能指:

> 有关大雁塔
>
> 我们又能知道些什么
>
> 我们爬上去
>
> 看看四周的风景
>
> 然后再下来

由隐喻和象征所构建起来的"历史",散落成了可有可无的生活物件,难以唤起英雄感和崇高感,它被消费、被赏玩,而变成一种日常的生活场景。

反对隐喻,反对历史,反对文化,最终在写作行为中落实为反对语言。因为语言就是像杰姆逊比喻过的,是一座囚牢。它以许许多多被假定着的意识形态、文化模式而制约着言说行为本身。反抗文化,就必然意味着一种语言的自觉,挣脱语言的囚牢而使被遮蔽的存在得以显现。作为人文传统的最集中的体现,书面语言是文化含量最深厚的部分。所以对语言的反抗首先就是对书面语言的反抗，进而转入对隐喻性最少、象征性最弱的口头语言的使用。当后期朦胧诗在对"史诗"的追求中而变得矫饰、繁复、华丽的时候，"第三代诗人"们终于变得难以忍受了，"再也不能容忍那些标签似的术语、褪色的成语、堆砌铺张的形象，和充满书卷气、脂粉气的诗"，于是他们开始希望"用地道的中国口语，朴素、有力，有一点孩子气的口语；强调自发的形象和幽默，但不过分强调自动作用，赋予日常生活以奇妙的、不可思议的色彩"。当然"奇妙的""不可思议的"也许说不上，但拒绝联想、拒绝隐喻之后的口头化的诗，倒确实走在了质朴的路上。当"第三代诗人"感慨"那些质朴的东西"的流失时，他们倒确实把较少"文化"污染的口语，当作返璞归真的"拯救"之路。他们用口语讲述着庸常的故事，"钟在墙上""词典摊放在桌上""小龙回上海当科长去了""衬衣已一月未洗""某地一职员病休在家""某地一剧院客满""参加同事的婚礼""城建局翻修路面"，这些日常生活就像日常口语一样，不精彩，不漂亮，然而质朴、真实、洗净意义的铅华。文化的革命需要语言革命的支持，而语言革命同样是文化革命最直接的体现。"五四"诗歌回到白话的追求，以及"第三代诗人"们回到口语的愿望。都体现出文化革命的内在要求，虽然革命的结果可能是迥然相异的文化现实。

注释：

① 谢冕：《美丽的遁逸——论中国后新诗潮》，载《文学评论》1988 年第 6 期。

② 舒婷：《潮水已经漫到脚下》，载《当代文艺探索》1987 年第 2 期。

③ 周伦佑:《第三代诗人》,参见《快餐馆里的冷风景》,陈旭光编选,北京大学出版社,1994。

④ 牛汉:《编者的话》,载《中国》1986 年第 10 期。

⑤ 柏桦:《万夏:1980—1990 宿疾与农事》,载《倾向》1994 年第 1 期。

⑥ 同上。

⑦ 牛汉:《诗的新生代——读稿随想》,参见《磁场与魔方》,吴思敬编选,北京师范大学出版社,1993。

⑧ 徐敬亚:《中国诗坛 1986' 现代诗群体大展》,载《深圳青年报》1986 年 9 月 26 日。

⑨ 谢冕:《历史将证明价值——〈朦胧诗选〉序》,阎月君等编选,春风文艺出版社,1985。

⑩ 王小龙:《远航》,见《青年诗人谈诗》,北京大学五四文学社编印。

⑪ 于坚:《拒绝隐喻》,见《磁场与魔方——新潮诗论卷》,吴思敬编选,北京师范大学出版社,1993。

⑫ 尚仲敏:《反对现代派》,同上。

⑬ 巴铁:《当代诗歌中的后现代主义因素——以欧阳江河的两首小诗为例》,同上。

⑭ 于坚语,参见唐晓渡编《中国当代实验诗选》。

八、寂寞的小说革命

1988年,就在这个被认为是"文学正进入低潮的叹息和低语"的年代,批评家李陀以《昔日顽童今何在?》一文,发出了振衰起弱的反问。他尖锐地指出:"贬斥或者轻视一两年来文学创作成绩的风气",是以讹传讹的结果,一场新的文学革命已经"剧烈地改变了、并且继续在改变着中国当代文学的面貌"。而一批更为活跃的"新"作家已经登上了文坛,并大显身手。一批在1985年文学革命中成长起来的批评家,"他们似乎一下子衰老下来,似乎一下子就从一群顽童跃进成为一群老头儿"。他为此发出惊呼,"如果新批评不正视这一挑战,批评落后于创作的形势也将会重演。"①

李陀的反问,实际上是一种正面的立论。如果再回顾一下80年代后期文学的普遍的转向,那么李陀的这篇文章可以说是"迟到的发言"。而在这篇发言之后,与'85文学新潮迥然有异的文学革命才算真正地进入批评的视野,并逐步获得了合法化的存在;也正是在这篇宣言发表之后,意识到已经面临挑战的批评家们,才开始对这场新兴的文学革命进得正式的命名,像"后新潮文学""先锋小说""实验小说"等等,都是因为解释文学革命的需要而产生的。

与往日的革命不同,新的小说革命既没有轰轰烈烈的运动,也没有热热闹闹的宣言,如果不是惊异地发现那些在一夜之间出现的新小说,我们几乎很难相信这场小说革命已经发生了。革命是如此的实在,以至于实在到有些寂寞,有些清冷,远远不像 1985、1986 年满是旗帜、满是口号的文学革命阵势。一个是做了再说,一个是说了再做,短短的几年之间,文学革命的方式已经大相径庭了。当诗歌革命从热闹中寂寞下去的时候,小说革命却从寂寞中热闹起来。自从 1988 年年底批评家李陀对这场革命做出迟到的发言之后,批评界就陆陆续续地"到场"了。然而这种批评与其说是充满希望的前瞻,毋宁说是满怀感奋的回顾,他们为一下子就能收获那么多的"革命果实"而欢欣鼓舞。进入 1989 年年初,批评家吴秉杰也以急切的跟进姿态,总结这场革命的意义,他的一番回顾再次验证了人们对这场革命的印象:

> 近些年出现的一批所谓"先锋小说"……从马原开始的转换,到孙甘露、格非、余华、苏童等形成的一股先锋潮头,没有"宣言"与各种张扬,没有各种理论的概括,在孤冷而寂寞的途中不知不觉地登上了令人瞩目的前台。他们似乎还把批评界甩开了整整一圈,使今日的讨论成为蠡测发展中的文学态势的一种"补偿"行为。②

实际上,就在批评家们的"发现"之前,一批标举"探索精神"的文学期刊已经在关注这股新的创作潮流,其中以《收获》杂志最有代表性。该刊在 1986、1987 年特设《实验小说》专栏,推出余华、格非、苏童等先锋小说的代表人物。而像《一九八六年》《迷舟》《一九三四年的逃亡》等先锋小说的"经典"之作,就陆续刊载于该专栏中。其他像《人民文学》《上海文学》《钟山》《青年文学》等杂志也为先锋小说的崛起发挥了推波助澜的作用。

与80年代前期文学革命的全国性影响有所不同的是,出现在80年代后期这场文学革命却都首先具有一种区域性,当然这种区域性也并非事先安排或有意为之的结果。一批先锋小说作家似乎都与江南这块出才子也出佳人的风水宝地有关。批评家赵毅衡对此做过"观察",但并没有解释其中的缘由,他说:

> 可能是因为《收获》《钟山》《上海文学》等杂志大力提倡之故,这些作家大多出现在沪宁杭三角洲膏腴之地,新起批评家如李劼、蔡翔、陈思和、吴亮、朱大可、王干、费振钟等,为先锋派小说辩护不遗余力,也是在这样一个地区。个中原因,尚不得而知。③

当然,如果硬要找出一个说法,或许就要归因于南方的人文历史和地理。南方那些水雾弥漫的雨季,为神秘的玄想创造了一种氛围,而从先锋小说作品中,我们似乎还能感受到南方雨季的潮湿和暧昧,那些神秘出入的人物和不可思议的故事。而在南方残存的那些传说和旧时代的遗迹、那些笼罩在迷雾中的老宅,都催生出南方才子们古怪的激情,烟雨茫茫的山水和霉烂、阴冷、玄奥、艳丽的生活都成了他们想象的资源。他们像是巫师、相士、道人,用不可思议的语言说着不可思议的故事,并用神秘和玄奥刺激着我们的神经。他们像那些长久地生活在南方的智者与大师,如福克纳、马尔克斯、博尔赫斯等等,把充满才情的玄想带入我们生活着的这个世俗化的时代。阅读这些南方小说就像一次充满幻觉的远游,让我们一次次坠入非真实的魅力中。当这些南方才子们在一夜之间涌上文坛的时候,我们似乎再一次领略了南方的神秘、古老和怪异。它对热热闹闹的 80 年代是一种偏离和疏远,而这种偏离和疏远本身又证明着 80 年代的复杂和矛盾。只是这些复杂和矛盾常常被遮蔽了、忽略了,因而先锋小说的"偏离"和"疏远",一开始就沉入一种寂寞的境地。

先锋小说的寂寞当然不都是因为那些几乎与当代生活无关的南方玄想,还有一个重要原因就是这场革命更像是技术革命,而不是思想革命。它几乎没有在整个社会引发出一场震动。因为这场革命首先在阅读上就制造了一种障碍,对于缺乏文学素养和耐心的读者来说,接受革命本身就是一种巨大的难度。这场革命的传播范围是极为有限的,因为在一个焦虑不安的时代,它难以引发大众那些莫名其妙的兴奋和未置可否的激动。先锋小说的文本作为这场革命的直接产物在小说家和批评家的圈子中传阅着,而圈子之外的大众却对此茫然无知。虽然这些文本局部地、部分地被"改写"成音像制品,并以其"上座率"和"收视率"表明影响时,但已经远远脱离了这场革命原初的动机和效果了。在 80 年代后期,当文学渐渐"失去轰动效应"之时,文学内部的技术革命的寂寞,就更是必然的了。

然而,就在我们进入这批南方才子的虚构世界之前,我们得先见识一下一位古怪的北方作家,这就是被称为"玩弄圈套的老手""小说中偏执的方法论者"——马原。是他为先锋小说的革命开创了可能性,因此被选定为先锋小说的先锋。当我们称那些先锋小说家为"马原们"或"后马原"时,我们似乎把他们当成了马原领进门的弟子。马原所开创的小说技术一直成了先锋小说看家的本领。可以这么说,马原小说的出众的技术已经为马原之后的先锋小说的革命定下了技术性的调子,并使这一革命尽可能地限制在一个专门性的领域中。而从技术性的渊源来说,先锋小说革命的上限则可以往前回溯到 80 年代中期。因为在那个热闹的年代,马原已经神奇而寂寞地进入了文坛。1984年 8 月《西藏文学》刊登马原的《拉萨河女神》,1985 年 2 月《上海文学》刊登马原的《冈底斯的诱惑》,就已经为后来的先锋小说革命拉开了帷幕。只是在一片"寻根"的热潮中,马原小说的革命意义还没有引起太多的关注。它们甚至被想当然地误读了,认为是寻根文学的令人欣喜的成果。小说中那些尚不为人知的西藏生活场景,至少满足了一个时期急不可耐的"文化"期待,一些为了证明文化观念而忙着寻找小说样品的批评家们,匆匆忙忙地把它们当成文化标本,抬到了"文化学""人类学"的手术台上,囫囵吞枣地进行解剖。而直到几年之后,批评家们才发现,这种解剖源于一种误诊。因为马原这个文坛的独行客,似乎故意走在人群的背后,他压根儿就不想展示什么稀奇古怪的文化物件,"讲故事"才是他的近乎病态的兴趣。就像他自己说的,"我就是那个叫马原的讲故事的汉人"。当然,如果说有什么"文化"上的兴趣,那也首先是因为西藏文化的神秘与玄怪为故事的讲述提示了扑朔迷离的可能性,这就像在他之后的那些南方才子的先锋小说一样,神秘莫测的南方是刺激故事生长的力量和氛围。

　　热爱"讲故事"的马原,把当代中国小说带回到"故事性"这一原初的本性上,这成了后来小说革命的一个必不可少的动因。如果说让小说回到小说本身,意味着一种形式上、文体上的要求的话,那么马原的小说重返"故事"的行为,实际上是应和了这个极为质朴的要求。然而之所以能称为"革命",就是因为这一要求在相当长的文学实践中没有得到反应。中国当代小说创作在进入新时期以来,一直在淡化故事的道路上滑行。小说家们乐于在小说中讲述人物心理、讲述地方文化、讲述现代意识,而把"故事性"这一必要的要求给远远地淡忘了。小说家成了布道者、心理医生和文化研究专家,却唯独不像"讲故事"的人。而只有当马原一再告诉读者,他要开始讲故事的时候,人们才发现小说还存在着这样一个古老的功能。

　　然而,我们几乎同时发现,让小说成为小说的马原,却并不是那么"质朴",他的近乎狡黠的讲述行为,让我们在"上当受骗"之后才猛然醒悟,他不是在"讲故事",而是在"讲故事"。我们从他那里似乎就没有听到一个完整的故事,他老是在那里讲来讲去,就像一个饶舌的说书艺人,或绕圈子的杂耍艺人,总不肯亮出"底牌",到了最后,我们似乎不再痴心于他讲了什么,而着迷于他是怎样讲的。从他开始,我们读小说的习惯有了不小的变动,吴亮分析了这一特征:

　　　　马原对经验的这种非逻辑理解,就必然相应造成了他故事形态的基本特点。既然在经验背后寻找因果是马原所不愿意的,那么在故事背后寻找意义和象征也是马原所怀疑的。马原确实更关心他故事的形式,更关心他如何处理这个故事,而不是想通过这个故事让人们得到故事以外的某种抽象观念。马原的故事形态是含有自我炫耀性特征的，他常常情不自禁地在开场非常洒脱无拘地大谈自己的动机和在开始叙述时碰到的困难以及对付的办法。有时他还会中途停下小说中的时间，临时插入一些题外话，以提醒人们不要在他的故事里陷得太深，别忘了是马原在讲故事。

故事是讲出来的，马原着迷的正是故事的讲法。他变着花样讲，把小说真正当成了虚构的产物。如果说小说写作是一次"编故事"的经历，或者说是一次"说谎"的经历，那么马原这个"说谎者"却又似乎"诚实"得令人不可思议。他从来就不打算让读者诚信甚至迷信他的"谎言"，他会像这样告诉你："当然，信不信都由你们，打猎的故事本来是不能强要人相信的。"他会"民主地"把"测谎"的权力原封不动地交还给你，让你自己去分辨真实与虚构之间的界限，为此，他每讲一个故事，都会给你一个必要的提醒，例如就像他在《冈底斯的诱惑》中说的："现在要讲另一个故事，关于陆高和姚亮的另一个故事。应该明确一下，姚亮并不一定确有其人，因为姚亮不一定在若干年内一直跟着陆高。但姚亮也不一定不可以来西藏工作呵。"你可能就这样带着不容剥夺的权利参与到也许是虚构的历程中，你或许就这样被拉入了一个约定中，并与那个写小说的马原达成了"同谋"关系："不错，可以假设姚亮也来西藏了，是内地到西藏帮助工作的援藏教师，三年或者五年。就这样说定了。"

马原在他的小说中不愿充当一个全知全能的叙述者，因此，他所讲述的故事也常常是不完整的。他几乎还没有把一个故事讲完，就恶作剧地转到另一个故事中，而另一个故事也同样面临着只讲半截子的命运。种种的假设，种种的不连续性，种种的空白,种种的似是而非,使他的故事支离破碎,遮遮掩掩,欲说还休。这几乎成了他的癖好,就像他说的:"我强烈地感到就要接近最终结论了,但我终于没能最终接近。正是无法最终得到结论(或称最终到达)的经验,使我不再希冀目的最终到达。"④他宁愿说出自己的"无知"和"无能",这种"诚实"也使我们最终放弃了一个希望,听故事的希望,更不用说得到一个大彻大悟的启示了。当然,如果硬要说他讲述了一个启示的话,那就是启示是不存在的,唯有不可能的神秘在昭示我们理性的限度。如果说马原戏法的背后有一张不变的"底牌"的话,那就是他从中国西部那片梦幻般的高原中悟得的神秘主义。在他看来,"神秘不是一种氛围,不是可以由人制造或渲染的某种东西。神秘是抽象的也是结结实实的存在,是人类理念之外的实体。"神秘主义影响到他的小说,不仅使他的小说总有一个茫然无知的、不是结尾的结尾,也使他讲述的那些故事之间总是存在着莫名其妙的偶然性、随意性和假定性。马原因此而让我们想起那个远在南美大陆南端的、近乎失明的智者——博尔赫斯,他终生倾慕于神秘的东方,并把对神秘的东方的想象化为一个个稀奇古怪又无始无终的故事。这种类比或许就像杨晓滨说过的:

> 因为神秘是"理念之外"的,是现实生活的本身,所以我们阅读马原的小说有着同阅读博尔赫斯的小说相类似的体验:神秘不在表象背后,而就在表象事件之中。现在我们终于懂得马原为什么经常自称是一个泛神论者,在马原看来,神不是君临现实之上的主宰者,它恰恰融化在现实之中,是现实的灵魂,是现实的生命的体现。这不但是马原所崇尚的庄子的"道无所不在","在蝼蚁""在屎溺"的境界,

也是佛教禅宗中的"青青翠竹，尽是法身；郁郁黄花，无非般若"的境界。⑤

马原醉心于小说的讲法，在他讲述的小说中并不关心什么哲学、文化，然而，他在多篇自述中还是表述了一份小说之外的关切，他同样地也醉心于西藏那片古老高原上的文化思维，特别是它的神秘、怪异与玄奥。当然，作为一个先锋小说的先锋，他的文化关切似乎并不重要，如果说重要的话，也只是因为它为别出心裁的小说技术提供了一种资以解释的依据。他在当代文学史上的地位，正基于他对小说技术的大规模的推进，他直接为后来的先锋小说的革命开了先河。从那些先锋小说家的叙事技法中，我们几乎随时都可以发现马原的影子。而且，有了马原小说对阅读的训练，人们再来接受先锋小说家的作品，就少了许多障碍，就显得自然多了。今天，当我们再来读批评家吴亮的那篇《马原的叙述圈套》一文时，我们还依然感受到马原小说在进入文坛之后，所带来的诱惑和挑战，以致对马原小说的解释几乎成了一种智商的较量。吴亮的跃跃欲试的解释愿望，无疑把马原的小说看成了一道高智商的难题，而他则像个参加智力竞赛的机灵的顽童：

　　阐释马原是我由来已久的一个愿望，在读了他的绝大部分小说之后，我想我有理由对自己的智商和想象力（我从来不相信学问对我会有真正的帮助）表示自信和满意，特别是面对马原这个玩熟了智力魔方的小说家，我总算找到了对手。阐释马原肯定是一场极为有趣的博弈，它对我充满了诱惑。我不打算循规蹈矩按部就班依照小说主题类别等顺序来呆板地进行我们的分析和阐释,我得找一个说得过去的方式,和马原不相上下的方式来显示我的能力与灵感。我一点不想假谦虚,当然也不想小心翼翼地瞧着马原的脸色为赢得他的满意而结果却暗中遭到马原的嘲笑,更坏的是,他还故作诚恳地向我脱帽致敬。我应当让他嫉妒我,为我的阐释而惊讶。⑥

当作家和批评家之间在为小说的技法进行着一场智力的较量时,那些曾经一再让文学承担的激情与梦想就开始退出文学的视野了。小说回到了原初的小说形态,也就意味着文学在回复到属于它自身的专门领域。于是,先锋小说的技术性革命也就顺其自然地出现了。余华、苏童、格非、孙甘露、北村等等这些智商更高的南方才子们,诡秘地把小说写得玄而又玄,以至于对这些小说所做的批评总是滞后一个节奏,然后一旦这些小说作为难题被一个个解开之后,80年代后期的批评也就在这种训练中变得成熟多了。一批年轻的批评家在解读先锋小说中登上了文坛,先锋小说就这样成了他们必要的训练课程,他们从先锋小说中获得了关于小说、关于文学的智慧之后,就迅疾地进入90年代的中国文学,并开始大显身手。在马原之后的短短的几年里,一批先锋小说家和批评家就已经成长起来,这成了80年代后期小说革命的最直接也最辉煌的成果。当然,在对这场革命下结论之前,我们还是先进入革命的进程中做一番观察。

在马原之后的一批先锋小说家,几乎人人都有一种长于叙事的天分,其老练和娴熟已不在马原之下。这批作家从年龄上大体都在60年代之后出生,到他们大显身手的80年代后期算起来,年龄基本上都在30岁上下。但他们对小说这门叙事艺术的掌握程度又远非其年龄所能相称,比起他们前辈那些诚挚而"规矩"的小说家们来说,他们倒更像是精通小说技术的老手。他们把想象的故事讲述得扑朔迷离、循环往复甚至惊心动魄,对他们来说,写作时分甚至就是玩弄技术的极好场合,而那些高难度的"讲述"事件,也可以说是小说技术的冒险。他们和马原一样,都对小说写法深深地痴迷;而那些在技术历险中诞生的小说文本,既带来了惊喜,也带来了疑难,我们常常在一知半解或恍然大悟地读完小说之后,发出由衷的感慨:"小说原本可以这么写!"或者,"小说怎么可以这么写?"

正如人们把马原的小说同博尔赫斯的小说联系起来一样,先锋派的小说家们也与博尔赫斯之间发生着强烈的认同关系,这个以神秘的玄想大大拓展了小说空间的智者,在某种意义上成了后起的先锋派小说家推崇的偶像。这从他们的一系列创作自述中就可以得知,这一点以孙甘露的一篇短文《写作与沉默》表述得最为明确。他在谈及博尔赫斯时曾宠爱有加:

> 与书籍、书中人物、图书馆有着密不可分的神秘联系的现代作家无疑是我喜爱的阿根廷人豪尔赫·路易斯·博尔赫斯。这位古军人的后裔,律师的儿子,杰出的幻想者,始终如一的短篇小说作家,在二十世纪末来到我们这个表面寂寞寒冷的星球,他花了大约半个世纪的时间,使他的同胞和他所居住的大陆之外的人接受他的奇异的写作。[7]

而在说到他对博尔赫斯缅怀的原因时,孙甘露详尽地对博氏所代表的写作方式做了概述,而事实上,这种写作方式不仅仅在孙甘露,也在和他同时期的中国先锋小说家那里得到了源源

不断的借用,甚至可以说他在小说技术上的种种实验,作为榜样"影响了20世纪几乎所有的先锋派作家"。这就像孙甘露所表述的:

> 博尔赫斯的身世是我无限缅怀的对象之一。他对古籍的爱好、对异域的想望,对迷宫的神秘注释、对故乡的加乌乔的隐秘感想、对诞生地布宜诺斯艾利斯的不厌其烦的评论、对形而上学的终身爱好、对死亡和梦的无穷无尽的阐发是我迷恋的中心。可以说这位晚年双目失明仍持续写作的老人本身就是"一个无可奈何的奇迹"。

当然,对博尔赫斯的推崇除孙甘露外,还有格非等人。事实上,在中国先锋小说家的作品里几乎都可以见到博尔赫斯的影子,而以孙甘露和格非为最。如果说孙甘露把博氏的"玄想"方式变成一种语言的幻境,进而使他的小说成为语言的奇异的拼贴,那么格非则把博氏的"玄想"变为一种神秘莫测的叙事诡计,读格非的小说像是读不可思议的传奇故事,又像是猜一种即兴编就的近乎不可解的谜语。"玄想"式的叙事,使可能的成为不可能的、使不可能成为可能的,编码的方式不是基于真实的逻辑而是基于虚构的逻辑。格非说到博尔赫斯时的一段话,或许让我们对这个虚构的世界有所领悟:

> 我曾经听到过这样一个传说:在一个原始部落里,有两个"知识分子"在谈论数学的大小。高个子问:"世界上什么数字最大?"矮个子想了很久回答道:"3。""你说对了。"高个子说。我想。在文学这个原始部落里,博尔赫斯发现了"4",他是20世纪无可争议的大师。⑧

　　或许是直接受到博尔赫斯小说的启示,这从他对博尔赫斯小说的模仿的某些隐约可见的痕迹中可以得知,像他的《迷舟》与博尔赫斯的《交叉小径的花园》就有某种对应关系。这种借鉴不仅使他在叙事方式的革命上比马原走得更远,而且在叙事的技术性成就上也比同期的先锋小说家们更为突出。尽管我们已经预先经受了马原小说的阅读训练,但在进入格非的小说世界时,还是有种种诱人或恼人的陌生与迷惑。这可以以他的小说《褐色鸟群》为例加以说明。就像所有先锋小说的叙事癖好一样,《褐色鸟群》也明白无误地展露了讲故事的冲动。而且就像"我"所说的那样:"我尽量用一种平淡而真实的语调叙述故事,因为我想任何添枝加叶故弄玄虚反而会损害它的纯洁性",我们也几乎有一种稳定的、平缓进入一个故事的感觉。然而,随后的叙事会很快地破坏了我们的信任感,因为作者的兴趣似乎不在故事,而在讲述他以他的讲述"生产"着故事,同时又把故事"扼杀"在讲述的途中。正当我们就要接近故事的尾声时,故事突然中断了。"我"在郊外的雪夜中一直跟着的那个漂亮女人瞬息之间就失踪了。莫名其妙的中断使我们大概已经被故事的那些悬念和细节织成的网罩住了。中断的原因没有做出任何解释,然后故事就跨越裂隙转入一次"重逢",于是在新的故事段落中,"我"和那个神秘的女人的关系再度推进。这里依然不得其解,甚至连"断裂"的存在也被否定了。到了这种时候,我们似乎已不得不被故事拖着前进了,就像小说中暂时的听众——"棋"——和暂时的叙述者——"我"之间的对话所表明的那样:

　　　　我发觉你的故事有些特别。棋说。
　　　　怎么?

你的故事始终是一个圆圈,它在展开情节的同时,也意味着重复。只要你高兴,你就可以永远讲下去。不过,你还是接着讲下去吧。

我呷了一口咖啡,继续对棋描述以后发生的事。

后来,就在"我"和那个女人结婚之时,她却因激动而脑溢血身亡。按说故事"没有任何延伸的余地了",可在随后的叙述中,"棋"的身份又遭到了怀疑,这个熟悉的人忽然之间成了陌生的外乡人,而前此的"故事"竟被轻而易举地推翻了。在巨大的怀疑面前,小说终止在一个似乎不该终止的地方。

其实,如果说到怀疑的话,首先应该怀疑的也许不是小说中的故事,而是在小说中讲故事的"我"。这个"我"实际上是和"棋"一样的暧昧不明。娜塔丽·萨洛特在《怀疑的时代》一文中,对法国新小说派中"我"的分析,用在这里倒颇为贴切:"这些作品自认为是小说,不过,小说的主要人物是一个无名无姓的'我',他既没有鲜明的轮廓,又难以形容,无从捉摸,行迹隐蔽……这个人物既重要又不重要,他是一切,但什么又不是。"而正是这个"我"的存在,"作者与读者也彼此相互提防了"。如果按萨洛特从新小说中推断出一个"怀疑的时代"的到来,那么从当代中国这场小说革命中,我们也同样看到意气风发的80年代是如何步入疑虑重重的地步的。而有意味的是,作者首先不幸地成了怀疑的对象,而作者在小说中所委托的叙事人"我",更是置身在疑问的中心。到头来,无论是小说中的棋还是"我",都慢慢地被剥去了成为一个人物的一切,"成为仅仅是一个只有喃喃语声传来的幽灵"(布阿德福尔语)。

　　与 80 年代前期小说不同,80 年代后期的先锋小说似乎重新回到了小说那被遗忘的本性——故事性之中,然而这种返回被证明是一种幻象。我们并没有心安理得、顺理成章地获得情节完整的故事。就在我们以为要获得故事的时候,故事却被一次次地打断、一次次地逃脱。像《褐色鸟群》就是这样的范例,我们与其说获得了故事,不如说获得了对故事的怀疑、质问甚至否定。对"故事"的充满假象的回归,实际上表明了这种回归只是增强了叙述故事的能力而已。这批作家如此诡计多端、神秘莫测地以高超的叙述能力操纵着故事,以至于我们在虔诚的倾听中,能不经意地发觉那从故事背后传来的作者的窃笑。一方面我们在这些并非全知全能的小说中获得了最大限度的自由,但另一方面我们为这种自由付出了惨重的"代价",那些遍布于故事中的悬念,那些不是结尾的结尾,因其神秘和不可知,而使阅读行为没有一丝一毫的轻松,就像我们在读完《褐色鸟群》之后,许多疑难的症结,沉积在心中,让我们难释重负,比如那个躺在棺材中的男人到底是不是还活着,雨夜的门外是不是真的出现过赤裸身体的哭泣的少女,"棋"到底是什么身份,等等,我们茫然无知,又不得不勉强地把疑问存于心底。

　　当然,当我们按照常识说出阅读中的疑问时,我们显然忽略了在常识背后的神秘的存在,而神秘又恰恰构成了这些先锋小说叙事的魅力。这从余华的《世事如烟》、史铁生的《中篇 1 或短篇 2》、格非的《青黄》等其他一系列小说中都可以看出神秘以及神秘的魅力。对神秘的解释一次次推动着故事的进程,然而神秘的不可解又一次次使故事的进程中断。神秘在先锋小说中既是叙事革命的一种哲学,同时也是叙事的一种机制,那些在故事中一再出现的空白,不可重复的重复,等等,都是神秘性作用于叙事的效果。对于先锋小说家来说,这种不可捉摸的神秘,正是一种难以抵达的真实。就像余华说的那样,面对这种真实、神秘与虚无,艺术家是"这个世界上仅存的无知者",这是因为:

> 任何知识说穿了只是强调,只是某一立场和某一角度的强调。事物总是存在两个以上的说法,不同的说法都标榜自己掌握了世界真实。可真实永远都是一位处女,所有的理论到头来都只是自鸣得意的手淫。⑨

或许正缘于这种认识,余华在谈到他的小说《世事如烟》时,认为它是重新确立有关世界的结构,"人与人、人与物、物与物、情节与情节、细节与细节的连接都显得若有若无。"这一点让人想起布阿德福尔在谈到新小说派运动中的革命的小说家时所说的:"小说家什么都不知道了,而且他还怀疑一切",而像革命的小说家奥利维·德·马尼则说得更为彻底,只有"当人不再可能有真正的认识,当小说与全面的真实不再可能相吻合,当真理不再是可能的时候",才会去写作。⑩在先锋小说中,叙事作为一种结构方式,正是以一种不可知论的方式来接近真实,而那些广布于故事中的空缺与裂隙,都表示一种叙事的限度。而这种限度的存在反而使先锋小说的叙事与技术怪异而诡秘。限度既是一种结果,同时也是被"利用"的对象。陈晓明曾对格非的《褐色鸟群》做过类似的分析:

> 格非在《褐色鸟群》的叙述里,始终不进入那个绝对的或终极的状态,而是在那个终极的边缘引申出一条凹凸不平的曲线。格非很可能意识到绝对的"不存在"是既不可

证明也不可摧毁的悖论。他试图辨析"事实的真实"的真实性。他每一次的追踪都更加远离事实。每一次远离又使他更深地陷入对事实的追踪之中。于是,他找到一个最不确实的存在——"回忆",以充当"绝对"的替代。叙述追踪"回忆"却被"回忆"摧毁,回忆如同忘却,回忆是对"不存在"的重建。然而,"回忆"在每一次瓦解叙述的追踪时,却又提出一种新的现实,这种"新的现实"本身又构成叙述,叙述再度追踪回忆,如此循环往复,永无终止而毫无结果(当然,格非是使用一个又一个相互包容的圆圈来消解延续的重复)。⑪

正像马原对高原的古老的神秘着迷一样,马原之后的先锋小说家对南方雨季的诡秘同样入迷。在余华的小说中,我们似乎总能听见"对话中间在响着滴滴的水声",而在格非的小说中,我们则能感受到"雨还在淅淅沥沥地下着"的场景。在这些雨中的故事里,潜藏着暴力与阴谋、死亡与腐烂、传奇与恐怖等可以称作神秘的一切。雨所带来的猝不及防的变化、绵密无限的背景,为这些南方才子们的叙述提供了无限的可能性。难怪格非曾声称对暴雨的痴迷:

　　小时候,我常常为突如其来的风雨而激动。我站在木栅栏窗前,看着豆大的雨点怎样追逐田野的人群,看着白色的雨幕怎样将一片又一片林子遮盖起来,心中感受到巨大的满足。后来,我发现小说为我提供了某种记忆还原的可能,我总是将小说故事发生的时间设置在夏天。有时,随着季节的更换,主人公难免也会到秋天的梧桐树下散步,但是

用不了几行,空气很快就潮湿起来,夏天终于再次来临,暴
风也就无所顾忌地下了起来——我对它是上了瘾。⑫

　　南方的雨季以其神秘性为这批起于南方的先锋作家们提供
了无数的灵感。而就是在一个又一个南方的雨天中,这些年轻
的南方才子们把小说这门叙事的艺术体悟操作得娴熟而灵巧。
几年之后,当我们再度阅读他们的先锋小说时,我们会顺着那股
潮湿的气氛,重新回想他们在 80 年代后期所做过的奇妙的玄
想、神秘的构思,以及这些玄想和构思如何带来一场小说技术上
的革命。

注释:

①　李陀:《昔日顽童今何在?》,载《文艺报》1988 年 8 月。

②　吴秉杰:《"先锋小说"的意义》,载《人民日报》1989 年 4 月 4 日。

③　赵毅衡:《非语义化的凯旋——细读余华》,见《生存游戏的水圈》,张国
　　义编,北京大学出版社,1994。

④　马原:《关于冈底斯诱惑的对话》,载《当代作家评论》,见 1985 年第
　　5 期。

⑤　杨晓滨:《意义熵:拼贴术与叙述之舞》,载《文艺争鸣》1987 年第 6 期。

⑥　吴亮:《马原的叙述圈套》,载《当代作家评论》1987 年第 3 期。

⑦　孙甘露:《写作与沉默》,载《文学角》1989 年第 4 期。

⑧　格非:《一些断想》,载《中国当代作家面面观》,林建法、王景涛编选,时
　　代文艺出版社,1991。

⑨　余华:《〈河边的错误〉跋》,长江文艺出版社,1992。

⑩　布阿德福尔:《〈新小说派研究〉·新小说派概述》。

⑪　陈晓明:《无边的挑战》,第 68 页,时代文艺出版社,1993。

⑫　同注⑧。

九、似曾相识的"现实主义"

历史充满了戏剧性。新时期文学在其激动难捺的发生之初,曾经为现实主义的复归而欢呼,那时候不仅作家自觉地以现实主义原则为追求,而且"现实主义"作为褒义词也被批评家友好地馈赠于作家朋友们,似乎作家作品一旦被归入现实主义之列,就获得了合法性的荣耀。即使是运用"意识流"等现代文学技法的创作,也只是因为以"现实主义精神为基础",才会受到肯定。一直到80年代文学的前期,现实主义的话语力量还如此强大,以至于一些并不直接书写现实生活的文学作品,也被"现实主义"的批评加以改写和重新命名,于是就有了"心理现实主义""文化现实主义"等被拼接起来的合法性的称谓。然而,时光飞快地流转,到了1985年之后,现代主义话语急速地上升,现代主义的追求也渐趋流行。于是,现实主义似乎在一夜之间就变成了传统,成了"保守"或"守旧"的代名词。再用现实主义话语来评判作家作品,不仅有过时之嫌,甚至连被评判的对象似乎都有一种被贬斥的含意。可这种状况还没有持续多久,到了80年代后期,现实主义话语又以似曾相识的面貌,再度回到了文学的实践中,现实主义创作一时间又重新成了时髦之举。它的再度崛起是如此迅疾而强大,以至于在一个时代即将终结之际,推动了一场以"新写实主义"为名的文学运动。

　　1989年10月,《文学评论》和《钟山》两个有影响的文学杂志联合举办了"现实主义与先锋派文学"研讨会,就在这次会议上,现实主义的精神和现实主义的话语被再度推崇,并得到了到会大多数作家和批评家的认可。事实上,如果再稍稍往前回溯,《钟山》杂志就已经在筹划这场向现实主义的回归运动。1989年第3期,《钟山》以醒目标题推出"新写实小说大联展"专栏,首批被推出的"新写实小说"有四部:朱苏进的《在绝望中诞生》、赵本夫的《走出蓝水河》、姜滇的《造屋运动及其他》、高晓声的《触雷》。在该期的"卷首语"中,曾做出这样的宣言:"在多元化的文学格局中,1989《钟山》将着重倡导一下新写实小说","我们在这里只是一种倡导和号召,并衷心期望在中国文坛上出现和形成一个'新写实运动'"。

　　现实主义在新时期文学中这段二度重返的历史,似乎验证了这一话语在文学实践中难以撼动的经典地位。事实上,不光是新时期文学,甚至整个当代中国文学,以至于20世纪中国文学,都与现实主义发生过"剪不断,理还乱"的纠缠,温儒敏曾说:"当今无论持什么样的文学观点,追随哪一'派',哪一种'理论',都很难绕开现实主义不谈,都必须对现实主义传统'表态'。如果对新文学现实主义历史缺少完整的认识,就不可能扎稳当今文学发展的历史根基。"[①]

　　而如果我们把视野放得更宽一些,就可以发现,即使是在西方,现实主义也同样地被放置在某种经典的、甚至是绝对的位置上。布斯在研究小说修辞学时,曾经直言不讳地说:"真正的小说一定是现实主义的。"这种直言不讳甚至到了把现实主义作为小说的一种普遍规律来看待，他还引弗朗索瓦·莫里亚克的话："没有一种东西能够像小说那样，真实地把人为生活的不确定性描绘得像我们所知道的那样。"这是就小说对生活的不确定性描绘而言；引用卡罗林·戈登的话："自从斯蒂芬·克兰那时以来，所有的严肃作家们都专注于努力把个别场面描绘得更加生动"，这是就小说对生活的细节描绘而言；引用亨利·姆斯的话："在小说提供给我们的东西中，我们越是看到那'未经'重新安排的生活，我们就越感到自己在接触真理；我们越是看不到那'已经'重新安排的生活，我们就越感到自己正被一种代用品、一种妥协和契约敷衍"，这是就小说对未来生活的描绘而言。但不管小说怎样描绘生活、描绘什么样的生活，都体现了在小说对未来生活的描绘中走向"真实"的愿望，他就此写道："在小说应该显得真实这个一般假设上，从小说开始以来的大多数小说家可能会与詹姆斯和萨特取得一致。在值得为现实主义效果而牺牲如果不是全部也是大部其他优点这个假设上，本世纪的许多小说家和批评家会与他们取得一致。"②

然而，在我们谈论80年代中国文学的现实主义追求时，我们不可能对现实主义话语实践的历史做一般性的抽象辨析。我们将注意就80年代后期"新写实小说"而作回顾，因为这会有助于我们了解在这个特定年代的特定流派中，现实主义话语的特殊性和个别性。尤其值得注意的是，它在命名方式上并不就是直接以"现实主义"或"写实主义"相称谓，而是加了个限定词："新"，那么究竟它"新"在何处呢？这是我们对一个传统命题发生兴趣的缘由。更有意思的是，由此可导入对处于终结之际的一个时代的眺望。当然，在80年代文学的前期实践中，现实主义也曾被认为处于主潮地位，但它并不至于像后期这样，在意义上发生巨大的转移，况且它在很长一段时间的讨论中，大体是对50年代后期同一命题的重复，还处在并不复杂的恢复阶段中，而与80年代后期相比，现实主义虽同样是回归，但已是大异其趣了。

与先锋小说革命的情形相似，新写实主义运动也同样是实践在前，而理论在后。到《钟山》杂志倡导"新写实小说"，并就此提出有关现实主义的新见解，已经算是迟到的宣言了，或者说是对某种已然开始的文学实践的滞后的概括。应该肯定的是，先锋小说几乎与新写实小说是同时出现、同时推进的，只是与先锋小说相比，在同一时期新写实小说相对处于一种创作上、批评上的弱势。从《收获》在1986年推出以"实验小说"为名的先锋小说，到《钟山》在1989年推出"新写实小说"系列，其间已相隔3个年头；而从李陀1988年在《文艺报》以《昔日顽童今何在?》一文为先锋小说辩护，到王干1989年在《钟山》以《后现实主义的诞生》为新起的写实小说立论，其间也相差近一年的时间。而当先锋小说在1989年之后渐趋式微之时，新写实小说创作和批评却处于其峰巅状态。这里姑且不论先锋小说与新写实小说此消彼长的关系，也不论其间的融合与转化，而要考察它们当初在悄然兴起时的共同处境。

追溯新写实小说的源起，大约与先锋小说类似，大致以1986年为上限。季红真曾经对此有过评述，并着重就"新写实小说"而言，"在潮头纷乱失却主流的'寻根后'小说中，'新写实'小说已经自成支流"，从作者群体来看，"这批小说，大多出自 1986 年前后开始创作的新人之手,年龄大约在 30—40 岁之间的一批作家"。③从新写实小说初起之时,它的主要作家、作品是:李晓的《机关轶事》《关于行规的闲话》、刘震云的《塔铺》《新兵连》、刘恒的《狗日的粮食》《伏羲伏羲》、朱晓平的《桑树坪纪事》、李锐的《厚土》、方方的《风景》、池莉的《烦恼人生》、王朔的《浮出海面》《玩主》等等。之所以把这些作家的作品归于"新写实小说"之列,是因为它们体现了某种共同的倾向,这种倾向也如季红真所作的大致的描述:"所谓'新写实'小说是指直接取材当下社会生活,而又在技法上不太新潮,或者有意与新潮技巧相区别,与传统的写实手法有更多类似之处的作品。"事实上,对新写实小说的理论解析还远远不止这些,以后我们还要做更为细致的把握,但这里我们主要是就其发生的意义上进行考察,进而推论其演进的线索。

从前期新写实小说出现的主要文本看,以 1986 年为上限,那正是寻根小说从上升期向下降期的转折阶段。在与寻根小说显示出来的差异中,新写实小说才日趋浮现于文坛。而有意味的是,在寻根小说的批评尚处于闹热阶段时,就连新写实小说也遭遇了被"误读"的命运,以至于它与寻根小说的差异也处于盲见之中。这一点,作为处于寻根小说向新写实小说转折进程中的作家李锐,在谈到对他的小说《厚土》的批评时,就对这种误读表示了遗憾,他说:

> 《厚土》发表以后我看到不少评论文章,也收到许多读者来信,所谈的几乎都是文化批判:民族劣根性,文化心理积淀,整体心态描述,等等,并以此为作品的主旨和立意,给予了各方面的评价和比较。这从评论的热点大都集中在

《合坟》上也可以看得出来。之所以导致这种倾向,一是和
当其时的"文化热"分不开,一是作品本身确实具有这样的
内容和描述,有的篇章甚至除此之外很难说还有什么其他
的内容,比如那篇浅直的《选贼》。尽管对《厚土》的评价有
高有低、有褒有贬,但在这些评价的背后,我看到的却是一
种不约而同的文化决定论的视角。我得承认,这多少叫我
感到一种遗憾。④

李锐的遗憾在于他的小说遭受了误读,那么他从一个作者
的角度所给定的"正解"是什么呢? 他认为,这就是"对于中国
人的处境的深沉的体察"。从探寻中国文化之根到体察中国人
的处境,这正是从寻根小说向新写实小说转折的最初的意图。
而几乎是在同一时期的作者自述中,刘恒阐明了自己写作兴趣
的真正所在:"生活里到处充满了具体而卑琐、生动而灿烂的人
生召唤,不论上天堂还是下地狱,咱俩得统一行动。"⑤对于刘恒
来说,他并不在意去写什么文化、寻什么根,而是去描述带有种
种况味的人生处境,这被看成是别无选择的选择。

实际上,把新写实小说称为"寻根后"小说,这本身就意味
着对寻根小说的一种反动。因为恰恰是在寻根小说处于辉煌时
期,它写作和批评实践上已经出现了危机,从创作角度讲,作家
们似乎都带上了过强的理念,先入为主,力图要寻找和概括出一
种文化、心理上的"根性",写作变成了观念的演绎,而生活本身
的复杂性、体验自身的真切性却反而被遮蔽不见了;从批评角度
讲,批评家们尚未进入作品之前,就预先准备着现成的一套文化
哲学,以及文化改造的使命感,并且把对这套哲学的贯彻程度和
这种使命感的落实程度,作为作品评价的尺度,由此而见出优

劣。这两方面作用的结果，使寻根小说越来越历史化、越来越概念化，结果反而远离了生存处境和生活本身，文学性也因为概念化而渐趋消失。寻根小说的危机，造成了在"寻根后"的1986年，文学处于"动荡的低谷"，"为新人大批涌现而雀跃的场面消失了，为一个个'突破'而欢呼的亢奋面孔也消歇了；关于小说的一种说法在人们口头上流传，它的名字就叫'低谷'"。"低谷"期的标志就是在寻根小说中颇有影响的作家在叙事的宣泄和放纵之后，出现了难以为继的状况，这些状况像"思维模式的定型化、结构模式的凝固化、人物模式的单调化"⑥等等，在某种程度上都可以说是寻根小说图解文化理念的结果。寻根意向也因为落入程式化，而使得它曾对文学写作产生的激励作用渐渐失效。"寻根后"小说，正是对此反动，但转折的方向却不尽相同，一种是先锋小说式的，回到语言和叙事中来，进行自我指涉的文学游戏；一种是新写实小说式的，回到生活和生存中来，重新观察和体验社会人生的状态。两种选择方向不同，但在去除预先假定的文化理念，并减少其对写作的干预这一点上却是共同的。至于文学进入"低谷"之说，则不能笼而统之地针对所有的小说类型而言，至少像先锋小说和新写实小说，这些"既非寻根派也非现代派也非伪现代派也非改革派的小说作品"⑦，已经蓬蓬勃勃地涌现出来，尽管在"低谷"的想象中，它们可能暂时被遗忘了，但王干说它们是"低谷中的震荡"，则已经表明这种新现象已经陆续进入批评家的视野和估计之中。"低谷"也只能算是寻根小说衰落之后的景象，或者是就这种衰落在瞬息之间对整体文学形势的影响而言。

值得注意的是，寻根小说也并不是铁板一块的，它在对底层社会、乡村生活和历史传说的寻访中,也并不都是为了"发现"一种预先就被设定的文化心理结构。它本身也暗含着一种倾向,尽管这两种倾向往往被扭合在一起,相互缠绕。这一点李庆西在他那篇有关寻根小说的代表性论文《寻根:回到事物本身》中,就已经有了较为明确的阐发。而他对寻根小说这一回归倾向的表述在很大程度上与后来对新写实小说的把握有类似之处,也正如此,我们看到,作为"寻根"和"寻根后"这两个小说流派,并不就真的存在着不可跨越的断裂与阻隔,相反,就这种倾向而作的考察,就可以"打通"二者之间的障碍,并发现它们处于转折之中的联系。李庆西认为,"寻根派"作家,"首先是用世俗的眼光去看待世间的事物,他们喜欢拉扯柴米油盐、描写婚丧嫁娶;当然更重要的是,在这种描述中他们有意使自己的审美态度跟人们的日常生活的态度相协调"。而这种导向"回到事物本身"的选择,不是对命运做出简单的逻辑概括,他指出:"'寻根派'作家之所以如此重视日常生活的价值关系,也正是因为从人的基本生存活动中发现了命运的虚拟性。如果要真实地表现人格的自由,可行的办法就是穿透由政治、经济、伦理、法律等构成的文化堆积,回到生活的本来状态中去。"这段话在今天看来之所以意味深长,正在于它在寻根文学批评处于上升阶段时,已经发现了寻根文学批评所"不见"的部分。它并没有简单地沉入某种习见的文化理念中,比如寻找、假定、认同或批判所谓的民族文化—心理结构,相反,它"穿透"了或者说跨越了流行于其时的文化理念,表达了回到生活本来状态、回到事物本身的文学愿望,这就有可能避免了寻根文学的某种概念化叙事。如果借用海德格尔对"在"和"在者"的革命性区分,以及他把

"在"放置于"在者"之上的理论成就,就可以认为,这种"回到事物本身"的说法,正是一种回到"在"的说法,它在某种程度上防止了作为"在者"的那些沉迷于文化热情中的寻根小说家们,对"在"的不恰当的"遮蔽"。这种"返回"之说,与后来新写实小说批评常用的"还原"之说,有某种惊人的类似性。所谓"还原",也就是"对生活原始发生状态"的还原,就是"终止批判","消解对生活的理念构成",换句话说,正是对"在"的"去蔽"行为的表现。

这种返回存在的倾向事实上在某些被视为寻根小说的作品中已多有流露。这里可从 1986 年前后出现的两部小说《灵旗》和《桑树坪纪事》为例加以说明。

《灵旗》是写红军长征途中的湘江会战这一历史故事的。然而,作者乔良并没有从政治文化角度对这一故事作简单的、通俗的演义,相反,他力图回到战争这一状态本身中去,把它看成是人类生存的一种表象、一种象征,从战争的血腥和野蛮中领悟人类生存的残酷本相。他并不是要借助战争这一事件来进行文化评判,为此,他的叙述取自"青果老爹"的视界,"青果老爹理不清这沧桑人事中的善恶忠邪、是非曲直、前因后果。他有时相信这一切都是命,有时又怀疑",只有"血染的湘江"记住这一切,"它只是默默地流。五十年默默地流。直到一江血水流出碧色",青果老爹的昏花的眼神最终消失在苍茫而混沌的存在之中。

而《桑树坪纪事》则写荒凉贫瘠的西北高原上桑树坪农民的一段生活经历。尽管小说中的叙述者"我"是一位插队知青,但叙述的展开并不就单纯地以现代知识作一番文明与愚昧的评判,相反,"我"所预定的种种见解在叙述中反而日渐矛盾和模糊。作者对小说主人公李金斗人格中善良、勤俭、狡猾、残忍等方面的揭示,并不就是简单设定的,而是始终寓于对生存状态的描述中。与其说作者是在"发现"农民本身的劣根性,倒不如说是在"发现"农民生存的本相:恶劣的生存环境、处于挣扎中的生存状态、顽强的生存欲望,等等。

这两部小说写出了一段政治历史和一种农民性格,但显然不是文化理念的演绎,而是穿透了寻根小说常见的那种文化框架,直接进入状态的描述中。作者似乎不是主动介入式的,相反,是边缘式的、静观式的,明白无误地承担着反观存在的叙事愿望。这两篇小说在寻根文学走向衰落过程中的出现,体现出一种转折,即从寻根小说向新写实小说的转折。或许正缘于此,我们可以说,它们既是寻根小说的终结,又是新写实小说的开端。而"回到事物本身"的倾向,则直接促成了这种转折。北村在谈及这一倾向的意义时曾指出:"回到事物本身作为一种终极是虚幻的,作为一种趋势就有意义。以情节推演的方式可能根本上完成小说革命",因为在这一趋势中,"当人和物真正平等时,新小说格局展开了"。⑧作为先锋小说家,北村的评述尽管是针对先锋小说而言,但他谈及的意义却同样能赋予新写实小说,作为"寻根后"两类近乎并置的小说类型,这种回到事物本身的趋势是大体一致的,只是各自的方式有所不同而已。

如果按照中国一个古老的说法"文变染乎世情",那么从寻根小说向新写实小说的转变,除了有文学自身的因素之外,还有不容忽视的社会历史原因。从这些原因中可以看出社会对文学变化的期待以及这种期待是如何直接作用于文学自身的。

在 80 年代初期,中国的改革开放事业以及它所带来的社会的初步变化,客观上产生着一个时代对这种变化的认知要求和解释愿望,于是,现实主义的文学便应运而生,只是在随后的几年中,随着现代主义文学观念的引入和冲击,以及日益升温的"文化热"的影响,现实主义文学潮流才慢慢消退并转化。到 80 年代中期之后,随着改革开放事业向深度推进,社会变化也更加剧烈和复杂,因而也尤为迫切地需要在文学阅读中来反观自身的处境,来体认变革时代的中国人是如何面对他们的生存的。文学在这种被强调的需要面前,也不得不进行必要的转变,这或许就像雷达所说的:

> 总之,当代中国的社会现实和当代中国阅读者对文学的需求及其阅读惯性,作为有力的干涉者,迫使作家和文学不得不进行调整。刻意自我塑造文化史家形象的,不得不脱去长衫;尽力保持生命哲学家形象的,不得不放下架子;只在一条战线上孤军奋战的铁腕改革家,不得不环顾四周如蛛网般的文化负累。于是,他们都陷入了对我们民族生存状态的反思。⑨

事实上,就在小说针对这种需要做出调整之前,报告文学就已经先入为主,提前到场了。不同文学类型对社会的调适速率上显然存在着差异。像 80 年代中期之后文学界出现的"大地震热"和"苏晓康年",就是报告文学这一文体占尽风流的标志。所以当钱钢的《唐山大地震》、苏晓康的《洪荒启示录》等一批报告文学作品一经问世,便产生强烈的冲击波,迅速占领了一批又一批读者。这些立体化、全方位的中国社会的"报告",初步显示着文学在把握和理解当代中国世相人生上的宏大的结构能力和叙事魄力。虽然这些报告文学并不都是追踪现实社会问题，但其立足点都明白无误展示为一种当下立场，至少满足着变革中的国人对中国社会复杂化而又整体化的解释需要。这就像安哲所指出的那样：

> 对于当代报告文学来说，1985—1986 年是可以骄傲并大写特写的两年。这两年，我国的报告文学加入到世界纪实文学浪潮之中，达到了空前的繁荣，出现了一大批优秀的作品。在文学渐渐失却了"轰动效应"的今天，报告文学以其他文体所不能替代的特质，热情地颂扬，大胆地揭露，直面地干预，深刻地思考中国的政治、经济、道德、伦理各领域中诸问题，与人们的兴奋点、焦虑点、痛苦点取得了一致的切合。这两年的报告文学也展示了它以后发展的种种可能。所以，它具备了很强的启示性。

种种迹象表明，进入 80 年代中期之后，报告文学在与变革社会的调适中，已经产生了文学与社会之间的理想的共鸣状态。而比较之下，小说的调适过程则相对滞后，似乎到了新写实小说大量出现的时候，小说才勉为其难地从报告文学那里部分地"夺回"被"夺去"了的读者。可以做这样一个比较，在 1984 年到 1985 年，"自新时期以来一直喧闹不已的报告文学园地忽然出现了某种沉寂：人们很难看到数年前如《哥德巴赫猜想》那样令满城争睹、洛阳纸贵的佳作"，而其时小说却风行其势，并把整个社会的主流思想都带入到四处弥漫的"文化热"中；可只转过了一两个年头，"将近八五年年底，报告文学突然以一种新的生命力复苏了,就像雨后夏季的蛙鸣蝉噪蓦然响成一片,令人来不及分辨出究竟是谁发出了不同凡响的第一声音"⑪,而其时以小说为核心文体的寻根文学却在走向衰落,小说写作进入了低谷期,变得沉寂、喑哑,只有当部分有代表性的寻根小说拍成影视剧后,才稍稍让人们回味起小说曾经有过的热度。两种不同类型的文体在短短几个年头就发生了如此戏剧性的变化,其原因正在于再度加深和加强的社会变革已经对文学做出了强烈的要求和选择。这种选择的力量是如此强大,以至于小说不得不向报告文学做出某种靠拢,以获得被期待的"现实性",而"新写实小说"就是对这种社会作用的滞后反应。

就在1989年10月,《文学评论》和《钟山》联合召开的"现实主义与先锋派文学"研讨会上,这种重返现实主义的小说潮流得到了专家们在理论上的肯定。陈兆忠就在这次研讨会后不久曾写了一篇《简记》,他用的名字很有意思:"旋转的文坛"⑫,"旋转"既表明一种话语的运动,也表明一种话语的置换,"现实主义"话语在"旋转"中被替代而成为边缘话语,但又通过"旋转"再次进入文学实践的中心而成为主流话语。然而,值得我们注意的是,现实主义的重返,或者说现实主义话语在重复使用中,究竟出现了什么样的差异?而正是从比较所显示出的差异性中,可以窥见一个时代的精神转折。

虽然新写实小说的兴起表明现实主义作为基本话语的重返,但是,重返绝不仅仅是回到原先的出发点而已,它既是对基本话语的讲述,同时讲述方式上又出现了前所不同之处。如果说社会主义现实主义思想对50年代的现实主义有过规定,那么

80 年代初人道主义则对现实主义进行了改写,而到了 80 年代末,结构主义特别是后结构主义则对现实主义的定义又进行了某种"还原",并再次与"真实"的观念发生根本的联系。既然谈到结构主义小说(后结构主义)的影响,我们就要谈谈"新写实小说"得以发生的某种西方文学的背景。"新写实主义小说"受法国"新小说派"的影响,这不仅体现在新写实小说作家的创作自述中,也体现在关于新写实小说的批评中。像"零度叙述""还原"等被新写实小说作家和批评家所经常操练的语词,基本上都能在法国"新小说派"的文论中找到原初的出处。法国"新小说派"的出现,正是结构主义向后结构主义转化的时期,因此,要把握中国"新写实小说"或者影响它的法国"新小说",就必须要把握结构主义(后结构主义)的根本特征。无论是中国80 年代,还是法国 60 年代,结构主义大体上是在人道主义之后或与之相对出现的,因此,从结构主义与人道主义的根本性差异出发,就更可能把握结构主义的根本特点。如果以列维·斯特劳斯与萨特从主体在先的立场出发,把存在主义作为一种人道主义,并给定主体至上的特权,而列维·斯特劳斯则从主体在后的立场出发,认为主体存在于超越主体的结构之中,主体通过结构的作用被给定其位置。虽然论争并不体现出鲜明的胜负的迹象,但自此之后,结构主义日盛,而相反,主体论却渐渐步入黄昏。主体至上的位置逐步受到怀疑和否定。主体的去势正是"新小说"理论的一个重要前提。主体失去了"命名"的特权时。原先作为对象的物质世界就重新恢复了其自在的面貌。同样地,不是人在创造生活,而是生活在规定人。从这一角度出发,作为一种现实主义,它的叙述姿态就发生了巨大的变化。就是说,写作主体不再以其主体性力量(因为这一力量受质疑而变得脆弱)对叙述对象进行干预,"讲述"变成了"显示",并尽可能让叙述对象自身原原本本地展现出来,这也就是一种以"情感零度"进行"还原"的叙事方法。这一方法不仅在"新小说"中体现出来,也在"新写实小说"中体现出来。当罗布-格里耶把电影摄影的方法融会到文学中来的时候,他就旨在恢复外在世界的非"人"化特征,即让其自在地显示。而中国的新写实小说之所以被称为"生活流"小说,也正是由于运用了类似于一种几乎无选择的摄像式的笔法,正如张德林所指出的:"作为艺术手法的'生活流',它在写人、事,抒情诸方面,要求不雕琢,不做作,不夸饰,不有意为之,按照'生活之流'的自然态做客观的如实描绘。"[13]还在从寻根小说向新写实小说转变的时候,李庆西就曾经对这种"还原"方法进行了考察。他指出,这一倾向"它多少带有'回到事物本身'的意向性",并让"人与自然直接感知"。他还指出,这种还原"其中一个很重要的含义就是将文化时空还原为直接经验所形成的生活世界","离开包围着你的文化时空,回到事物本身那儿去"。[14]值得注意的是,李庆西讲到的"还原"倾向性,提及对文化时空的逃避和化解,而这里的"文化时空"恰恰是指涉一种属人的规定性和既成性,因此"还原"实际上就是对主体的逃避和化解,或者说是主体的"退出"。

主体的"退出",其结果必然是零度叙事的出现。这种"零度"状态是"主体与对象拉开距离"的"冷的叙述"。如果把这一"冷的叙述"的状态与50年代末、80年代初的"热的叙述"的态度相比,就可以发现"新写实""新"在何处,它与80年代初的现实主义回潮时的"社会问题"小说相比,其在叙事态度上都明显地表现为对社会的介入、对生活的干预,被描绘的现实也只有在与主体相交融、相连接时才可能成为书写对象,才具有意义。而如果就此上溯,这种复归的或回潮的现实主义,其原初的起点正是胡风的现实主义理论。由于胡风曾经受到批判并从话语领域中被排除出去,所以胡风作为这一现实主义理论的代言人的身份往往"隐"而不见。

在40年代,胡风曾经对现实主义道路做了系统而深入的研究,并在《论现实主义的路》这一代表著作中得到最集中的表述。胡风的现实主义理论,始终是以"主体性"为重要前提的,就像艾晓明所说的"胡风形象成了他以'主体性'为中心范畴的理论模式"。他认为,现实主义作家对生活的反映不是客观主义的和公式主义的,"从对于客观对象的感受出发,作家得凭着他的战斗要求突进客观对象,和客观对象经过相生相克的搏斗,体验到客观对象的活的本质内容,这样才能够'把客观对象变成自己的东西'而表现出来",他不是要求作家在描绘客观对象时"退出",相反而是"突进",由此,它呼唤作家的人格力量、斗争精神:"人格力量或战斗要求都在现实生活里面形成,都是对于现实生活的反映。只有深入到现实生活里面才能够不断地丰富、不断地完成,只有为了献身给现实生活的战斗才能够得到它所享有的意义;深入并且献身到现实生活的战斗里面,所谓人格力量或战斗要求不但不会成为抽象的概念,反而能够得到思想的真实和感情的充沛,而且也绝不会向个人主义的各种病态的死路走去。"如果我们再联系那种干预生活的小说时,就可以理解它与胡风的现实主义精神内在的一致之处。

50年代中期,唐挚以"必须干预生活"为题谈论现实主义的创作方法,也同样是从作家与生活、形象的关系来陈述的,他着重强调作家自身的位置,一位作家在创作时"不知不觉把自己也写进去了","难以抑制地要把自己对生活的意见,通过自己笔下的形象倾诉出来、体现出来,这个现象之所以合乎规律,是因为他要倾全身心去支持他所爱、所赞成的东西,要倾全身心去鞭挞他所恨、所憎恶的事物,而且,只有在这样的时候,形象本身才能带着这同样火辣辣的力量闯到生活中去积极地干预生活,只有在这样的时候,作品才能成为作家干预生活的武器"。从这段话中,我们似乎不用辨识,就能读出胡风那种"主观战斗精神"的面貌来。而这精神面貌与新写实小说相比正好恰恰相反,"从创作过程看,新写实小说奉行'感情的零度介入'和'中止判断',以避免对本体还原的干扰,叙述令人吃惊地冷淡、冷漠"。⑮正是因为新写实小说强调主体的退出,所以叙述是冷色的;而"干预生活"的小说因为强调主体的深入,所以最反对的就是冷淡的作品,"每当在这些作品里既感受不到热烈的感情,又看不到分明的爱憎时,就禁不住要想到,这作品里缺少了什么呢? 我想,缺少的是一个最重要的角色——那个作为正面力量的作家自己"⑯。而在新写实小说中,这种对作家自我位置的期待消除了,作品反而造就了作者长期消失不见的空间。也正是在这一点上,它与20年代末被引入我国并成为新潮话语的"新写实主义"有某种同名但不同义之处。如果说新写实小说是针对80年代中期中国文坛上现代主义精神的"泛滥"和主体论的张扬之势而发,那么新写实主义被引入则是针对20年代后期"革命文学"中"革命的罗曼蒂克"情调而发,那种被认为带有布尔乔亚意识形态的个人主义的浪漫精神正是其所排斥的。在反对主观精神的过度张扬上,新写实小说和"新写实主义"有其一致之处,并由此而走向不带主观倾向性的写实风格。新写实小说主张"以写实为主要特征,但特别注重现实生活原生形态的还原,真诚直面现实、直面人生","真诚朴实地写人生"。同样,"新写实主义"的始作俑者藏原惟人也强调对现实的客观描写的态度:"把现实作为现实,没有什么主观的机械地、主观的粉饰地去描写的态度。"⑰然则二者的区别又在于对"作者"位置的处理上,新写实小说强调"零度叙述",这是一种"局外人的叙述方式",作者"非人格化";而"新写实主义"虽然也强调客观描写的态度,但是同时提出"用普罗列塔利亚特前卫的眼观察世界"。这就要求着"新写实主义"作家的无产阶级立场,这种对"作者"主观的要求甚至被藏原惟人放到了首要的位置,并且"是在现实的发现和我们主观——普罗列塔利亚特的阶级的主观——相应的事。"而对"作者"的要求恰恰代表着左翼文学的写作动机:"使人们的文学对于普罗列塔利亚特的阶级斗争得到真实的用处。"⑱"新写实主义"对"作者"的要求使这种现实主义带着同样的"主体精神"和"主观战斗"的影子,虽然这种主体并非个人的而是阶级的、集体的,具有意识形态的色彩。也正因为如此,"新写实主义"和新写实小说之间有着某种根本上的差异性。如果说20年代末期"新写实主义"理论主要是受日本无产阶级文学的影响,那么,80年代末中国新写实小说主要受法国结构主义(后结构主义)文学的影响。这两种影响的根本不同就在于,"新写实主义"要求作者的主观立场主体精神具有战斗性和革命性,而法国新小说派或中国的新写实小说则要求"作者"放弃立场,从主体精神中退出来,这种非人格化、非主体化的作者类似于戈德曼在评论新小说时所说的"物化"视角，即以物观物使作者"物化"到对象中去。这在戈德曼看来，正是由于资本主义发展到全盛时期对人的全面控制而造成人的被动之感，人类似乎"物"一样被组织到整个社会结构中去。"物化"视角如果作为一种叙事技巧，或许从思想上来说是人不能介入生活的深刻悲哀所带来的美学选择。

如果把主体精神的有无或强弱作为现代性和后现代性相区别的一个重要向度，那么无论是"新写实主义"强调阶级立场、阶级主体的现实主义，或是胡风所强调的"主观战斗精神"、个人主体的现实主义都带有 20 世纪前期的某种现代性特征，或可在某种程度称为"现代性的现实主义"，而新写实小说对主体性的消解、重返物质的姿态则带有 20 世纪后期的某种后现代特征，或可在某种程度上称之为"后现代性的现实主义"，这一点赵夫青关于"后现代主义艺术"的一段说明也许可用来验证新写实小说的这一特点。他指出：

> 后现代主义认为，客观世界不受人的主观意识的支配，因而艺术家不应该对客观事物依据自己的主观情感做任何解析和安排，而应该用冷静的语言和如实的记录对人物和事物进行不带感情色彩的纯粹客观描写，反对以引人入胜的故事情节使欣赏者进入一个艺术家虚构的世界，同时也反对把人与物看作文明关系，人为地把人视为艺术的中心，为人而写物，而是把人与物看作一种并列关系，绝不因人的主体真实性而否定物的真实性。[19]

赵夫青的这段话是对"后现代艺术"而发，但大体上可原封不动地移置来谈论新写实小说。也许正因为这种"后现代性"的特征,就使得新写实小说中的现实主义与前此中国文学中现实主义话语有根本不同之处,它在时间上的之"后"和命名上的之"新",可使我们在与前此的现实主义话语的比较中发现它到底"新"在何处,或"后"在哪里。

注释:

① 温儒敏:《〈新文学现实主义的流变〉·小引》,北京大学出版社,1988。

② W.C.布斯:《小说修辞说》,第25、26、27页,北京大学出版社,1987年译本。

③ 季红真:《论寻根后小说》。

④ 李锐:《〈厚土〉自语》,载《上海文学》1988年第10期。

⑤ 刘恒:《自问自答自省自供——准自由谈》,载《文学自由谈》1988年第5期。

⑥ 雷达:《探索生存本相 展示原色魄力——论近期一些小说审美意识的新变》,载《文艺报》1988年3月26日。

⑦ 王干:《近期小说的后现实主义倾向》。

⑧ 北村:《关于汉语文学的对话》,载《文学自由谈》。

⑨ 雷达:《关于生存状态的文学》。

⑩ 安哲:《当代社会的多方透视》,载《报告文学》1988年第7期。

⑪ 温子建、徐学清:《从热情的赞颂到冷静的叙写——新时期报告文学第三次浪潮的轮廓描述》,载《当代文艺思潮》1988年第4期。

⑫ 陈兆忠:《旋转的文坛——现实主义与先锋派文学研讨会简记》,载《文学评论》1990年第1期。

⑬ 张德林:《生活流:现实主义艺术方法的一种表现形态》,载《当代作家评论》1988年第3期。

⑭　唐挚：《必须干预生活》，载《人民文学》1957 年第 2 期。

⑮　宏达：《新写实主义与自然主义》，载《当代文坛》1991 年第 2 期。

⑯　同注⑭。

⑰　参见艾晓明《中国左翼文学思潮探源》，湖南文艺出版社，1991。

⑱　同上。

⑲　赵夫青：《后现代主义艺术》，载《当代文艺探索》1987 年第 6 期。

十、苍茫地告别

8 年之后,当张承志这个被誉为理想主义战士的中国作家,在回想起 1985 年的文学革命时,竟会有一种作鸟兽之散的感慨,他说:

> 几乎让人信以为真的大热闹突兀地收场了。8 年前,或许早就被同道们欢呼的新时期不仅旧了且已进了古董铺了。
>
> 未见炮响,麻雀四散,文学界的乌合之众不见了。
>
> 大热闹的收场,大混乱的世相,隐蔽着文学者进入文学天地的动静。①

这似乎是一场不作宣言的告别,甚至都没留下"苍茫的手势",然而,热闹之后的冷清、昂扬背后的脆弱,却都真实地留给了一个新的时代。

事实上,1985 年的闹热似乎还算不得收场之前的景象,如果再往后,回顾一下 1989 年的狂热、浮躁、暴烈与混乱,我们就会真的相信一个时代已无可避免地走入了尾声。记忆之中,1989 年从一开始就显得有些急不可耐,慌不择乱。当美术馆传来一声枪响的时候,我们似乎还能听到一个时代轰然倒地的声音。

事情的经过是这样的。1989 年 2 月 5 日,就在这个农历的大年三十,"中国现代艺术展"在北京中国美术馆开幕。展览的规模是盛况空前的,"几乎占据了中国美术馆三个楼层",展厅就有 6 个,由文化中国与世界丛书编委会、中华全国美术学会、美术杂志、中国美术报等 8 大机构主持策划和操办。参展的作者有 186 名,而参展的作品近 250 件。然而就是这样一个看似堂而皇之的展览,却丝毫没有想象的那么神圣与威严,一切都像是闹剧。

就在展览开幕的第一天,在展厅的门口出现了一间电话亭,里面正站着一位对着话筒说话的成年人。观众在纳闷之时才猛然醒悟到,这个看上去跟真的似的景物,原来是一种艺术装置,是几可乱真的作品。然而,对于惊讶之中的观众来说,这部名为"对话"的作品的"创作"还没有最后完成,等待他们的将是更为惊讶的事件,艺术家肖鲁与她的男友唐宋,用真枪朝电话亭开了两枪。关于这一事件的过程,后来由轰动一时的《海南纪实》杂志,做了描述性的报道:

> ……当唐宋掏出小口径手枪准备向肖鲁的《对话》射击时,周围已围了一二十名由他们两人招呼来的观众,并且大部分准备了照相机。面对《对话》的玻璃镜,唐宋打出了第一枪,子弹并没有在玻璃上造成他所想要的长条裂痕效果,而是飞速穿过玻璃仅留下一个直径约两厘米的洞,玻璃的碎末溅满了电话机,随即他又开了第二枪,这一下子弹斜着打出,轻擦过铝合金边框也只留下一个小洞,两枚子弹都

射入墙壁一寸多深。或许是由于射击的颤动，或许是由于紧张，射击后的唐宋两次将手枪掉在地上，他拾后揣在怀里急忙离开现场，未出几步就被擒住。而此时的肖鲁由于处在观众的位置，没有引起注意，她见此情形……离开了美术馆……②

"枪击事件"使一次艺术展览成了社会新闻，随之而来的是三天闭馆的命运。然而三天之后，无论是艺术的还是非艺术的人群的狂热涌入，无疑把这次全国性的艺术展彻底地变成了北京城的狂欢节，"以比较刺激的方式意外地满足了沉浸在节日喜庆中的人们的好奇心与'好玩'的需求"。它的热闹甚至让人想起一次座谈会、一次游行、一次庆典。然而就是在热闹仪式之外，将是漫长的日常生活，包括与这一生活相关的琐碎的快乐、庸常的幸福和可有可无的伤感。

就在这一声枪响之后不久，展览又再次遭遇了被短暂停展的命运。原因是因为中国美术馆收到了用报纸上剪贴下来的铅字拼贴的匿名信：

> 2月15日、16日两天，一批批风尘仆仆来美术馆参观的人都被拦在紧闭的大铁栏门前，他们看到一张《通告》："本馆因安全原因自今天起停展两天，请观众谅解。"据悉，2月14日，北京日报报社与北京市公安局收到一份内容相同的匿名信。信上说，你们必须立即关闭中国现代艺术大展，否则我将在展厅里安放三枚定时炸弹。经有关方面慎重考虑，决定暂闭馆两天，采取必要的措施以后再开馆。③

两次停展，都缘于一种一开始被认定的"暴力事件"：开枪和安置炸弹。然而无论是公开的还是藏匿的"恐怖",事后都获得了一种"艺术的"解释。一场宏大的艺术展出,最后成了一次热闹的社会事件,虽然获得了从艺术角度的解释,但它确实满足了在一个高度狂热的时代,人们对刺激哪怕是"恐怖的"刺激的期待。"枪击事件"的制造者唐宋、肖鲁在被解除拘留后,曾对此做过解释:

> 作为当事者,我们认为这是一次纯艺术的事件。我们认为作为艺术本身是会具有艺术家对社会的各种不同的认识,但作为艺术家我们对政治不感兴趣,我们感兴趣的是艺术本身的价值,以及用某种恰当的形式进行创作、进行认识的过程。④

而那则名为"中国美术馆停展两天"的启事,对"炸弹事件"也做过类似的推测,"有人从展览中发生过枪击事件而推测,匿名信可能又是某一艺术家的所谓'行动艺术'"⑤。

一场以"现代艺术"为名的展览就这样在人为的戏剧性中热热闹闹地走向了它的尾声。1989年2月19日,展览"安全地"结束了。尽管展览结束之后,狂欢的余波尚在荡漾,然而类似的艺术事件在80年代苍茫的尾声中再也没有出现过,即使是到了90年代,所谓的"现代艺术"也再难激起同样热烈的想象。中国美术馆在1989年传来的"响声"就此成了一个提前到来的"闭幕"宣言,而"现代艺术展览"也成了现代艺术在中国的"最后的风景"。尽管在80年代最后的日子里,还是出现着种种牵动中国和世界神经的社会事件,但就艺术的"现代性"革命而言,已经结束了。80年代以种种方式向自身做了一系列的告别,只不过艺术的告别是最先到来的仪式,当那些"神经兮兮的"艺术家们以艺术的方式向一个时代告别,这大约是回想之中最后的、残存的罗曼史了。

同样是艺术的告别,美术馆的枪声足以刺激一个时代的神经,并把告别变成了一次狂欢节,就像一个即将隐退的歌手拼足全部的、残留的热情,来举办一场轰动性的"告别演唱会"。然而对于80年代的最后的岁月而言,还有那些少为人知的艺术之别、精神之别。诗人海子的死就是寂寞的。1989年3月26日,海子独自踏上死亡之路,在夜色笼罩下的山海关卧轨自杀。当"黑夜从大地上升起",诗人把他的血流入了大地。回到泥土,回到大地,似乎是他一厢情愿的选择,就像他在《土地王》一诗中所写到的:

> 尸体是泥土的再次开始
> 尸体不是愤怒也不是疾病
> 其中包含着疲倦、忧伤和天才

诗人西川在怀念海子的悼文中,曾经把这段诗句摘录下来,以纪念海子的在天之灵。他就此写下了深入内心的怀念之情:

> 这个渴望飞翔的人注定要死于大地,但是谁能肯定海子的死不是另一种飞翔,从而摆脱漫长的黑夜、根深蒂固的灵魂之苦,呼应黎明中弥赛亚法亮的召唤?⑥

海子的死是对一个闹热的年代的寂寞的拒绝,是对一个走向尾声的时代冷清的"告别"。对于一个孤寂的灵魂来说,连他的"告别"也是孤寂的。他的死,是个人性的,就像他宣布的那样，"与任何人无关"。这避免了把一个诗人的死归于政治原因的那种近乎庸俗的解释。他不愿意他的死成为一次表演、一次展览，所以他独自踏上死亡之路，拒绝一切可能的"观众"。招揽"观众"，对他来说也许就是媚俗的表演，而媚俗是他最深恶痛绝的了。海子是杰出的抒情诗人，然而这并不代表他的追求，他说：

> 我的诗歌理想是在中国成就一种伟大的集体的诗，我不想成为一个抒情诗人，或一位戏剧诗人，甚至不想成为一名史诗诗人，我只想融合中国的行动成就一种民族与人类的结合，诗与真理合一的大诗。[7]

对于这样一位在 80 年代成就辉煌的诗人来说，他的"告别"却反过来告诉人们，这个年代不适合于"史诗"甚至"大诗"的出现。他是北岛之后中国诗坛一颗最耀眼的明星，他原本可能成为一部理想的"大诗"的被选定的作者，然而就因为他与一个时代的不相融合，而使"大诗"的产生归于无形。这也许表明，80 年代虽然诞生了"大诗"的理想，但没有产生"大诗"的现实。这个年代在刚刚走到"大诗"边缘的时候，就匆匆地结束了它的使命。其实，当海子在诗中写道："今夜，这是唯一的，最后的抒情"，这已经就是一种寓言，暗示着真正的抒情行为在这个年代的终结。当然，如果把 80 年代看作是为"大诗"而作的准备，这也许是我们在今天的回顾中，可能获得的最能如意的慰藉。

我们也许都亲眼目睹了一个时代是如何走向它的终点的。

当我们在内心深处可能为这个年代的激情所感动的时候,几乎就在同时,我们会因为这个年代在其终结之际的狂躁而隐约地觉出些遗憾。我们因此而认为,对这个年代的过高的估计可能会是一种失误。当创造与批判在这个年代被想当然地融合为一体的时候,我们有理由从中辨认出一种大约可以称作"革命"的逻辑。这是个变革的年代,在政治、经济和社会,在艺术、观念和思想,几乎所有的领域都在发生着革命性的变化。80年代是个改革的年代,而改革作为当代中国的宏伟事业,也许正像它的总设计师邓小平所说的,它本身就是一场革命。思想解放运动为这场革命的发动做了必要的准备,而艺术革命又自觉地或不自觉地充当了社会革命的先锋,它以近乎革命的方式为社会革命办了展览、发了宣言、作了通告。然而正如改革文学虽然为80年代前期中国社会的改革运动,发挥了推波助澜的功用,但其本身的文学成就并不辉煌一样,艺术革命在一次又一次革命性的展览中,却并没有推出多少足以传承后世的艺术成果。1986年的"现代诗歌群体大展"、1989年的"现代艺术展览",在人们的回忆中,更多的像是社会新闻,而不是艺术活动,它们让人联想起一个渴望刺激、强求慰藉的时代,却可能遗忘了艺术自身固有的寂寞的本性。

艺术和这个时代几乎都强化了一种革命的本能,并且把与之相关的革命行为,如标新立异、背叛、颠覆,等等,都视为一种神话般的事件。革命的癖好落实到艺术创作行为中,使革命几乎成为艺术本身。当我们在一次次的艺术展览中如果闻不见那种革命的气息,我们会觉得平淡无味,并在一种被矫饰的失望中早早地退出围观的人群。我们是如此渴望从艺术展览中体验那种革命式的"震惊"效果,以至于我们能否读懂那些横涂竖抹的所谓先锋艺术,似乎并不怎么重要。那些刚刚涉足艺术领域的莽撞新手,在基本的艺术规范、艺术常识尚未掌握之前,首先想到的是如何以爆炸性的举措一鸣惊人。今天回想起来,在1985、1989两次全国性的艺术展览中,几乎没有留下什么辉煌的作品,然而展览本身却成了那个年代辉煌的事件。一批又一批文艺新手,就是在这些辉煌的展览中争先恐后地进入媒体,并狂热地杀向已经狂热起来的文坛。他们会在这些被制造出来的辉煌事件发生之后,兴奋地说:"这下子可算轰动了!"

事实上,革命本身会成为革命的负担。那些在革命中一举成名的文艺中人,会很快地被新的一批革命者所取代。往返不已的革命使文坛成了"各领风骚三五天"的流行歌坛。当革命成为80年代文艺流行的口号时,80年代文艺本身的焦虑却已经与日俱深。这种焦虑就像布罗姆说过的,是一种"影响的焦虑",面对已然出现的革命性成就,已经取得合法资格的作家谱系,已经走向制度化的艺术规范,后来的艺术追求者生发出难以超越的痛楚,以及经受压抑的苦闷,于是革命就成了走出焦虑的想象、一种风险和收益都同样巨大的艺术冒险。今天当我们再次回顾那些被称为新生代或第三代的后发诗人们,在匆忙地喊着"pass北岛"甚至"打倒北岛"的口号时,他们内心的焦虑已经昭然若揭。因为"以北岛为代表的朦胧诗派"在那个年头,已经在一批教授们的顽强坚持下,获得了"合法性"的席位,一次次带有政治意味的批评不仅没有撼动它的地位,反而加强了它的影响。而一批在80年代步入大学校园的中文系学生,已经把朦胧诗作为隐秘或公开的诗歌读本。于是一批诗歌事业的年轻的

追求者,或许在把诗歌写得尽可能朦胧的努力难以见效之后,便把北岛们直接地当作必须挑战的"敌人"。正像柏桦所写的那样:

> "第三代人"这个口号,这团气氛已传给中国一个信息:北岛后的一代新诗人已快憋不住了,小老虎就要呼啸出林了。万夏、李亚伟、马松要热切地向这个世界表达他们的声音了。⑧

1979年的"星星画展"和1989年的"现代艺术展",在十年之间的两次轰动,也同样存在一种关系。这就是被夸大了的"影响"关系。那些在"星星画展"中已然功成名就的画家们无形中成了后起于画坛的新生代们持久战的目标。而挑战的方式就是使展览更刺激、更能产生社会效应。1979年的画展更多的是"现代派"的,而到了1989年的画展则更多的是"现代派"之后的风格,一种带有强烈后现代性的行为艺术。当然,也可以宽泛地说,二者都属于"现代性"的艺术范畴,它们的差异只不过是其内部本来就有的。但期望在十年之间中国美术就有这样一个自然的转移,显然是不可能的,这就需要人为地突破、有意为之的革命。其间的种种焦虑已经化作了惊世骇俗的革命性的艺术行为。

焦虑转化为革命的要求,而革命又加深了焦虑。如果说80年代的艺术运动是一场以"现代性"为追求的现代艺术革命的话,那么,它倒真像丹尼尔·贝尔所说的"现代主义的标志":

> 它故作晦涩,采用陌生的形式,自觉地开展试验,并存心使观众不安——也就是使他们震惊、慌乱,甚至要像引导

人皈依宗教那样改造他们。⑨

实际上,丹尼尔·贝尔所说的这一标志,在他所认可的欧文·豪的现代主义定义中得到了验证,欧文·豪所设定的是一个否定性术语,他认为"现代主义存在于对流行方式的反叛之中,它是对正统秩序的永不减退的愤怒攻击"。而在80年代的中国以"现代性"为名义的艺术革命中,否定性的要求同样地体现为一种艺术上创新的意志,这一创新意志甚至与代际之际的权力关系实际地联系起来。那些在80年代中国习见的艺术革命的宣言中,创新成了一种根本性的愿望,这就像《在新时代——亚当和夏娃的启示》的作者,在谈及他的现代艺术创作感受时所说的那样:

> 一切定论对青年来说都是有疑问的。时代的压力迫使我们对以往进行反思。原有的秩序对我们来说越来越不适应。我们不满足于过去,要求进一步开拓、发展。发展意味着打破,打破意味着创造,不断地创造,推动人类文明的延展。
>
> "创作自由"使我们振奋,驱使我们勇敢地对原有艺术模式和框框做出新的评判。
>
> 新时代、新观念、新意识无时无刻不冲击着我们的头脑,逼使我们从根本上更新艺术的观念,去探索艺术的新途径。⑩

作为一种现代艺术创作体会,它倒让人想起哈贝马斯所说的现代性的创新特征,他认为,从19世纪起,"够得上称为现代作品的显著标记是'新颖',它将为以后出现的风格所克服和废弃。但是，若这新奇仅仅表现在'风格上'，那它不久就会变得过时陈旧。新奇性在于现代与古代还保持着一种秘而不宣、隐而不露的关系"⑪。

问题在于，正因为时时担心新奇的会变为陈旧的，一种被加强的焦虑会演变为愤怒的情绪。80年代的艺术革命，从前期的活泼到后期的狂躁的转变背后无疑有一种愤怒情绪在发挥作用。这一转变可能是针对一切被认为是陈旧的存在，甚至是已经陈旧起来的自我。批评家李劼曾经在谈到自己80年代的文学批评实践时说过：

> 文学的世界是神秘莫测而变幻无穷的，到处是一扇扇高深的大门，无法一把钥匙开到底。要前进就需要不断地换钥匙，而一换就是一个突破——突破自己。为了突破，我讨厌自己，仇恨自己，对自己写过的文章投以不屑不顾的蔑视，给予不置评说的评说。但突破之后，每每又留下一种无法抹除的眷恋，眷恋自己的感觉，眷恋自己的激情，眷恋自己的非理性的推动力。⑫

突破，不断地要求突破，作为现代艺术的根本追求，实际上正是80年代艺术革命的宗旨。而李劼作为80年代艺术革命的积极的参与者甚至是策划者，他的"突破自己"的愿望不过是对这一革命宗旨的体验。而在80年代那样一个艺术革命的呼声一浪高过一浪的时代，连他讲的"眷恋"似乎都是一种奢侈、一种在革命之后或革命之余的短暂的享受。李劼讲的愤怒，因渴望突破而产生，让我们很快就会想起欧文·豪说的"永不减退的愤怒攻击"，"愤怒"是现代性追求的内在体验，而在80年代中国以现代性为追求的艺术革命中，也时时暴露出那种因焦虑而愤怒的情绪。

愤怒成为一种艺术的暴力或暴力的艺术，这在1989年美术馆的枪声中已经得到了一次别出心裁的宣泄。当掏出真实的手枪扣响扳机的时候，我们也许很难分清艺术和暴力之间那种曾经被一再分清的界限。这是一个时代的自我爆破，而这个时代正一步步走向愤怒与狂躁的临界点。在话语终止的地方，暴力出场了，而暴力也成了最后的话语。一个时代在焦虑和愤怒中聚集着自我破坏、自我毁灭的力量，美术馆的枪声不过是一次以艺术方式进行的演习，而美术馆则成了总演习中的大舞台。事实上，不只是到了1989年，在艺术话语中一直增长的暴力倾向已陆续得到了显示。

还在1985年，一位女作家对另一位女作家的描述，就用了这样一个触目惊心的名字，《撕碎，撕碎，撕碎了是拼接》。"撕碎"这个充满暴力色彩的动词被重复三次。而每一次重复都加强了暴力的意味，使暴力成为一种可接近的、被夸张了的习好。值得我们注意的是，这两位女作家，一位是曾经写过《从森林里来的孩子》的张洁，一位是曾经写过《在一个平静的夜晚》的张辛欣。她们写过的这两部作品，都出现在新时期的初期，那时候她们刚刚登上文坛不久，并开始产生影响。这两部作品留给人们一个近乎共同的印象：优美、温情与诗意。然而，张辛欣在"写写张洁"的时候，为什么要把一个一向被认为是"微笑着"的张洁"撕碎"呢？其中一个重要的原因就在于，张辛欣认为，张洁已经在"变形"，已经不再是那个"从森林里来的孩子"，她或许像她说的那样已经成了"女巫"。在这篇文章的结尾有一段对白很有意味,张辛欣说张洁:"你老写得这么尖刻,一点儿柔情也挤不出来了。真的。"再往下,张辛欣建议张洁再看看契诃夫,然而,连张辛欣自己都在怀疑:"契诃夫,现今还能撑得多少人?"她的言下之意也许是,在那个年代,再像契诃夫那样讲述小人物的善良与温情,已经不会有什么读者了。

事实上,在80年代中期,当张辛欣说张洁变得尖刻起来的时候,她自己也不再是那么温良的样子了。特别是当她写《同一地平线上》的时候,她的尖刻的程度一点也不亚于写《方舟》的张洁。王蒙曾经说过对转变之后或被"撕碎"之后的她们的各自的印象。他说,张洁"到《方舟》开始发出一种'恶声',更多的是一种激愤,甚至是粗野,表现出来的是对丑恶的一种愤怒"。而张辛欣"开始用恶声吐露对生活、人生的艰难的怨恨,这以在《同一地平线上》为代表"。

我们注意到,王蒙的讲述中,说出了她们共同的转向,即转向怨恨甚至激愤的"恶声"。而不仅仅如此,王蒙还认为,这种转变在为数众多的女作家中都存在着,像谌容、张洁、王安忆都是如此。他把这归之为"男性化"取向,她们的潜台词是:"我们女人干吗要那么温温柔柔、卿卿我我?为什么不能像男人一样说粗话一样他妈的?"如果这样的转变被认为是一代女作家共同的倾向,那么它正好可以说明80年代作为一个时代普遍性的、集体性的精神气质。而事实上,张辛欣在说到张洁的变化时,也正是把原因归咎于她所生活的时代处境:

> 想想她投入的旋涡,想想她的环境,想想她所没有对人
> 说的,但可以想象得出的从小到大,每一步,每一步的不顺,

每一次，每一次的不顺，每一次，每一次的被撕碎……⑬

无论是自己"撕碎"自己，还是"被撕碎"，都包含着一个时代暴力倾向，而每一次的"撕碎"，都使这个时代更加远离了安静和温和。"撕碎，撕碎，撕碎了是拼接"，而"拼接"起来就是这种一个混乱、狂躁的80年代。而一次又一次的"撕碎"，都在充满暴力的激情和玄想中，把这个时代内部的焦虑、怨恨、激愤推向极致。1989年，这个80年代的最后岁月中，从中国美术馆传来的枪声，可以说是一次总体的宣泄，就在这种宣泄中，一个时代"自我毁灭"了，而它的残骸和余烬则留给了变得有些安静和保守的90年代了。1993年，顾城在新西兰激流岛用斧头砍死了妻子谢烨，并自缢身亡。人们从这个当年的朦胧诗主将身上推想出一个"斧头情结"，这固然联系到他做过木工的经历。然而从"斧头情结"所深藏的那种暴力习性，不也可以隐约地看到整个80年代所传承下来的焦虑与仇恨吗？

当我们今天重新回顾80年代的艺术革命时，我们必须同时思考另外一个问题，那就是为什么艺术革命能够成为广泛的社会活动，或者说，艺术革命在80年代的中国社会为什么成为可能？事实上，就在1989年，当中国美术馆的"现代艺术展"在社会上引发轰动效应的时候，艺术不仅面临着来自内部革命的挑战，同时也面临着来自社会的冲击。变动不居的观念和社会境遇至少使艺术难以保持一个安静和稳定的创作环境。在绝大多数人的日常生活都经受着震荡的时代，艺术已不可能像润物细无声一样地去陶冶公众的情怀了。人们渴望从艺术中获得刺激，获得狂想，获得那种革命性的情绪和体验。80年代中国社会在不断加强的改革、开放力量的作用下,原先的生活规范、秩序处于不停顿的解体之中。一夜暴富的传奇故事、一举成名的社会新闻,是如此广泛地流行于民间生活中,以至于生活和想象的界限也变得模糊了。人们是如此期望在转型之际的混乱中改变日常的生活格局,"浮出海面",一举进入"上流"社会,而一旦文学能够满足这种改变生活的想象,便极易大面积地占领读者群,产生轰动效应。更有意味的是,生活本身似乎成了一种想象的艺术,人们便想当然地把生活中的问题归于艺术的解决。当作为社会权威的"克里斯玛"解体之后,面对着随之而来的价值真空,人们便期望艺术的介入能进行强制性的填补;当80年代后期通货膨胀的威胁与日俱增的时候,人们便期望以艺术的狂欢来消解生活本身和内心深处的不安甚至恐惧。艺术像致幻剂,又像镇静剂;像加油站,又像救护车,为一个渴望"革命"的时代提供革命的想象,为一个渴望慰藉的年代虚构各式各样的慰藉。一个剧烈变革的社会原本就需要有效的鼓励和及时性的安慰,然而又偏偏缺管传递"激情"和慰藉的有效"机构",于是艺术就承担了原本不属于艺术自身的那些社会职能,它似乎扮演了一种被选定的角色,并以这种角色到场进行顶替式的表演。艺术变成一种社会的方式,就源于生活本身成了一种艺术,想象被随时随地地带入日常生活中,日常生活因此而丧失了它本身具有的稳定性和规范性。从80年代艺术那种夸张式的表演中,我们不难看出80年代中国社会在突然到来的革命中那种神经似的痉挛;一个一向温和与稳妥的民族,在革命式的巨变面前,会释放出被压抑着的如此巨大的激情,以至于使我们此前对这个民族的种种判断归于失效,我们会惊讶于它竟然有这样一种少为人知的狂躁性格。这种情况会让我们想起托克维尔在谈及法国革命时所作的大段的精彩描述,这些描述似乎既可类比于80年代变革中的中国社会,也可类比于这一变革年代的中国艺术:

> 它在行动中如此充满对立,如此爱走极端,不是由原则指导,而是任感情摆布;它总是比人们预料的更坏或更好,时而在人类的一般水准之下,时而又大大超过一般水准;这个民族的主要本性经久不变,以致在两三千年前人们为它勾画的肖像中,就可辨出它现在的模样;同时,它的日常思想和好恶又是那样多变,以致最后变成连自己也料想不到的样子,而且,对它刚做过的事情,它常常像陌生人一样吃惊;当人们放手任其独处时,它最喜欢深居简出,最爱因循守旧,一旦有人硬把它从家中和习惯中拉出来,它就准备走到天涯,无所畏惧;它的性情桀骜不驯,有时却适应君主的专横甚至强暴的统治权,而不适应主要公民的正规自由的政府;今天它坚决反对逆来顺受,明天它又俯首帖耳,使那些最长于受人奴役的民族都望尘莫及;只要无人反抗,一根纱线就能牵着它走,一旦什么地方出现反抗的榜样,它就再也无法控制;总是使它的主人上当,主人不是过于怕它,就是怕它不够;它从未自由到绝不会被奴役,也从未奴化到再无力量砸碎桎梏;它适宜于做一切事情,但最出色的是战争;它崇尚机遇、力量、成功、光彩和喧闹,胜过真正的光荣;它长于英雄行为,而非德行,长于天才,而非常识,它适于设想庞大的规则,而不适于圆满完成伟大的事业;它是欧洲各民族中最光辉、最危险的民族,天生就最适于变化,时而令

人赞美,时而令人仇恨,时而使人怜悯,时而令人恐怖,但绝不会令人无动于衷,请问世界上有过这样一个民族吗?⑭

值得我们注意的是,托克维尔对法兰西民族性格的描述中,提到"它适于设想庞大的规划,而不适于圆满完成伟大的事业";对于正处于变革中的我们这个古老的民族来说,这段描述也许不尽适合,因为从80年代开始的中国现代化运动目前尚处于运行之中,还是过程,而非结果,但如果联系到80年代以来中国文化讨论的思潮,倒能产生一些类似的联想。以求新立异为特征的文化激进主义曾经成为80年代文化热的主流,像80年代后期的《河殇》的出现,就是这一主流思想最后的也是最集中的宣泄。这种激进主义思想就像陈来所言:"把中国的一切问题都归结为孔子、儒家或黄土大陆,把现实问题变为传统问题,把制度问题变为文化问题",然后求得整体的解决。⑮这一点也像林毓生在谈及"五四"文化思潮的误区时所说的,"借思想文化整体性地解决问题"。以文化途径来解决所有的社会问题,而艺术又被认为是文化的主要表现形式,于是艺术的功用被夸大了,而这种夸大又以对艺术原有功能的误置为前提。艺术地、文化地构想解决中国问题的庞大规划,最后由于难以有效地解决问题,缺少必要的技术性,而归于失效。这种无效同时也带来了艺术的艺术性的流失,使80年代文学难以在时间的沉淀中获得可能的经典性,麦天枢在反省80年代后期以《河殇》为代表的文化运动中,说出的一种思索,倒是指出了一种事后悟得的教训:

　　尤其是在全天下万头攒动亢奋地奔往一个崭新的社会

目标的时候，理性的警钟悠悠长鸣，才是社会安全所需要的合理景象，我们应该有勇气真正宣告：思想的"《河殇》时代"已经永远地过去了，当踏踏实实的社会思想在它本来的轨道上潜力生长的时候，负责任的、有意义的阐释，全都以亲切、告诫、劝导的而不是以鼓足、宣扬、号召的方式表现出来，由此思想的接受者也具备了这样的常识——突然冒出来的"新观点"，往往叫得最响的恰恰是最具危险的。在这个出发点上，我们还有什么理由讳言《河殇》，有意躲闪那个在中国社会开放的"精神躁动期"里匆匆脱胎的营养不全的婴孩呢？⑯

有意味的是，当艺术或文化在一个急剧变革的社会中被选定为解决社会问题的根本途径时，其自身也必定为革命性的想象所缠绕，改造中国的文化与改造中国的社会由此获得了一致性。从艺术表现来说，当艺术持续而强烈地追求一种社会效果的时候，革命本身就成了一种美学。就是说，只有当它以革命为追求、为理念的时候，它才获得一种被认可的美学价值。于是革命再革命，或者说反叛再反叛，就成了80年代中国艺术运动的轨迹。它在革命中疲惫不堪，同时又在革命中再次亢奋起来。革命成了艺术追求的目标，也成了引起公众注意的基本题旨。从某种意义上讲，'89艺术革命可以说是'85艺术革命的重复的表演，只是在程度上大幅度地增强而已。如果就1989年中国现代艺术展和1986年中国现代诗群大展进行比较，就会发现，它们在别出心裁的求新上基本上没有太大的差别。当革命成为一种美学时，革命便成了一种癖好、一种阶段性便发作的瘾头。即使是热情和力量的聚集尚不足以抵达到一种激烈的革命想象时,这种革命性的追求便有可能成为一种装饰起来的姿态。社会对艺术的革命效果的期待,使得艺术即使是伪装成革命,也是必要的。像1989年中国现代艺术展中就可以发现种种伪装革命的迹象,"纠缠于概念和渴望被喝彩",而"那种对新奇性无穷无尽的追逐,对灼人的刺激性的向往,使一些艺术家处于精神上的贫血状态"[17]。伪装的革命,正表明革命激情的丧失,革命成了一种表面上、形式上的装饰。因此,这次在80年代后期举办的现代艺术展览,正表明一个时代的整体性衰落,这或许就像栗宪庭从美学角度所作的评述:"不少85新潮重要角色的近作已显露出江郎才尽的迹象,两声枪响就成了新潮美术的谢幕礼。"[18]我们从这个最后的"革命"中,读到的也许不再是激情、生命,而是一个时代走向衰落之际的疲惫、滑稽与衰竭。最终,革命成了一种"浅白得可爱的把戏、玩闹、噱头"[19]。革命激情的消退,同时就意味着现代性冲动的减弱,意味着艺术从广泛的社会影响中的撤出。也许,这是个好的兆头,因为艺术可能由此不再扮演顶替的角色,而回到原先的岗位上来。边缘化或许并不是坏事。

注释:

① 张承志:《以笔为旗》。

②③④⑤ 参见三石雷子:《首届中国现代艺术展》,载《海南纪实》1989年第5期,周彦:《"中国现代艺术展"的诞生》,《北京青年报》1989年2月10日、《文艺报》1989年2月25日、《中国文化报》1989年2月14日等报道。

⑥ 西川:《怀念》,见《海子 骆一禾诗选》,南京出版社,1991。

⑦　海子:《伟大的诗歌》,《简历》,载《倾向》1990 年第 2 期。

⑧　柏桦:《万夏:1980—1990 宿疾与农事》,载《倾向》1994 年第 1 期。

⑨　丹尼尔·贝尔:《文化:现代与后现代》,见《后现代主义文化与美学》, 王岳川、尚水编,北京大学出版社,1992。

⑩　孟禄丁语,参见李一《走向何处》,第 187 页,中国社会出版社,1994。

⑪　哈贝马斯:《论现代性》,见《后现代主义文化与美学》,王岳川、尚水编, 北京大学出版社,1992。

⑫　李劼:《个性·自我·创造》一书"后记",浙江文艺出版社,1989。

⑬　张辛欣:《撕碎,撕碎,撕碎了是拼接》,载《中国作家》1986 年第 2 期。

⑭　托克维尔:《旧制度与大革命》,第 24 页,商务印书馆,1992。

⑮　陈来:《二十世纪文化运动中的激进主义》,载《东方》创刊号。

⑯　麦天枢:《〈中国农民:仰望大地〉序言》,生活·读书·新知三联书 店,1994。

⑰　高名潞语,参见尹吉男《独自叩门》,第 236 页,生活·读书·新知三联 书店,1993。

⑱　栗宪庭语,出处同上。

⑲　牛克诚语,出处同上。

年　表

（1983—1987）

1983 年

1 月　　　　　史铁生的小说《我的遥远的清平湾》，发表于《青年文学》第 1 期。该小说代表知青文学创作的一种新趋势，即着力于表达乡村社会和民间生活中的温情。

陆文夫的小说《美食家》，发表于《收获》第 1 期。该小说逐步走出新时期文学前期的政治批判意味，转向对城市风俗和市民生活的描绘。

张贤亮的小说《河的子孙》，发表于《当代》第 1 期，是改革文学作品中一部有影响的力作。

徐敬亚的评论《崛起的诗群》，发表于《当代文艺思潮》第 1 期，是为"朦胧诗"运动作辩护的代表性论文之一。

2 月　　　　　汪曾祺的评论《回到现实主义，回到民族传统》，发表于《北京文学》第 2 期，同期还发表了季红真对汪曾祺小说的评论《传统的生活与文化铸造的性格——谈汪曾祺部分小说中的人物》，这两篇评论代表了新时代文学开始出现的"寻根"倾向。

3 月　　　铁凝的小说《没有纽扣的红衬衫》,发表于《十月》第 2 期,以描写女中学生的个性和生活而展现了年轻一代从生活方式到价值观念的转型。

黄子平的评论《"沉思的老树的精灵"——林斤澜近年小说初探》,发表于《文学评论》第 2 期,是一篇产生广泛影响的作家论。

5 月　　　卞之琳的论文《现代主义和现实主义构不成一对矛盾》,发表于《读书》第 5 期,是现代主义与现实主义之争中的一篇有较大影响的文章。

杨炼的长诗《诺日朗》,发表于《上海文学》第 5 期,代表了朦胧诗的史诗化倾向。

7 月　　　杨炼的评论《传统与我们》,发表于《山花》第 9 期,倡导以民族历史与文化为对象的创作追求。

9 月　　　贾平凹的散文《商州初录》,发表于《钟山》第 5 期,该文作为他的"商州系列"的初始之作,对"寻根文学"的发展起了推动作用。

10 月　　　施蛰存的评论《关于"现代派"一席谈》,发表于《文汇报》10 月 16 日,继续引发关于"现代派"问题的论争。

11 月　　　艾青、贺敬之等接受记者访谈,就新时期文学的发展和清除精神污染问题发表意见。

12 月　　　季红真的评论《汪曾祺小说中的哲学意识和审美态度》,发表于《读书》第 12 期,继续对汪曾祺小说进行研究,为导向"寻根文学"的主张做了准备。

1984 年

1 月　　丛维熙的小说《雪落黄河静无声》,发表于《人民文学》第 1 期,该小说着重描写知识分子忏悔意识和爱国感情。后受到高尔泰等人的激烈批评。

邓友梅的小说《烟壶》,发表于《收获》第 1 期,成为描写城市风俗民情的代表性作品。

张承志的小说《北方的河》,发表于《十月》第 1 期,受到读者和评论界的一致好评。

胡乔木《关于人道主义和异化问题》的讲话发表,对关于人道主义和异化问题的争论做出理论性的总结。

3 月　　冯骥才的小说《神鞭》,发表于《小说家》第 3 期,是关于市井风俗创作的代表性作品。

张贤亮的小说《绿化树》,发表于《十月》第 2 期,以对知识分子的心灵历程的描写而引起评论界的关注和争鸣。

4 月　　史铁生的小说《奶奶的星星》,发表于《作家》第 4 期,以写浓浓的亲情而产生较大影响。

5 月　　张洁的小说《祖母绿》,发表于《花城》第 3 期,是新时期女性文学创作中颇具感染力的作品。

季红真的论文《文学批评中的系统方法与结构原则》,发表于《文艺理论研究》第 3 期,是把"三论"(系统论、信息论、控制论)方法引入文学批评的代表性论文之一。

6 月	刘再复的论文《论人物性格的二重组合原理》,发表于《文学评论》第 3 期,以对人物性格的结构分析而引起评论界关注。
7 月	蒋子龙的小说《燕赵悲歌》,发表于《人民文学》第 7 期,是以农村改革为题材有较大影响的作品。
	阿城的小说《棋王》,发表于《上海文学》第 7 期,是"寻根文学"创作中较有代表性的作品之一。
	贾平凹的小说《腊月·正月》,发表于《十月》第 4 期,以写传统与现代相冲突的变革中的乡村社会,而引起关注。
9 月	蔡翔的评论《一个理想主义者的精神漫游》,发表于《读书》第 9 期,是评论张承志小说的代表性论文之一。
10 月	严阵的诗作《深圳的曙光》,发表于《人民文学》第 10 期,以抒发对特区新生活的感觉而引起关注。
	张炜的小说《秋天的思索》,发表于《青年文学》第 10 期,是关于胶东农村改革生活的较有代表性的作品。
11 月	李存葆的小说《山中,那十九座坟茔》,发表于《昆仑》第 6 期,是新时期军事文学创作的代表作之一。
	孔捷生的小说《大林莽》,发表于《十月》第 6 期,是知青文学创作后期的代表性作品。
	《文艺报》召开张贤亮小说《绿化树》专题讨论会。
12 月	一批青年作家、批评家聚会杭州,召开关于文学创

作问题的研讨会,推出以"寻根"为意向的文学创
作流派。

谢冕的评论《传统之于我们》,发表于《星星》第 12
期,结合诗歌创作思潮,对传统与现代的问题发表
较有影响力的意见。

1985 年

1 月　　　　谢冕为《中国当代青年诗选》一周年写的"导言"
《中国最年轻的声音》,发表于《批评家》第 1 期,
对中国当代青年诗歌创作给予高度评价。

张辛欣、桑晔创作的口述实录体小说《北京人》,
发表于《收获》第 1 期,以崭新文体书写变革中的
社会人生,引起较大反响。

2 月　　　　马原的小说《冈底斯的诱惑》,发表于《上海文学》
第 2 期,以其叙事手法和对西藏风俗文化的描写
而引起关注。

陆文夫、何士光、李国文、从维熙、张贤亮、邓友梅
的同题小说《临街的窗》,发表于《小说家》第
2 期。

史铁生的小说《命若琴弦》,发表于《现代人》第 2
期,后改编成电影《边走边唱》,引起评论界较大
关注。

3 月　　　　王安忆的小说《小鲍庄》,发表于《中国作家》第 2
期,是寻根文学创作中的代表性作品之一,在批评
界反响强烈。

刘索拉的小说《你别无选择》，发表于《人民文学》第 3 期，被认为是新时期中国"现代派"文学创作中的代表性作品。

莫言的小说《透明的红萝卜》，发表于《中国作家》第 2 期，以其对人物感觉的描写而引起批评界的关注。

4 月　　阿城的小说《遍地风流（之一）》，发表于《上海文学》第 4 期，是寻根文学创作中较有影响的作品。

郑义的小说《老井》，发表于《当代》第 2 期，后被改编成同名电影，引起评论界较大关注。

5 月　　由谢冕、周政保、昌耀等人的短文组成的《西部文学笔谈》，发表于《当代文艺思潮》第 3 期，引发了关于"西部文学"的讨论。

国际青年中国组织委员会在中国美术馆主办"前进中的中国青年美术展览"，在美术界掀起了新潮美术运动。

高尔泰的评论《愿将忧国泪，来演丽人行》，发表于《读书》第 5 期，对丛维熙的小说《雪落黄河静无声》进行激烈批评。

6 月　　韩少功的小说《爸爸爸》，发表于《人民文学》第 6 期，是寻根文学创作中的代表作之一。

刘索拉的小说《蓝天绿海》，发表于《上海文学》第 6 期，被认为是新时期中国"现代派"文学创作中又一代表性作品。

曾镇南的评论《让世界知道他们——读刘索拉的

〈你别无选择〉》,发表于《读书》第 6 期,充分肯定
了该小说在文化观念和艺术形式方面的突破
意义。

7 月　　刘心武的纪实性小说《5·19 长镜头》,发表于《人
民文学》第 7 期,以其在小说文体上的创新而引起
关注。

贾平凹的五篇系列小说《商州世事》,发表于《中
国作家》第 4 期,是寻根文学创作中较有影响的
作品。

陈建功的小说《找乐》,发表于《钟山》第 4 期,以
其对传统文化心态的描述而引起关注。

8 月　　残雪的小说《山上的小屋》,发表于《人民文学》第
8 期,以其探索性而产生较大影响。

张炜的小说《秋天的愤怒》,发表于《当代》第 4
期,是其以胶东农村改革为题材进行创作的较有
影响力的作品。

9 月　　谢冕的评论《断裂与倾斜:蜕变期的投影——论新
诗潮》,发表于《文学评论》第 5 期,揭示了新诗潮
的艺术革命意义。

许振强等的评论《关于〈冈底斯的诱惑〉的对话》,
发表于《当代作家评论》第 5 期,对马原小说的叙
事方式进行了评说。

何立伟的小说《一夕三逝》,发表于《人民文学》第
9 期,以其唯美的写作、空灵的笔致引起评论界
关注。

11 月	扎西达娃的小说《西藏,隐秘的岁月》,发表于《西藏文学》第 6 期,以其对西藏文化风情的描绘和叙事方法引起关注,李振声和陈思和关于小说《北京人》的评论《延伸和限制》《挑战:从形式到内容》,发表于《当代作家评论》第 6 期。
12 月	刘再复的论文《论文学的主体性》,发表于《文学评论》第 6 期,引起文学理论和文学批评界的热烈争鸣。
	高行健的三幕话剧剧本《野人》,发表于《十月》第 6 期,以其探索性引起评论界关注。
	甘阳翻译的恩斯特·卡西尔的名著《人论》,由上海译文出版社出版,在文艺理论界引起较大关注,成为畅销一时的译著。
	本月,一批具有前卫意识的青年音乐家聚会武汉,参加"青年作曲家新作交流会",成为 80 年代中期中国新潮音乐崛起的一次代表性聚会。谭盾、瞿小松、叶小钢等一批青年音乐家在"新潮音乐"运动中脱颖而出。

1986 年

1 月 15 日	胡风追悼会在北京举行。胡风于 1985 年 6 月 6 日去世。
1 月 30 日	中国作家协会主办第二届新诗(诗集)评奖揭晓,艾青《雪莲》、杨牧《复活的海》、周涛《神山》等获奖。

2 月　　　　　解放军总政治部文化部召开部分部队作家创作座
　　　　　　　谈会,讨论由正在进行的南部边疆自卫还击作战
　　　　　　　所产生的战争文学作品之得失。

3 月 4 日　　　丁玲在北京逝世,享年 82 岁。

3 月 6 日　　　朱光潜在北京逝世,享年 88 岁。

3 月 8 日　　　据本日出版的《文艺报》报道,作家周而复"违反
　　　　　　　外事纪律,丧失国格人格",被中共中央纪律检查
　　　　　　　委员会开除出中国共产党。

3 月 26 日　　聂绀弩在北京逝世,享年 84 岁。

4 月　　　　　据《文艺报》报道,李国文、刘心武分别出任《小说
　　　　　　　选刊》和《人民文学》主编。

5 月　　　　　中共中央任命吴祖强为中国文学艺术界联合会党
　　　　　　　组书记,任命刘剑青、杨澧为党组成员。

8 月　　　　　解放军总政治部和中国作家协会联合召开革命战
　　　　　　　争题材创作座谈会。

9 月 7 日—12 日　中国社会科学院文学研究所召开的"新时期
　　　　　　　文学十年学术讨论会"在北京举行。时任文学研
　　　　　　　究所所长的刘再复作《论新时期文学主潮》的报
　　　　　　　告,以人道主义的恢复和深化概括自 1976 年粉碎
　　　　　　　"江青反革命集团"以来的文学潮流。青年学者
　　　　　　　刘晓波在会上作《新时期文学面临危机》的发言。
　　　　　　　刘晓波的发言后来发表于同年 10 月 3 日的《深圳
　　　　　　　青年报》上,又被香港有关报纸转载,在文坛激起
　　　　　　　反响。

9 月　　　　　《深圳青年报》与安徽《诗歌报》发起"现代诗群体

大展"，参展的有"非非主义""莽汉主义""南方
派""大学生诗派""极端主义""地平线诗歌实验
小组""新口语派"等 60 余家继"朦胧诗"以后出
现的或自称的新诗歌流派。

11 月 30 日—12 月 6 日　由中国作家协会等主办的"中国当代
文学国际讨论会"在上海举行。这是第一次有较
多外国学者参加的当代文学讨论会。

12 月 20 日　宗白华在北京逝世，享年 89 岁。

12 月 31 日—1987 年 1 月 6 日　建国以来第三次全国青年文学
创作会议在北京举行。

1987 年

1 月　　中国作家协会副主席，《人民日报》记者刘宾雁，
中国作家协会理事、上海作家协会理事王若望，由
于"鼓吹资产阶级自由化，反对四项基本原则"分
别被中共人民日报社纪律检查委员会和中共上海
市纪律检查委员会开除党籍。

2 月 20 日　新华社报道，国家民族事务委员会、中国作家协会
就"发表丑化侮辱藏族同胞小说造成恶劣影响"
一事(《人民文学》1987 年第 1、2 期合刊发表马原
描写藏族风情的小说《亮出你的舌苔或荡荡》引
起事端)，责成《人民文学》编辑部做公开检查，
《人民文学》主编刘心武停职检查。

3 月 20 日　文艺理论家钟惦棐在北京逝世，享年 67 岁。

5 月　　大兴安岭发生大火灾，著名作家乔迈、戴晴、王中

才、刘兆林等赶往救灾现场进行采访。

9月3日　　　黄药眠在北京逝世,享年84岁。

9月5日—24日　首届中国艺术节在北京举行。

9月8日　　　文学翻译家、作家曹靖华在北京逝世,享年90岁。

9月　　　　刘心武恢复《人民文学》主编职务。

10月　　　　由《人民文学》和《解放军文艺》发起、得到上百家
　　　　　　文学刊物的响应的反映正在进行的改革开放进程
　　　　　　的"中国潮"报告文学征文活动正式启动。

11月3日　　梁实秋在台北逝世,享年85岁。

12月　　　　分别在兰州和福州出版的、创办较早的当代文学
　　　　　　研究刊物《当代文艺思潮》和《当代文艺探索》
　　　　　　停刊。

参考书目

〔1〕谢冕:《文学的绿色革命》,贵州人民出版社,1988。

〔2〕谢冕:《新世纪的太阳》,时代文艺出版社,1993。

〔3〕甘阳:《当代中国的文化意识》,香港三联书店,1989。

〔4〕Malcolm Cowley:《流放者归来——二十年代的文学流浪生涯》,上海外语教育出版社,1986。

〔5〕Richard Hpells:《激进的理想与美国之梦》,上海外语教育出版社,1992。

〔6〕布迪厄等:《文化资本与社会炼精术》,上海人民出版社,1997。

〔7〕洪子诚、刘登翰:《中国当代新诗史》,人民文学出版社,1994。

〔8〕托克维尔:《旧制度与大革命》,商务印书馆,1992。

〔9〕林建法、王景涛:《撕碎,撕碎,撕碎了是拼接——中国当代小说面面观》,时代文艺出版社,1991。

〔10〕尹吉男:《独自叩门——近观中日当代交流艺术》,三联书店出版社,1993。

〔11〕南帆:《冲突的文学》,上海社科院出版社,1992。

〔12〕孟悦:《历史与叙述》,陕西人民出版社,1991。

〔13〕张京媛:《新历史主义与文学批评》,北京大学出版社,1993。

〔14〕特雷·伊格尔顿:《二十世纪西方文学理论》,陕西师范大学出版社,1987。

〔15〕弗雷德里克·杰姆逊:《后现代主义与文化理论》,陕西师范大学出版社,1987。

〔16〕哈耶克:《个人主义与经济秩序》,北京经济学院出版社,1991。

〔17〕杭之:《一苇集》,三联书店,1991。

〔18〕霍克海默、阿多尔诺:《启蒙辩证法》,重庆出版社,1990。

〔19〕黄仁宇:《赫逊河畔谈中国历史》,三联书店,1992。

〔20〕戴维·埃伦费尔德:《人道主义的僭妄》,国际文化出版公司,1988。

后　记

　　几乎是手忙脚乱地完成了这部书稿。再回头审视一下这部忙乱之作,其中的粗糙与浅显,如今都成了遗憾。看来也只有在期待批评与自我批评中慢慢地矫正了。

　　走出校园后,才更真切地体会到校园写作的种种好处,比如大段的可以自由支配的时间,大量的可以查证的资料,而对我来说,如今这些都变得尤为珍贵。好在在此之前,我就为这一选题收集过一些材料,做出过一些思考,还有一层就是80年代的青春生活所馈赠给我的那些经验、那些知识、那些想象。这使我在平添了一种写作的信心之后,以一个"见证者""过来人"的身份,讲述一段刚刚逝去的文学历史。

　　当然,正像我的博士导师谢冕先生所要求的,这套书系整个的写作,在文体上将是一种尝试。而我所承担的部分,也尽力从这一要求出发进行种种努力。求新的写作往往是不成熟的行为,我所希望的只是把这种不成熟性降低到可能的限度。这本书的写作得到过诸多的帮助,没有这些帮助,这项工作的完成,几乎就是不可能的。首先我要感谢恩师谢冕先生。感谢他对我的研究能力的信任,并在我毕业之后,在与北京这一文化中心的遥远隔离中,依然把这一重要的任务交付给我。可以说,没有这种信任作为力量,我可能难以顺利完工。在南方的繁华与浮躁中,只要我静下心,坐在书桌前的时候,我又仿佛回到母校,又重见恩师慈祥而温和的目光。这里也感谢我的师兄孟繁华,每次就写作的有关要求、进程与他在电话中长谈的时候,他的意气风发的神色仿佛就在眼前,与他共处的三年时光,到如今也成了一种纷至沓来的想念。

这里我要说到我的妻子何鸣,她不仅严厉地督促着这项工作,使我远离了那些想停下来躲懒的念头,还从头至尾帮助我做了文字处理工作,包括一些最琐碎的事,比如录入与校阅,没有这些帮助,这本书可能至今还是乱七八糟的手稿。难能可贵的是,作为一位从80年代过来的抒情诗人,她对那个逝去时代的回想以及灵机一动的智慧,都成为我在写作中不可多得的资源。

最后,我还要感谢在这本书写作中帮助过我的朋友们,他们或多或少地帮我收集资料、传递信息并提供思想,这些都是我要感谢的内容。当然,书中存在的错漏与误失与他们无关,那是我必须担负的责任。